我往土中来

◎李慧 著

陕西新华出版
太白文艺出版社·西安

图书在版编目（CIP）数据

我从土中来 / 李慧著. -- 西安：太白文艺出版社，
2022.6（2024.1重印）

ISBN 978-7-5513-2129-7

Ⅰ．①我… Ⅱ．①李… Ⅲ．①散文集－中国－当代
Ⅳ．①I267

中国版本图书馆CIP数据核字（2022）第076837号

我从土中来
WO CONG TU ZHONG LAI

作　者	李　慧	
责任编辑	黄　洁　葛　毅	
整体设计	建明文化	
出版发行	太白文艺出版社	
经　销	新华书店	
印　刷	天津旭丰源印刷有限公司	
开　本	880mm × 1230mm　1/32	
字　数	175 千字	
印　张	10.25	
版　次	2022 年 6 月第 1 版	
印　次	2024 年 1 月第 2 次印刷	
书　号	ISBN 978-7-5513-2129-7	
定　价	52.00 元	

目录

天地之间一碗面

　　在春天里，擀一碗薄厚均匀、柔韧筋道的手擀面，是一件很幸福的事。

　　桃红柳绿，油菜花黄，屋外下起了淅淅沥沥的小雨，这个春天应有的样子，让人心里痒扎扎的，总有种要把春天揽在怀里的渴望。因了下雨，空气里含了水分，沉甸甸、雾蒙蒙的，却并不压抑，反而处处透着江南水乡的意蕴，像兰芽初萌、莺啼尚涩，自有一份稚拙在天地间；又仿佛雏鸡破壳，才张了眼，望向这使人欣喜、湿润的世界。一时间，人也湿润柔软起来。

　　于是，这个平常的周末就更迟缓些，也更逍遥些。庄子曰"乘物以游心"，借着初萌的春色，可远足，可近游，或仅是就着窗外的花红柳绿，也足以逍遥快活，一如岁月悠长，现世承平。

　　和面，醒面，择菜，擀一案女儿爱吃的手擀面，是这个周末最重要的事。古语有"君子远庖厨"之说，或许是我理解偏差，我更愿意近庖厨。想想，那些刚从田地里收获的时蔬，保持着生长的姿态，带着活泼的地气，乡野的风雨滋润过，日月的光华拂照过，农人荷锄抚摸过，水灵灵、鲜亮亮，被农人用细细的麻绳缚了，车载筐驮地呈现在钢筋丛林的城市里，给城市带来一丝田野的气息，让我们知道了农业是这样一种切实的滋润，这种美妙实在是令人不忍拒绝。于是，每去一个陌生的地方，我最喜去的还是当地的菜市场，耳畔或是婉转的南音，或是粗犷的北声，摊子上是当地的蔬菜，也是此地的风物地理、物候人情。买些家乡稀罕的小菜回来，也把当地的稼禾异果带回，默默感受天地之间，不过是相隔一些路途，所滋养的万物却是天差地别。于是乎，更加感念"天地不言，四时行焉"，竟产出这些滋味绵长的美味来。

醒好的面，圆滚滚、胖乎乎，触之有婴儿肌肤的滑腻。揉一揉，缓缓用擀杖擀开，眼见着那一团面变得平薄，擀杖的挤压让面团在重生中完满，那些力道原是更深沉的爱意。面擀得平圆均匀，再用刀劈了，一案子宽窄均匀、条缕分明的面条呈现眼前。于是，一色儿雪白让人感动起来，慨叹人与物之间的相聚，皆自欢喜。坐水、开火、下面，在沸水中翻滚的面条纠缠着碧绿的菠菜，一白一绿，煞是应景。我们都去野外赏春，却不知春天就在这白绿相间的锅里。煮一锅春天安放味蕾，也是把春天揽在了怀里呢。

煮好的面条用热油泼了，那嗞嗞的滚油尖声叫着，那些葱花、辣面高兴起来，手舞足蹈，庆贺着一碗油泼面的成功——佐料还是那些佐料，因了用心而变得各自调和、相互扶持。剥一瓣新蒜，一口下去，混合着各种食材本来味道的面条，间或着蒜瓣儿的微辛，一碗地道的油泼面转瞬使人身心俱足，不由得喟叹一声王翰的诗句"长安少年无远图"。这一刻，纵使千金也是不换的。

"治大国若烹小鲜"，的确如此。或许，若烹煮了一碗面也说不定。

这一餐看来是有些晚了，晚一点就晚一点吧，恰恰适宜了春天的慵懒，好日子都是浪费着度过的。《礼记·大学》里有"格物致知"之说，格物而后知之，物是世间的物，致知也都是从身边的平凡中来的，好似这一碗面。"诚意、正心、修身、齐家、治国、平天下"，是格物致知的后半部分，吃好了一碗面，可以平天下。

食毕，泡壶茶，望向窗外。这世间，就是这样悠长绵延，天地为信。

2020 年 3 月 29 日

喜平砂锅

　　在杨凌，提起喜平砂锅，很多人都知道。他家的砂锅味道好、汤浓、量适中，几十年味道如一。我喜欢吃他家的砂锅，除了味道好，还因为经营砂锅的店老板两口子颇有特点：老板喜平人精瘦，常年理个光头，个子不高嗓门儿却出奇地大；媳妇很少说话，手脚麻利，眉清目秀。

　　前二十四年，除了下雨下雪不开张以外，喜平的砂锅摊子几乎一直在露天经营。从上世纪90年代的西农路街道夜市，到近几年的老电影院夜市，一个铁皮围起来的火炉，几张桌子，几个圆凳，生意一做就是二十多年。那个早已看不清颜色的铁炉子上面分别有若干火眼，架上盛了高汤的黑色砂锅，各种蔬菜就在里面有滋有味地翻滚，在这期间，喜平媳妇很少说话却手脚麻利地记单子报种类，喜平则大声地重复一遍食客所点的砂锅类型，做好了吼一声"麻辣米线"，媳妇便不知从哪一角落忙碌地小跑过来，你还没怎么注意，翻着细浪、冒着热气的砂锅就递到了你面前。就是这样颇有反差的两个人却配合得极其默契。有时候，喜平手里麻利地给各种滚了的锅子里放蔬菜、粉丝或米线，还不忘训斥媳妇几句，嫌报得声音太小没听清，或者砂锅端错了地方。遇到天热的时候，光着膀子的喜平还会用筷子敲敲锅沿大声嚷几句以示不满。媳妇从不顶嘴，顾客也见怪不怪。

遇到挑剔的顾客站在火炉子跟前要这不要那，喜平那又圆又大的眼睛立时瞪得跟铜铃一样，大喝一声："你说啥？看把你烫了！"刚才还喋喋不休要把麻辣换成三鲜的顾客立马闭了嘴，背过身嘴里悄悄嘟囔一句："声气那么大干啥？"却再也不吭声，坐在那里等着一锅翻滚着香气，汤浓、味鲜的砂锅上桌，吃完了这回，似乎忘记了那吼一般的声气，下回还来。如果遇到熟人想跟喜平说两句，他照旧是铜铃眼睛一瞪，大声地聊着家长里短，这下好了，吃砂锅的所有顾客就都知道了聊天内容。因此，很少见喜平在做砂锅的时候和谁聊天。

吃了二十四年喜平砂锅，对喜平这个人也颇有些了解。比如说，他家的砂锅每天都是用鸡和猪骨熬汤，一天一大锅高汤雷打不动，高汤用完了，当天泡发的木耳、粉丝、米线，洗净的青菜、海带也刚好用完。还比如说，他家的砂锅好吃，是因为选料精，当天的新鲜青菜，只取菜心部分，老叶子一律弃之不用。于是，虽然喜平砂锅比别人的砂锅都卖得贵，可一年四季，他家的摊子上生意极好，有时候去晚了，大老远的看到有人落座，瞪着大眼睛的喜平那滚雷般的声音便穿过熙攘的人群砸了过来："今儿的卖完了，要吃明天赶早！"，再不多说一句话。

有人说，这两口子心不贪，一天只卖三百锅，卖完了不管时间早晚，关门回家。还有人说，卖个砂锅么，那么大声干啥？说归说，下回还是照旧早早来。

去年西农路改造，喜平砂锅一度不见踪影。直到今早才听说搬进了附近的店面，有了上下两层的铺面。进店一看，店里果然新崭崭，喜平和媳妇在一楼门边一角照旧支起了炉眼，只不过用了几十年的铁皮炉换成了新的不锈钢炉。见到我，喜平腼腆地笑了一下，算是打过招呼，说一句："还是老规矩？"我点点头，坐下来。不一会儿，一碗煎乎而翻滚着香气的麻辣米线砂锅上了桌。端砂锅的是个面生的年轻人，我问了一句："这是你儿子？"喜平笑眯眯地点点头算是回答。而旁边，他媳妇依然声音细小地招呼人、记单子或者扫码收钱。再来了顾客，破天荒地没有听到喜平那滚雷般的大吼声，虽然眼睛还是瞪得那么大，笑容却比以前多起来了。

2019 年 3 月 7 日

悦纳天下一碗间

在陕西吃饭，一不留神就会吃到文化。

一到冬天，陕西人最爱的一种食物是牛羊肉泡馍。这种说是面食却带有荤腥的食物在北方寒冷而漫长的冬季，带给人们温暖和惬意。试想，天寒地冻，哈出的气都能冻住，一碗热气腾腾、御寒又美味的牛羊肉泡馍就变得十分必要。这种集合了农耕民族喜面食和游牧民族喜肉食的饮食，完美呈现了汤肉合一、营养搭配的要义。所以，一进入冬季，陕西各个城市里的一街两巷，生意最红火的要数牛羊肉泡馍馆了。

据考证，也只有在北纬35度的地区牛羊肉泡馍这种食物才存在，何出此言？这个纬度，是农耕民族和游牧民族的接触带，地理环境决定了人们饮食的品类，由此往北，偏好食肉；往南，则偏好鱼虾。

热气腾腾的小馆里，混合着大锅煮牛羊肉的膻香，人们三三两两掀开厚重的棉布帘子，哈着白气搓着手挤进来，臃肿的身子散发着冻透了的焦躁，在洋溢着肉香、汤鲜的牛羊肉泡馍店里，只有坐在那油腻的、模糊了漆色的方桌前，唤一声"服务员，来一碗优质羊肉，汤宽（陕西方言，形容泡馍的汤汁多）馍烂肥肉多"，这才把冻遗失的魂魄一同安放在条凳上。即便是等待，也能心神俱定，不慌不忙。

一碟糖蒜、一碟辣子酱、几丝香菜，一碗汤浓肉烂、煮得热气腾腾的羊肉泡馍上了桌，趁着热扒拉到口里，把那份炉膛里的烘烘热气送到胃里，直到鼻尖上沁出细密的汗珠，方才浑身通泰。饭毕，一碗热乎乎、漂着油珠的原汤下肚，原汤化原食，这才算吃舒服。

羊肉泡馍在陕西，有着深厚的群众基础。凭借着秦岭提供的天然屏障，秦地有着四季分明的气温和湿度，仅凭这一点，陕西的冬小麦就天然地自带优产环境，像一个被上天格外垂怜的孩子。这种来自西亚的物种，历经农民的种植选择，才有了后续的大面积推广。作为以种地为业的农民来说，直到汉代，陕西关中的农民依然对冬小麦不感兴趣，这一是源于冬小麦的秋种夏收，和传统农作物的春种秋收不同；二是因为小麦粒皮坚硬，品质赶不上粟和稻。在这种情况下，冬小麦的种植就有了阻力。之后，随着石磨的发明，小麦被磨成粉，北方地区才进入了面食时代。

在汉唐时期，伤寒病是中国北方流行病之一，麦性凉易积食，食后受凉会诱发伤寒，还有消化不良等症状。面食被普及的一个契机，是面食发酵技术的出现。在《齐民要术》中，就记载过酸浆发酵法、酒发酵法等。当把酸浆、酒等投入易于发酵的米汤用来发面，面食就变得亲和起来，容易消化，因此促进了麦类作物的发展。另一个契机是到了唐朝中期，实行"两税法"改革，夏税超过秋税，小麦从此作为北方农区的主粮推广开来。冬小麦秋种夏收，寒暑相易，口感颇佳，遂成为北方地区人们喜爱的主食。

而牛羊肉本就是马背上的民族的最爱，牛羊的家养驯化同样经历了漫长的过程，和人类对大自然的认知一同进入进化序列。北方寒冷而温差巨大的气候特点，加上特殊的地理自然环境，给牛羊提供了良好的生长繁衍的环境，加上先天饮食习惯，牛羊肉为游牧民族提供食物的同时，也成为他们鲜明的饮食文化符号。

在唐、五代、宋、元等朝代，位于偏远地区的游牧民族到内地进行贸易，西安又处在西北要冲，接近牧区，是牛羊交易的好市场。如今的西羊市、东羊市曾经就是牛羊交易市场，这些条件也促进了牛羊肉泡馍的诞生和普及。

于是乎，一碗牛羊肉泡馍，掐尖儿似的煮尽了两种文化的精髓，融合了放牧民族和农耕民族的特色，如此，看上去吃的是泡馍，实际上吃的却是人类文明史的进化和民族大融合。

吃牛羊肉泡馍，讲究的人，据说从掰馍的手法就能看出来。带着麦香的面饼，冷水和面，死面烙制，小麦的筋道柔韧还原了天生的天地厚爱。细细地掰成花生米大小，夹上号码牌子，交代服务员汤是口汤还是水围城，肉是肥瘦还是偏肥，抑或纯瘦，送到火舌舔着锅底、热气蒸腾的后厨灶间，掌勺的大师傅一看便知此人乃行家吃客，便细细地舀了肉汤，颠勺翻煮。煮得太烂，原本就细碎的馍粒容易糊汤；火候不到，吃着硌牙。只有有经验的大厨才能恰到好处地把握软硬，煮出一碗肉烂馍筋汤香的泡馍。送到客人面前，搭筷子从碗边刨开一个小口慢慢吞食，就知道厨子是怎么对待自己精心掰碎的面饼的。隔空互美，珠联璧合，好厨子遇到了好吃家，一碗泡馍成全了两份美意，也再次让两种文化完美联姻。

这文化吃得吃不得？我看，吃得，而且冬天里该是天天吃。不说了，吃泡馍去了。

2020 年 11 月 10 日

我从土中来

东经108度，北纬34度。

地图上或许只有一个小黑点，小黑点上标注着我所在的地名，这个地名的所辖其实很大，大得就像我童年穿过的父亲的鞋，看上去具象实在，却笼罩着巨大的虚空。这虚空此刻是一个小黑点，那个黑点里的我可以忽略不计，就像你在卫星里看不到我，但我知道，此刻我正双脚踏在黄土地上。

流　放

我最喜爱的事情之一是去看附近的村庄和田地，去看那些依旧保留了关中传统建筑风格的民居和依然大面积种植的庄稼，也包括那些仍旧深居于此的乡民。我一次次着迷于此道，就像我一次次着迷于回故乡——那是我脑海里的故乡，虽然已成了连缀不起的记忆碎片，就像一串珍珠突然断了线，掉回了深海，只有阳光照进来，才能偶尔闪烁光芒。我在城市和乡村之间游走，也在繁华和凋敝之间切换，就像在自己的现在和过去之间穿梭。可我再也回不到过去，就像我无法去往未来。

但我依然着迷于此。

我只有双脚踏在土地上，内心里才是踏实的。当我日复一日行走在那些夏季几近晒化的柏油路、冬季冰冷无比的瓷砖地板、乡村曲折的水泥路面，我都没有感受过踏实，两脚悬空的感觉扼杀了我的安全感，我惶惶不可终日，如丧家之犬。我急于在钢筋丛林里寻找属于自己的立足地，可找不到，我便循着自己内心的指引来到了乡野。沿着小沣河，行走在三畤塬下田字格似的田野上，田野上略带燥热的风吹拂着我，我才双脚落地，像一棵玉米一样，把根须扎下，紧握住泥土，挺起身杆，内心踏实。我在田野里找到了类似归乡的感觉，土地接纳了我，给了我归属感。土地是我的母亲，虽然我真正的母亲五年前已长眠于地下，或许已化为一抔黄土，支撑着我站立的地方，支撑着我最终与她会合的土层。只有我知道，我与土地的神秘联系。

我不止一次地从城市逃脱，逃向山林、田野，最后又被某种神秘的力量牵引，乖乖地转回来。城市里有我年迈的父亲，我的兄弟，以及我的孩子，我的肩上挑着亲情、友情，我卸不下这些看不见的牵挂，我只得转回来。我把一次次的出逃和回归称为自我流放，只有一次次的自我流放，我才能活着，这些流放是我的呼吸阀。我靠自我流放而活着，直到我不必再流放，直到最终我卸下那些看不见的牵挂，安心地定居乡野。

此刻，双脚踏在黄土地上，我感受到大地的亲密无间，也感受到来自土地的温热。那些地下的虫子因为我的到来不得不暂时隐匿，那些正在生长的玉米悄悄停止了拔节，那些长嘴尖喙的鸟儿们也停下了争吵或者谈情，一切凝固了一样，周边寂静下来，静得我都能听到自己的心跳。我知道，这是它们在用这种方式欢迎我的回归，期盼我的加入，这是世间最高的礼遇。

我再一次实现了自我流放。

村　庄

我喜爱关中的民居。这些一边盖的房子，在还不是房子的时候只是一堆黄土，一堆不知在哪个土壕里藏身的黄土。

那些黄土，经历了先民们的往来搬运，在车拉马驮的往复中，成为砌灶火的泥坯，成为盖房子的土墼，成为垫牲口圈的圈土，成为接生了一代又一代人的炕墼，这些黄土和人的降生紧密连接，一起成为生命最初的密码，直到人的肉身离开这个世界，复又安身于黄土层之下，在生与死之间见证某个存在。这也似乎解释了那些从农村挣扎着离开的人，为什么在离开多年之后又回到原乡，一定是那神秘的密码牵绊住了他们，不回来都不行。

比如我。

我在农村出生，我所在的村子站立在高高的台塬上，往西延伸，就和周原地区相接，我的父辈们在这里以土坯垒墙，土炕上繁衍生息，土灶里烟熏火燎，土地里春种秋收。作为西周的子民，黄土是我的出生证，一个在农村降生的生命注定要和黄土搅扰不清。那给我们遮蔽风雨的土墙，那使我们晏眠的土炕，那炮制出农家美味的土灶，那滋养了我们生命的五谷，那我们一会走路就把柔软的脚丫踩上去，摔倒了又被父母爷奶咒骂踩踩的土地……黄土眼看着我们从呱呱落地，到青年壮年老年，直到最终又慷慨地接纳我们，化为和它一样的物质。我们和黄土纠缠的一生，也是我们从生到死的一生。

那些土墙、土炕、土灶、土地，一年年陈旧，又一年年翻新，那些被生命折腾的陈旧的黄土被马驮驴拉一车车地送回耕地里，让大自然回炉重造，又马驮驴拉地把新的带着清香的黄土再一车车运回，使它们变成新的土墙、土炕、土灶。这些在建造和拆毁之间轮回的黄土里，埋着我们的先祖，埋着我的爷爷奶奶，他们的气息本就没有走远。我们在他们的注视下，生活着，苦痛着，生老病死，喜怒哀乐，就像他们从未离开。

这就是我热爱这些老村庄的缘故，远远看去，土墙土房的外在，就是黄土地的孪生，这些黄土的孪生深藏着延续、情意和梦想中的香火不断。虽然不少房子门歪墙裂，几无人住，可是那里的气息，依然有着旧主人一个家族的遗传密码：子孙满堂，甚或疾病，以及不为人知的家族秘密。我在心里，视这里为我的原乡，虽然我并不在此出生。

再过几十年，我们的儿孙是否还有这样的注视？

庄　稼

我一次次逃离城市，是因为城市没有收获的季节。

一个人要活着，终其一生离不开五谷的滋养，可是一个并无种植五谷惯例的城市，却依然有着应季的瓜果蔬菜五谷杂粮。就像我们的生活中，每一样东西不见得都能说清来历。这和北方并不产水稻，却能吃到白花花的大米一样，我们在城市里依靠着农村没有的资源，换取一世的米面无忧。

头一年秋季播种的冬小麦，在白雪覆盖的冬天蛰伏，在春风的吹拂里拔节分蘖，在初夏的炎热里成熟收割，经见了四季，如女人怀胎一样，瓜熟蒂落，一生圆满。才收获了能扯出长面的小麦，趁着老天降下的雨丝，秋玉米被播种进地里。在地下黑暗的土层中默默膨大，悄悄孕育着胚芽，再蹿出地面，几天不见就长成一排排整齐的方阵，仿佛在等待着秋天的检阅。

秋天到了，那些高高在上的秋云，不再灼伤人皮肤的秋阳，渐含凉意的秋风，以及渐次弱下去的蝉鸣，都在给秋天增添着色彩和声响。高远的天空映衬着不断变换着色彩的大地，足以让秋天在这个季节成为最高明的魔术师，把大地变得如此喧闹又如此丰富多彩。

而此时，天空低垂着四角，含了水分的云就要降临在这一片土地的上空，那些头顶红缨、绿玉杖一般的玉米方阵，静候着一场透雨的滋润，然后渐次成熟，变成咧开嘴掩不住喜悦的牛角般的玉米棒子，待人收获。

经历了一年两季的土地，在等待播种的间隙，看上去苍茫而辽阔，处处透着生产过后的疲乏无力。大地把产出来的子子孙孙，颗粒不剩地贡献给人类，只留下自己裸露的身躯，默默等待着下一次的受孕、生产……

大地是忙碌的，大地就像多产却无法停止生育的母亲，被无形中的使命驱赶，不断地生育，不断地播种，亘古绵延。陪伴在它身边的，是那些一年年青了又黄的小麦、玉米、水稻，还有那些苹果、桃子和猕猴桃。人类心满意足地享用过后，摸着鼓胀的肚腹，看向被遮挡住的想象出来的天空，不禁会悠悠地问："我从哪里来？"

河　流

河流是土地的密友。

有庄稼的地方，就会有河流，河流曲曲折折，一直满怀希望地流向远方，或许连它自己也说不清要奔向哪里。

河流依傍着土地，给土地以陪伴，也滋润着土地生育的苦难。那些绕着河流生长的水草，不论是长在水边，还是水底，都是河流送给土地的歌女，它们唱着只有风能听懂的歌曲，借助风的力量，把河流的牵挂送给土地。土地听懂了这些风中捎来的情话，挺了挺身子，那些小麦或者玉米就往上蹿一蹿。"又长高了一截"，那些来拉土垫牲口圈的人嘟囔着，说给自己听，也说给路过的河流听。河流受了鼓舞，再一次兴奋起来，河面哗啦啦地荡起细细的波纹，把消息再次传递。在这大自然的传译里，土地和河流配合着，奉献出丰收，奉献出颗粒饱满的子孙，从无悔意。

在土地和河流的对话里，人们一代又一代接替着生命的延续，既延续着同类，也延续着动植物。只有天空，依旧默默地注视着身下的生灵万物，从不孤独。

河流也有愤怒的时候。愤怒的河流顽皮捣蛋，把怒气发泄在土地上。土地泪痕满面，沟沟壑壑里都是无处排遣的绝望，那是被无故夺去子女生命的绝望，也是无力抗争后又不愿放弃的挣扎。河流知错了，退回原来的轨道，留给大地一个黑色的背影。那些不虞之誉或者求全之毁，在此时都了无意义，只有远处的鸟鸣不知疲倦地提示着它的存在。

等到来年，曾经拿不出收获的土地，又一次郁郁蓬勃，曾经深陷泥沼的子孙们换了一批后备军再次冲锋陷阵，这一茬看上去更加健壮，更加有力，以孔武有力宣示着生命不息。土地不知道，顽皮捣蛋的河流虽然带来了灭顶之灾，也带来了更优质的产床，那些河底累积多年的淤泥才是老天的礼物，用来滋润土地多年连续生产带来的亏空，否则，哪里有什么子民强壮、后备强大？

土地再次舒缓起来，静静地积蓄着力量，预备着再次奉献更强壮的子子孙孙。河流依傍着土地，让那些有着美妙歌声的水草，继续送来悠扬的歌声，好让土地挺一挺身子，土地的孩子们又长高了一截。

2020 年 6 月 27 日

空山无言

我没事爱往南看。

南边是秦岭。遇到晴天,秦岭横卧在一疙瘩一疙瘩的云下面,仿佛它一伸手就能触到云;下雨了,秦岭笼罩在大团的云雾中,那云雾里就像藏了神仙。大多时候,我时常看到秦岭一会儿冒出来一会儿凹进去,形成连绵不断的曲线。我就这样呆坐着,一看就是一天。

有时候往南走,会遇到操着外地口音的一群人向我问路,问走到那山底下,一个小时够不。我笑起来,回道,看起来近,走起来远呢,开车也得一个小时。来人不相信似的看着我,见我并无开玩笑的样子,就讪讪地笑一下走开了。

我喜欢看秦岭,这是我的秘密。因为我时常在这凹凸之间看到佛。几乎每座山头都有,冷不丁的,这里一尊,那里一尊。佛经常是侧卧着的,额头、眉骨、鼻梁、嘴唇、下巴,整个侧影清晰可见。我知道了,秦岭是佛的家。因为人只有在自己家里了，才会想躺就躺，想卧就卧。

在一个冬天，我走进了"佛的家"。

走在山路上，我抬头看看天，山外的暖阳被大山遮挡住了，遥远而模糊，像嵌在水里的蛋黄，连那残存的暖意都透着疲软。有风吹过，给这冬日的大山平添了几分荒凉，仿佛这里从不曾有人来过，自古蛮荒。

冬已经很深了，步入其中，如置身深井。

我停下来，裹了裹身上的厚棉衣。身旁岩石裸露，粗陋而冰冷。伸出手抚摸着这些失去了植被保护的岩石，凉意划过指尖，我的心皱了起来。

我低下头注视着这些褶皱。不规则的纹路深深浅浅地刻在青黑色的岩石上，像一位八旬老者的脸。我明白，这些岩石上的褶皱是风给的，风把心事一层又一层地从江南带往山北，走不动了，就遗失在岩石上，涟漪般杂乱地铺在山的表面。我用手细细抚摸着这些杂乱的纹路，无从知晓山的心事。我想起了我眼角的皱纹，我的皱纹是时间给的；山的呢，是风给的。风就是大山的时间，风把山变成了饱含秘密的老人，越来越老，也越来越沉默。

沉默的山吸引着我。在山的沉默里，我在心里吐露着谁都会有的秘密。

我喜欢在冬天进山。

冬天，用它的漫长和寒冷，收藏着天地四季轮回的秘密。走在冬日里的山路上，草木枯萎，万物沉寂，把既往的春色无边、夏日葱茏和秋色斑斓都深深藏了起来，变戏法似地空留一抹枯黄。而这枯黄看似无情寂寥，却不知，那些瘦硬干枯的枝条里其实悄然孕育着春天的力量，就像关中大地随处可见的冬小麦，矮子似的蹲坐在褐色的土地上，其实是在等待，等待春风吹起哨子就起身奔向成熟。所以，冬是藏，藏着力量和希望的伏笔。

　　冬季的山，少了昔日的喧闹，多了几分寂静无言的木讷，让我安静，使我回归，回归到能听见内心的声音。

　　它藏得住满怀的心事，也藏得住内心的伏笔，冬季的山因此格外使我着迷。所以，去山里一个人最好。

　　看到路边有一条狗，我问它，你好。它看都不看我一眼，摇着尾巴跑了。我心想：狗都不理我，我就是"狗不理"。

　　狗的后面远远地跟着一位黑袍黑须的道人，在这寂静无人的山野里格外引人注目。我忙着看岩石的皱纹，却不曾想过这时候的山里也会有人经过。我不知道这一人一狗从哪里来，又去往哪里，默默地注视着黑袍的道人和狗从我面前经过。他的眼里也只有他的狗，因为他也并不曾看我一眼。

　　这样的人和狗，正应了这青山的气质。这大冬天里，满山空寂，无人是常态，有了人才是不合情理。他不理我，是我不该出现在这里，尤其是一个女人。

我加入这一人一狗的行列里，道士并不回头，也不看我，却说了一句："你喜欢这山？"我环顾，别无他人，这话该是说给我的。

我点点头。

他背对着我。良久，说："去我的道观里坐一坐吧。"

我依旧点头。

他依旧背对着我。

黑衣道士不再说话，背着手，任山风吹起他黑色道袍的一角，微驼着不太高大的身躯，缓缓地走着。那条黑色的狗，极相衬地顺着羊肠小道也缓缓地走着，不时用鼻子嗅一嗅路边的枯草。

冻在水里蛋黄似的暖阳，挂在山的豁角，给这青褐色的山添了一点金黄的晕。有一点暖意照在身上，心不再缩着，人也舒展了起来。我看着前面黑色的一人一狗，远处散落的房屋孤零零地掩在树林里，已有淡青色的炊烟袅袅升起，又迅速被风拦腰斩断。

"你来不了多久了。"

"来不了多久了？"

"是的。"

"这儿不久就要建景区，你没看进山的路口有挖掘机么？"

我看不到道士的脸，他空蒙的后脑勺上扣着那顶乌黑油亮的道士帽。那些话从路旁溪沟里的冰面上划过，带着冷意。我的心再次皱了起来。

　　起风了，有些刺骨。

　　"等不到开春吗？"

　　"开了春就要收费了。"

　　我裹了裹身上的冬衣，把自己裹得更紧。

　　一路无话。

　　走过那辆隆隆作响的挖掘机，它的脚下，已不再是羊肠土路，那些我钟爱的高矮不一的灌木，一层层无力地摞在路边。新崭崭的水泥路，发出冰冷的光。挖掘机四周堆积着新挖的土，它的爪痕留在剖开的山的胸膛上，泥土的芬芳里依稀有血腥味。

　　夜里，我梦见自己走在一条山路上。山顶上，一座寺庙静立着，昏黄的太阳刺得我看不清寺庙的轮廓。我仰着头，看着棉被一样使人透不过气的天空。突然，我被背后的巨大力量推倒在地。我倒下的地方，是一条宽阔无边的水泥路，绿色的汁液洇在我的周身，我动弹不得，但我感到很疼，很疼……

　　我没有找到佛。

2018 年 3 月 9 日初稿

2018 年 4 月 13 日定稿

神禾塬下的守望者

两个月前，很偶然地，我得知刘田民还活着！

站在十里蛤蟆滩边，清冽的滈河水缓缓地一路向西流去，从西北方向吹来的风，饱含着初冬时节的寒凉气息，掠过这个位于神禾塬下的平坦村庄。蛤蟆滩上的杨树叶子已经掉光了，叶脉鲜明的枯叶卷曲着落在杨树脚下的灌木丛上，积了厚厚一层，远远望去，仿佛树间布满了密不透风的阴影。

如果你此刻站立在神禾塬上，你会看到依塬而布的村庄沉睡般静静地躺在滈河的弯道里，被神禾塬宠爱地搂在怀里。偶有袅袅升起的炊烟如同半个多世纪以前一样，缓缓地升起，又瞬间被风吹散。皇甫小学的孩子们正在上课，清脆的嬉闹声划破这个静谧的村庄，塬下的小坡上，一只乳房鼓胀的母羊正蜷着前腿伸长了舌头卷食着即将发黄的构树叶。顺着泛出冬日荒凉气息的山坡望去，秦岭黛青色的山峦勾勒出天际高低不平的曲线。起风了，神禾塬上旋起小小的龙卷风，旋涡中间的树叶被刮到半空，路过的村人皱着眉朝风柱唾了一口，匆匆走过。

对这里，我并不陌生，虽然隔着半个多世纪的时空，也并未真正来过，但这里的一草一木，一个个鲜活的生命，却因由文字而在我的脑海里不曾离去。这里，不时地出现在我的梦里，冷不丁在我忙碌的间隙一闪而过，甚至是盘踞在我的心里，不断地用各种各样的存在方式提醒我、促使我一定要来看一看。

在我的内心深处，我知道，他一直都在。

距离蒋介石的西北行宫——常宁宫向南步行两公里，就是长安王曲街道皇甫村，这个位于古城西安南部不足二十公里的村庄，和关中平原任何一个村子一样，有着自己的生老病死爱恨情愁，百年来在自然更迭中一代代繁衍生息，甚至那为人所熟知的"房子偏偏盖"也都与别的村庄别无二致。而不同的，是一位叫刘田民的老人。

柳青的墓，静静地坐落在神禾塬上，俯视着皇甫村，俯视着这个他终其一生热爱的地方。从1952年初秋背着行李卷来到这里，柳青就没打算离开，虽然历经波折，最终还是了却心愿长眠于此。此时，墓地周围已围起了一圈砖墙，墙内松柏苍翠，曾经黑绿而油亮的玉兰树枝干挺拔，在风里簌簌作响。和两个月前来这里参观一样，我恭敬地低下头，默念一声：我又来看您了。

陪在我身侧的，就是守墓人刘田民，他这一守就是近二十年。

刘田民是谁？读过《创业史》的人都知道，小说中高增福和才娃是一对父子，那个苦命的没有了女人的高增福一个人拉扯着两岁的独生儿子才娃。高增福的原型，就是刘田民的父亲刘远峰，才娃就是刘田民。柳青1952年来到皇甫村的时候，刘田民不到六岁，为了更加饱满地塑造高增福这个人物，刘田民被艺术地缩小了近四岁。而在柳青深入皇甫村的十四年间，刘田民也从一个时常被父亲夹在胳肢窝去开会的孩童，长成了一个能顶大人使唤的半大娃子。

如今，站在我眼前的，则是一位满头银发的七十多岁的老人，也是《创业史》这部小说中唯一在世的原型人物。

白头发、黑脸庞、偏厚的嘴唇，都在提醒着我面前这位老人是和黄土一样淳朴的关中老人，不说话的时候，他就专注地看着你，不时拿出随身携带的与陕西文化名人的合影给你讲述照片背后的故事。可一提起柳青，他那透着浓郁的长安方言的"俺柳青伯"三个字概括了关于柳青的一切，仿佛柳青是一位不曾离去的家中之人，透着亲切，透着生活的种种气息……

说起柳青，老人几度哽咽。那份共同经历苦难、在长期的生活与劳动中建立起的情谊，早已在老人心里生发出不是亲人胜似亲人的情感，因而这样的追述就更显得伤怀："俺柳青伯，人好得很。他来的时候，俺爸还抱着俺哩，俺柳青伯伯和俺马葳妈妈很喜欢俺，俺经常去他屋要，有时候在他屋连饭都吃了。"

生于1946年底的刘田民，三岁的时候母亲就去世了，父亲刘远峰一手把他这个独子带大，其中的艰辛可想而知。在小说《创业史》中，高增福一手抱着年幼的才娃，一手拉着风箱做饭的场景，时常出现在高增福田间劳作归来或开完会后踩着稻地回到草棚院时，这也是刘田民和父亲日常生活的真实写照。即便如此，生活的艰辛也丝毫没有影响高增福一步步成长为灯塔农业社这样一个具有时代示范效应的合作社的生产队长，高增福坚忍、正直的个性及对党的热爱，深深地留在了读者的脑海里，而这样的父亲形象也被年幼的刘田民看在眼里，从而影响了他的一生。目睹了柳青和父亲的深厚友谊，并在这种父辈的友谊庇护下长大的刘田民，把接替父亲为柳青守墓当成了自然而然的友谊延续。

"因为俺心里很爱俺柳青伯伯，所以俺也愿意给他守墓。"1978年6月13日，六十二岁的柳青在留下一部未竟的不朽之作《创业史》后，因病去世，这部反映土地改革初期我国农村变革缩影的巨作因为缺少了后半部分格外让人遗憾。而柳青在北京去世的消息，对于时年三十二岁的刘田民来说，如今想起来依然情不自已。当时已有三个孩子的刘田民，家里的经济情况不是很好，柳青去世前的1977年春节，当时已经病重的柳青托人给三个孩子每人一百元压岁钱。"当时的土豆一斤才两三毛钱，三百元可是一笔巨款啊……"说起三十年前的这个细节，刘田民满心的感激。

而对于这种发自内心的感激最好的报答，就是两代人共同守好柳青的墓。

从1978年到2000年，刘田民的父亲刘远峰一直照管着柳青的墓地。说是墓地，其实也就是个和当地人的坟墓一般大小的土堆，还远没有目前的围墙、松柏和青砖墁地，时不时会有人畜进去骚扰一番，所以照管的主要职责就是清扫卫生、拔拔荒草，以保持墓地应有的整洁。如果说，父亲刘远峰是出于和柳青十几年的感情，在柳青去世后的十余年间义务照管着他的墓地，而让刘田民在心里把守墓这件事当成一件日常工作来做的初衷，则源于一个人的托付。

1990年6月11日，也就是《创业史》中梁生宝的原型王家斌去世的前两天，弥留之际的王家斌托人捎话让刘远峰父子去一趟他家。在病榻上，虚弱的王家斌看着刘田民，老泪纵横，断断续续地给刘田民交代了两件事："一是曾经关系很好的三个人，如今就快要剩下你爸了，你要替我和你柳青伯照顾好你爸；二是你爸将来身体不行了，你要守好你柳青伯的墓，把你伯的精神传承下去，《创业史》就有后人了。"交代完这两件事的两天后，也就是柳青去世后整整十二年后的同月同日——1990年6月13日，梁生宝也跟随柳青而去。逝者已矣，而他生前托付的两件事，刘田民始终没有忘记。父亲刘远峰2003年冬季去世，刘田民从2000年开始到如今，一直义务看守着柳青墓地。近二十年来，只要有人来参观，刘田民都会步行两公里路，爬过一道缓坡，去给参观者开门、讲解，有时候还会把远路而来的参观者带回家吃顿饭。没有人参观的时候，刘田民会时不时利用空闲时间去墓地拔草、打扫卫生，以保持墓地应有的洁净。这几年，随着大家对柳青的进一步认知和敬仰，拜谒墓地的人也越来越多，刘田民有时候甚至忙得顾不上吃饭。2016年是柳青一百周年诞辰，一年间仅接待参观就达二百零三人次，最多的时候一天跑过五趟。这期间，从步行到骑自行车，再到去年儿子给买了电动摩托车，在这条从村里通往塬上的两公里路上，刘田民把自己走成了古稀老人。

走在皇甫村四队（现第四村民小组），柳青一家曾住过的中宫寺已踪影全无，唯一能依稀找到的痕迹是邻居家门口那棵孤独而黑瘦的老槐树，它在一片后来盖起来的民居中显得格外醒目。与四队相邻，往东就是皇甫村五队，这种农业合作社时期对村民小组的称呼方式依然在群众中广为沿用，与分布在蜿蜒的街道上的老房子十分相称。那些低矮的人字形瓦房顶上，黑色的瓦片上覆着浓绿的苔藓，瓦缝中一簇簇瓦松在风中摇摆，透着一股浓郁的久无人居的气息。一座低矮的老式瓦房前，不大的庭院里种植着小白菜、香菜和一丛深紫色的大丽花，一对白发老人正坐在院子里剪开一把把扎成小捆的柿子，剪去了多余枝条的柿子被一个个整齐地尖儿朝上码在竹筛里。我踱步进去的时候，筛子里已端坐了两层火红柿子，柿果上的白霜犹如红炉上的一点雪，耀眼而美丽。

"柳青两口子就在四队和五队中间那儿住着，五几年经常见。马葳的群众口碑比柳青好，马葳热情，会说话，长得也好；柳青直脾气，还抠门儿！"说起柳青，年轻时当过民办教师的现已八十二岁的老太太田彩云如同说起自己所熟知的村邻，语气中透着亲切和随意。

柳青墓地下面的村子，也就是村民口中的四队、五队，是年轻人眼中的老皇甫村。说起这个"老"字，一来是村子久已有之，当年的村民们从蛤蟆滩的草棚院搬到这里来的时候，大多数人就盖了这样的房子；二来尽管这里山清水秀，可毕竟交通不便，很多年轻人不甘心在这里窝一辈子，有条件的就都在塬上高家湾一带另盖了房子，搬走了。如今村子里住的大多是上了年纪不愿搬迁的住户，让住在塬上的儿女们来回跑着探望。而田彩云家正在摆放的柿子就是儿子从高家湾给送过来的。

村巷里，大多数人家门上都挂着铁锁，有的锁上已是锈迹斑斑，几条狗在空旷的巷道里追咬着同伴的尾巴打发时间。偶有围坐在村里小商店门前的老人们，身着冬衣，拉着家常。见我走近，齐齐好奇地打量着我，瞬间寂静一片。说起柳青，老人们谈叙声再一次响起，争相说着柳青的各种生活习惯和故事，在他们口中，柳青还是那个昨天在蛤蟆滩上散步的农村老头。

沿着距离那棵老槐树最近的村道，踏着地上厚厚的落叶，我走在通往塬上的羊肠小路上，这条古朴的泥路仅容一人通过，路两边青黄相间的槐树斜出枝来，嗖嗖地刷着我的衣襟。半个多世纪以前，柳青放弃了京城优厚的待遇，选择这里成为他从事文学创作、积累《创业史》素材的地方，十四年间，他数次从这条路上背着手走到塬上去，数次在这条小路上思考着谁也不知道的问题。这条路，他走了不知多少回。如今，我走在当年他踩过的土路上，尽可能安静地盘旋而上，生怕惊醒了塬上沉睡着的先生。

身旁的灌木丛发出唰唰的响声，下雨了。雨水滴滴答答落在身边的构树、槐树和灌木丛上。雨滴滴到树叶上，叶脉格外清晰，一时间，树丛里唰唰声响成一片。我缩了缩脖子，仰起脸，望向灰白的天空，想让雨滴打在我的脸上，可我仰起的脸上没有一滴雨水落下，就连身上也是干干爽爽。我仰了一会儿，脖子有点酸，再摸摸身上，依旧是干的，丝毫没有雨水的痕迹，耳畔却依然是唰唰的雨声。

雨突然下大了，我呆立在原地，恍惚间，一时不知身在何处。

迎面走来一位中等身材的年轻人，见我立在那里不知所措，便与我攀谈起来。"这里的人没有不知道柳青的，我们80后可能没读过《创业史》，也都知道柳青、路遥这一批陕北作家，我爷还给柳青剃过头呢。我虽然搬塬上去了，可我还是很喜欢这个老皇甫村，中国的近代文化就是乡村文化么……"这个圆脸的年轻人一口气说完这些话，打个招呼后扔下我走下坡道去了。

周围恢复了寂静，只有越来越大的雨声犹如天籁，而我则在雨幕里头身干爽。

刘田民的家，是一院老式的住宅，和四队、五队的房子颇有些相似。不同的是没有了老式房子的人字形屋顶。这是一座面朝西、上下房间数一般多的普通二层砖混楼，从围墙到房间，都是用关中地区最普通的红砖砌成的。进了院子，左手的厨房门框已分不出木头本来的颜色，透着寻常农户经年的烟火气，门前一棵火红的柿子树上挂着红彤彤的柿子，叶子已经掉光了，只剩下黑瘦的枝干挑着不太繁密却硕大饱满的果实，在秋风中格外醒目。这里的柿子树到处都是，树上的柿子也红得分毫不差，被喊了口令似的，齐刷刷红成小灯笼般的模样，给灰蒙蒙的初冬时节抹上一抹鲜明的亮色。二楼不大的平台上，一只巨大的木质鸟笼立在一角，白花花的鸟粪挂在木栅栏上，和着二楼房顶灰黑的瓦片及瓦缝中的瓦松，让这个院子在破败中透着一点不同。刘田民说："俺柳青伯喜欢鸽子，活着的时候就养了四十多只，这么多年，我也一直养着这些鸽子，大概有四五十只，我最近准备再买些玉米回来，等开春了就把鸽子搬到我伯墓地边去。"

坐在这个有些简陋的院子里，穿着胸前印有红十字会标志棉大衣的刘田民，跟我再一次聊起了柳青。

提起村民说柳青抠门儿、小气，刘田民说："俺柳青伯才不抠。1959年《创业史》印第一版，轰动全国，光稿费就有一万六千零六十五元，俺柳青伯把这些稿费一分也没留，全部捐给了王曲公社，办了卫生院和机械厂，一个是让群众有地方看病，一个是给群众生产出好农具。"刘田民所说的卫生院，坐落在当时的王曲公社，1959年建成后，解决了周边村子群众的看病问题。2010年，当地卫生部门在拆除掉低矮的卫生院后，就地在原址翻盖了气派的诊疗大楼，名称也变成了"王曲社区卫生服务中心"，依然承担了辖区二十八个行政村四万一千多群众的医疗、预防、保健任务。与医院一墙之隔、当年同期建成的机械厂，还是当年二层小楼的模样，据正在门房做饭的看门大爷说，这个小楼也快拆了。

柳青到了皇甫村后，孩子们陆续出生，由于当时条件差，柳青就养了一只羊给孩子们增加营养。1961年，孩子们渐渐长大，不再需要喝羊奶，柳青就把羊送给了住在河对岸的王家斌。王家斌来拉羊的时候，柳青怎么说都不给那一截羊缰绳，愣是让王家斌把羊吆回了河对岸。就是这样的柳青，看着抠门儿，却公私分明。1960年，正值三年困难时期，腊月里，村里把社员们集体养的猪宰了，把肉分给大家过年，分到最后剩了二斤四两猪肉分不下去，当时是胜利大队书记的王家斌就和群众商量，把这剩下的肉给柳青一家送去过年。在柳青家，王家斌被柳青狠狠地收拾了一顿，柳青批评王家斌不遵守三大纪律八项注意，不该拿集体的财产。批评完，让通讯员把肉过了秤，按一斤八毛钱的价格给王家斌付了钱，让王家斌交给村会计。而当时，一斤猪肉的市价是七毛九分钱。用刘田民的话说，柳青常挂在嘴边的一句话是，"你吃我的不算数，我吃你的得算数。"

从刘田民家出来的时候，已是傍晚时分。挥手告别刘田民，他身后门楣上"自食其力"四个大字在傍晚的暮色中格外显眼。耳畔是我再三追问后，刘田民才说出的家里情况：

"我家里两个党员哩，咱再困难都不能吃低保，更不能犯一点错误，俺柳青伯看着呢……"

我再一次来到滈河边，望向蛤蟆滩阴影密布的杨树林，掉光了叶子的杨树剪影般站在那里，月牙淡淡地挂在树梢。迷蒙的月色里，我似乎依稀看到散落在蛤蟆滩上的一户户草棚院里，梁生宝、高增福、欢喜、有万们正在自家的院子里劈柴、烧火，给屋顶上苫稻草，他们默默地干着手中的活计，并不言语，就如正在放映的默片电影。

柳青墓前的麦地里，几只花白的鸽子咕咕地低头啄食着什么。有风吹过，墓前那一圈火棘枯黄的叶子微微摇动，成串的火一般饱满浓烈的果子，犹如开出的花朵般艳丽。不远处，一棵棵柿树挑着火红的柿子，像一簇簇燃烧的火焰，这浓淡不一的红色，年复一年地在这寂寥的原野上延续。

守在这里近二十年的刘田民，还将守在这里。

而柳青，依然活着……

2017 年 11 月 14 日初稿

2017 年 12 月 5 日定稿

夜市上的老牛

如果从高空俯瞰，陇海铁路像一条望不到头、串联着大小城市的皮套线，悠长而古老。白天里，这些沿线距离不等的城镇乡村，沙盘模型一样蜿蜒地串着；而到了夜里，那五颜六色的灯光又把这些模型点亮，闭着眼睛都知道，那些闪亮的灯光背后是掀破天的吵嚷。陇海线串起了城市，又被城市的吵嚷淹没，理所当然地成为城市的一部分。

在小镇，陇海线只是一小截，三个涵洞并列成三个吞吐口，像长在城市南北要道的三个大针鼻，行人车辆每天便从这针鼻里出出进进，南北牵引，穿梭不停。每天东西往返数趟的列车如果能有某种记忆，就会看到傍晚时分的西农路铁路桥下，总是走着一位清瘦干净的老人，他一手拎着一只带盖的乳胶漆桶、一手攥着零钱，稀疏的白发、瘦削的身形，穿一双土布鞋，身上的衣服随四季而薄厚长短地变换，唯一不变的，是不管刮风下雨，他每天都会跨过陇海铁路桥，沿着桥的南北两侧默默地兜售他的泡菜。

老人姓牛，大伙儿都把他叫牛师，牛师的泡菜就卖给陇海线两侧的夜市和饭馆。

牛师的泡菜在夜市很有名。二十多年前，我常去夜市打牙祭，就是在那个时候吃到牛师的泡菜。牛师的泡菜很有特点，夏天的黄瓜、花白、豇豆角，冬天的白菜、萝卜、线辣椒，不管是圆形小菜还是条形小菜，总是叶子多帮子少，长短一致，拎在手里的那一小袋就白是白、红是红，格外透着讲究，闻着酸香浓郁，嚼起来清脆爽口。

牛师的泡菜好，人更好，似乎永远没有脾气，慈眉善目，脸上总是挂着微笑。牛师好脾气，似乎天生不爱钱，你少给他五毛一块钱，他也不在乎，摆摆手，嘴里念叨着"不要紧，不要紧"，好像没给够钱的是他而不是你一样。不像在夜市卖砂锅的喜平，顾客一句话没听清，没等到客人再问，圆眼睛一瞪，"那我是给日本人说呢"就吼一般砸了过来。

前几天，去夜市吃喜平砂锅，遇到了依旧提着泡菜桶的牛师，质地良好的深灰色夹克衫里依稀可见白色衬衣，依然清瘦而洁净。旧乳胶漆桶擦洗得不着一尘，还是一手提着泡菜桶，一手攥着零钱。砂锅还未上桌，我便买了两包泡菜，和牛师攀谈起来。

　　"我从退休就开始卖泡菜，从退休时的半头白发，卖成了个秃顶子老汉。"牛师说着话，顺手摸了一下头，好像是说别人的故事。"算起来我今年八十一岁了，闲不住么。"一口浓重的陕北普通话，字句里有着一生也没退去的榆林口音，"我1959年在青海当兵，在部队上就是汽车兵，1964年转业，转业后招工到单位开汽车拉货，在汽车上待了一辈子。2000年退休后没事干，闲不住么，老伴儿泡了泡菜就拿出来卖。"

　　夜市还没有到高峰期，牛师得以趁空拉扯几句，而目光却不时地环视着四周，以便及时把泡菜送到客人那去。他的脸上，始终挂着笑容，笑眯眯的，"你看看我这个鞋，这个鞋底子都重新打了几回了。"拉起裤腿，一双圆口老布鞋虽旧却干净整洁。鞋底上，一整片皮子撑在原有的布底上，看着崭新、结实。"我卖泡菜不是为挣钱，是为锻炼呢，有的人还笑话我，说我想挣几个钱，我寻思着我不偷不抢，主要是把这个当锻炼呢。"

　　和牛师说话时，旁边有人经过，看到牛师的泡菜桶，一言不发，掏出十块钱递给牛师，拎起一包泛着酸香的泡菜就走，看着透明的袋子里，奶白的包菜、鲜红的红萝卜、碧绿的线椒，搭配在一起，透着干净爽口，特有的泡菜香味迎风扑来，总让我忍不住想捞出来一块解解馋。

"我们这辈人是受过苦的，我八九岁上都快饿死了，年轻时候也是吃不饱。当时我一个月三十多块钱的工资，老伴儿从农村出来没工作，就卖冰棍儿，一根三分钱取回来，卖五分钱。过惯了苦日子，到现在都看不得浪费。家里的饭早上吃不完晚上吃，不浪费一丁点粮食。"说这话的时候，牛师变得严肃起来。

"现在啊，现在一天能卖十来包，卖不了多少。不像以前，那时候刚兴起吃烧烤，光在陇海铁路南边的烤肉店，一天就能卖个四五十包；现在在汽车站夜市，还有西农路夜市，也就十来包。我还寻思着人都到哪儿去了，后来一想啊，大概是饭馆太多，把人给分散了，还有骑着摩托车送的那个外卖，都直接送家里去了，我这么提着卖就越卖越少了。"话是这么说着，可牛师脸上仍旧露出惯常的笑容，透着乐和。

"我这桶泡菜卖完了就回家，下雨天卖不了几包我也出来，我一辈子不会骑自行车，锻炼就是靠走路，一天不走路就浑身不自在。现今儿女们都大了，女儿出嫁了，也有了孩子，两个儿子早都工作啦，也都成了家。孩子们孝顺，他们不让我出来，我就偷偷地卖，我就这么锻炼着。在我们老家有句俗话叫'人上七十不留夜'，过了七十岁都没人敢留着你住家里，活一天算一天，活一天就是赚一天。

"你问我卖到什么时候,我也说不上来,说不定今天就是最后一天,明天一醒来,我又赚了一天呢。

"卖完了我就回家去,晚上还得吃一顿,人家八十多岁不敢吃糖吃肥肉,我不管,肥肉和糖照吃。"

远处有人招手要泡菜,牛师扬起右手回应一声,不紧不慢地朝远处走去。左手的泡菜桶依旧干净鲜亮,瘦削的身影在这个暮春的傍晚看起来格外笔直。

夜市渐渐喧闹起来,饭菜的香味混合着酒香慢慢在空气中浓稠起来,忙碌了一天的人们从各处汇集而来,开始一段舒展的闲暇时光。牛师渐渐被这些喧闹淹没,而衣领上那一抹雪白却格外亮眼。

不远处,陇海铁路上又过车了。轰隆隆的声响在这暮春时节的小镇上空散开,陇海铁路桥涵洞里依旧针鼻穿线般忙碌,甚至更嘈杂。列车明亮的窗户,一格一格快速闪过,形成一串光点,都来不及看清车上那些面目模糊的旅人,游龙般的列车便驶向越来越浓重的暗夜。这趟车如果有着某种记忆,就会再次记住了,牛师又一次从桥下穿过……

2019 年 5 月 9 日初稿

2019 年 5 月 14 日定稿

张家岗纪事

我一直有个梦想，想寻找一位画像师，把儿时美丽的村庄画下来，让它不至于随着我们这代人的离开而永久消失。然而至今我都没能找到这样的画像师，只好用言不及其一的拙劣文字记之，以纪念那再也回不去的乡村，以怀念那给了我无数快乐和性格禀赋的出生地。

——题记

城　壕

张家岗是一个村。

和关中平原任何一个普通的自然村一样，曾经穷困而不起眼，甚至出了我的家乡小镇，便无人知晓。就是这样一个村子，却有着凤鸣高岗的传说，这里一度也叫凤岗村。据说，民国时期，于右任老先生为一所大学选址的时候，偶一抬头，看到了一只硕大的凤凰伫立在高高的山岗上，啾啾鸣叫，于先生大喜过望，于是把大学的位置选在了凤凰鸣叫的坡头上。而关于大学的命名，也差点就叫了凤岗大学，只是后来有人提出异议才作罢。而至今，这所大学的通讯社依旧叫凤岗通讯社。

和小孩有个乳名还有个官名一样，凤岗村这个官名叫着叫着就没了响动，乳名却保留了下来。张家岗村就这样叫开来。搞不好，还往往被外地人一脸讶异地直呼为"张家港"，这自然得费一番口舌再讲说半天。外地人走后，村人便一脸不屑地嘟囔一句："没文化。"

张家岗村紧挨着著名的西北农业大学，后来虽然更名为西北农林科技大学，但是村人还是习惯以西北农业大学来称呼。甚至于在村人言及重要事件时，也言必称"西农东墙推倒那一年""西农给咱村拉自来水管那年"，甚至谁家生了娃，在娃的出生年份有争议的时候，也会用上和西农有关的某一件事。这时候的西农，成了村人记事的年历，而不再是一所大学。外地人猛地来到村里，对这种奇怪的记事方式往往感到费解。

西农的东墙外面，是一条城壕。城壕不长，作为村人每天外出的必经之路，这条城壕以长而蜿蜒的形象保留在我的脑海中。现在想来，城壕也不过是近百米，而对于一个孩子来说，这已经是很漫长的上学之路了。城壕虽不长，却很宽，像一条大河一般又深又宽。所以，壕在我儿时乃至成年的记忆里，都是深而阔的代名词。时下流行的网络词"壕"，形容一个人是土豪，给我的印象就是这个人的钱路又深又宽，跟张家岗村的城壕一样。

城壕是村里老几辈人沿用的叫法。一次读蒙古历史，偶然发现成吉思汗征战中原初期，由于蒙古军团善骑射而不善陆战，因此当这些草原猛将征战中原时，睿智的大汗便下令让抓来的工兵（之前的手工艺人）造出了攻城车、云梯及城壕，最终得以开疆扩土，成就一代帝王。

城壕在两兵交战的时候起着易守难攻的作用。村里城壕的作用是不是和八百多年前的成吉思汗征战有关不得而知，但是城壕对其边上一户刘姓人家的保护作用却显而易见。刘家是整个村子最西边的一户，临着城壕，城壕再往西就是西农东墙，墙下有一条仅容两人并排通过的小路。刘家低矮的土墙外天生长着一排卫兵似的构树，让刘姓人成为全村最安全的一户。在村里，谁家还不丢个斧头镰刀的，可刘家却从无失窃，城壕和构树成为刘家天然的安全屏障，刘姓人家的孩子们出来进去都看着比别家的孩子威风。

构树是个神奇的树种，不知哪年哪月就会猛地冒出来一丛，吃风喝雨般，不需要任何照料就能长得枝繁叶茂。每年5月，别的果树还在拼命长叶子，构树手掌大而浓密的叶片间便弹出一个个血红的构桃来，果肉跟剥掉胞衣的柚子相似，那一瓣瓣直立分明的淡橙色果肉鲜亮而水润地立在浅绿色的果核上，毛茸茸，散发着诱人的甜香。单瓣分明的橙色果肉，聚成了一个果球，绿叶一衬，愈发水汪汪，醒目而惊艳。这是我们这些孩子的最爱，而这看似鲜艳美味的果子却不能多吃，贪吃几个就会让人嘴角溃烂，那时缺医少药，大人自然不愿孩子们多吃构桃。可管不住嘴的孩子，嘴角的溃烂成了偷嘴的明证，自然少不了一顿暴揍。可第二年，仍照吃不误，照挨打不误。

为了吃构桃，经常有孩子掉入城壕。城壕是村子里天然的排水沟，家家户户的主妇集中在城壕北头村里唯一的水龙头下淘米洗菜洗衣，顺带骂骂自家男人，说说夜里的事，这淘米洗菜洗衣的水便连同那些秘密话一起流入城壕里，成为风也搅不动的一池子臭水。加上天雨，这城壕里便常年汪着一池说不清颜色的水。冬天，结着厚厚的一层冰壳，夏天浮着一层碧绿的浮萍；冬天里不闻其臭，夏天里蛙鸣阵阵，竟兀自造了一个味道不甚美好的天然池塘。但就是这样一个所在，1985年村人汲干这些臭水，清理城壕底部的淤泥时，一只脸盆大的巨龟竟趴在淤泥里，背上的壳背了千年一般，沉重而纹路清晰，小孩手臂般粗的尾巴一动不动。村人将其视为吉兆，便嘱咐各家各户不得捉走。第二天，村人男女老幼齐上阵，挑来干净的水重新倾入城壕，直至覆过老龟的背，至此无人再动城壕。

就是这样一个内容丰富的城壕，却并不影响村里三百多户人的繁衍生息，人们在城壕边洗濯，孩子们沿着城壕边的小路上下学，大人们在农闲时节走过城壕"上站"。说起"上站"，也就是小镇周边村子及镇上人的专有用语。二十世纪七八十年代的小镇，最繁华的地段当属杨陵镇火车站一带，火车站所在街道就是全镇唯一的繁华地段，就像王府井之于北京。因此，村人在和其他村人在路上相遇时，往往会自豪地说一句："逛站走。"而这时候，"逛站"这个词一出口，就成为村人对那些离火车站远的村民最直接的炫耀。由于这个天生的独特优势，一段时间里，格外让那些远离了车站的村民羡慕，谁家要把女子说给我们村的俊小伙儿，媒人嘴里必定会加上一个看似不经意的说辞："离站近"，这婚事便有了五成把握。

离站近，意味着离先进的生活近，这个秘而不宣的隐语带着天生的优越感。

上站就得经过城壕，城壕是出村的唯一通道。我五六岁的时候，我太爷还健在。老头子凭借着在外地工作的两个儿子的钱物赡养，活出了九十五岁的高龄，比我从小学到高中的考试分数看着还闪闪发光。这个岁数也成了让村人羡慕的传奇。而我这位手中有钱的太爷，脑子里重男轻女的思想却不比城壕浅多少。

我家三个孩子，即我和两个弟弟。我的大弟比我小三岁。我因为是个女孩，用我妈念叨了一辈子的话来说，就是"嫌是个赔钱货，连满月都没待"。这句没有主语、满含着怨气的话，道出了全家对我出生的失望。我的大弟则不一样，一出生因为"带把儿"，格外受家人喜爱，尤其受我太爷喜爱。等到大弟会走路，隔三岔五地去站上不说，附近村子逢集赶会，那更是一场不落地去。由抱着背着去，到后来，只要太爷那身黑色连襟右衽的外出常穿服一上身，不等最后一个纽襻扣好，我大弟就会准确无误地从门背后取出太爷的拐棍奉上。太爷左手挂拐，右手牵人，这操作了数百遍的熟练动作背后预示着一场饱满的吃喝大事。而我只有远远地站在灶火门口羡慕张望的份。从第一次不知天高地厚地攒在后面被喝退之后，我就知道，太爷领我上站几无可能。及至弟弟五岁以后，只要太爷黑色的褂子上身，我就知道我也要给嘴过年了。

太爷牵着大弟的手，机灵的弟弟频频回头，勾着小手指示意我跟上。太爷那时已经快九十岁，耳力及眼力不太灵便，弟弟和我的小秘密自然不会被他发现。到了站上，弟弟一会儿要吃花生，一会儿要吃甑糕，一会儿又馋一把拐枣，胃口自然比他这个年龄的孩子要大很多。弟弟吃着甑糕，象征性地吃几口然后趁人多迅速递到我手上，我便独自享用那几乎没动的、软甜筋道的甑糕。一把花生，一束拐枣，一节甘蔗，我跟着弟弟也能混个肚儿圆。

久而久之，这种背后的把戏成了全家人公开的秘密。缺吃少穿的年代，没有人会忍心戳穿两个孩子的把戏。

直到有一天，太爷发现了这个秘密。

五岁的弟弟突然饭量大增，花费也自然增长，这个变化估计让太爷也是费解了一阵子。直到有一次，我照例尾随太爷和大弟上站的时候，刚走到城壕边，太爷猛地一回头一蹾拐棍，呵斥一声："你跟着干啥，回去！"我瓷在那里，眼里含着泪，顿了顿，一步一回头地往回走。太爷侧着头不知在给大弟说什么，等太爷不说了，大弟用手指示意我在城壕边等他。我在泪眼蒙眬中受到这意外的鼓舞，心里的沮丧一扫而光。看着一高一低两个身影远去，我回到城壕边，坐在西农东墙下，眼巴巴地看着城壕通往车站的土路尽头。时有从站上回来的村人，见我坐在墙根，便问："你太爷引着你弟逛站去了，你咋没撵去？"被太爷喝退的羞耻，加上村人的不知情，让我更加难堪。

等待的时间格外漫长，等弟弟摇醒我的时候，太爷牵着弟弟的手站在我面前，弟弟的手里是手帕包着的一块甑糕。

太爷去世的时候，大弟已上小学六年级。从学校放学回来，得知太爷殁了，大弟一头扑在已被安放在门板上的太爷身上，放声大哭，连我妈给戴的红孝帽都蹭掉了。村人说，这娃孝顺，他太爷没白疼。还有人说，娃是哭他的吃货没了。

我自然没哭，一滴眼泪也没有。太爷去世的时候，我已经是一个大姑娘了。可当年在城壕边被训斥的情景我至今也没忘，但我永远记得弟弟背转身递给我的那块甑糕、那束拐枣、那把花生。

2005年，村里重新规划房屋道路布局，城壕被填上了土，修成了宽阔的水泥路，当年那个我坐过的地方也成了平展展的水泥路面。修路的时候我特意回了趟老家，去看了看那个见证了我从拖着鼻涕的小女孩成长为大姑娘的城壕。

城壕边，挖掘机轰鸣着来回奔跑，人们忙着用架子车拉土填埋城壕。那个曾经委屈哭泣的小女孩连同那苦涩的岁月也一同被填埋在了黄土里。

十年后的一个夏天，我再次回到村里，把儿时记忆中的村庄细细踱了一遍。城壕原址边上，刘姓人家早已搬走，住进了位于街道上的气派的二层洋楼。那个坚固而带着莫名气象的院落透着衰败，荒芜着一院子杂草，一只发黑、破损的旧筛子透露出曾经有人住过的痕迹。不只是刘家院子，接纳了我整个童年、少年时期的街道也早已不在，家家户户盖起了独门独院的二层小楼，门前统建的绿篱里，柿子树高高大大顶着满树青绿的果子，当年那些低矮、破旧的土路，以及屋顶一边盖的土屋恍如隔世。

夜晚，临街的铺面上商家的招牌霓虹闪烁，当年起着防御作用的东墙也悄然开了一扇门，进出的师生在已经成为繁华街道一部分的村庄里购物、吃喝，村庄上空总是飘散着浓郁的酒菜香。漫步其中，繁华的景象于我更多的是新奇，就像当年我第一次逛站。

三三两两的村人，聚在村口闲聊，他们嘴里不再是今天挣了几个生产队的工分，谁家的地里草没锄荒了庄稼，而是谁家二楼的招待所又有了新住户，楼下出租的饭馆里今天待了几桌。路灯下，依稀可见他们年少时的眉眼，只不过没有了当年的气息，透着富足、闲适，甚至有些无所事事，连皱纹里也是。而那些再也不会站在这里说话的人们，早已在张家岗的公坟里安静长眠，面目模糊，就像不曾来过。

我走在自己的出生地，也走在别人的生活里。

他们还是他们，我也还是我，村庄却不是村庄。

西　墙

翻开《现代汉语词典》（第7版）第1049页，有对"墙"字的注释："砖、石或土等筑成的屏障或外围"。

张家岗是个村，村边就有一面墙。这面南北蜿蜒的青砖墙，把偌大的西农围成一个让村人仰视的另一方世界，是一面名副其实的界墙。但墙不是张家岗村的，是墙的建造者西农的。西农是一所高等农业学府，里面的教授在村人看来就跟这面墙一样，高不可攀。因为在村人眼里，墙里面读书的和教书的，都是祖坟上冒青烟，几辈子才出一个的人才，不是家家都有这个福分。

在古代，墙的作用自不必说，防御、隔离，与安全有关；现代的墙由于有了监控设备的辅助，安全上的防御已不再是主要功能。加上城市拆墙透绿，墙的防御作用日渐衰弱，但与墙有关的词语却不少。比如说形容一个人立场不坚定，叫"骑墙"；说一个人摇摆不定，叫"墙头草"；某人总祸害自己人，是"挖墙脚"；女人不守妇道，是"红杏出墙"；最著名的墙是"萧墙"，是面惹事的墙……仔细翻一翻字典，关于墙的词语多少与建筑有关，但引申义却都以贬义为主，这个发现让我有些颇为费解：为城池家财起着保护作用的墙，怎么出现在引申义里就成了这番光景？可见，很多事物并非是以实际功能的优劣来定好坏。

尽管墙在文字里有些面目全非，远不及它在实际生活中发挥的作用那么光明正大，而对于张家岗的这面墙来说，虽不是村子所修，却和村子有着千丝万缕的联系。从20世纪60年代到现在，横跨半个多世纪，这里面的故事就和长城一样，连绵不绝。

西墙，不言而喻，位于村子西面，矗立在西农和村子城壕之间。清一色的青色方砖，一丝不苟地在水泥的黏合下层层垒砌，从我记事起，这面墙就是这副高大的模样，除了用以补缝子的水泥白灰有些斑驳外，青砖依旧，颇有古意。

墙里面的人或许没有兴趣出来，外面的人却时常想进去。在中国人的思想里，靠山吃山，靠水吃水，行的是近水楼台的方便，加上"公家"的便宜像一大块猪油，谁都想去占一块。据说，解放前校园里时常丢东西，校警队动辄荷枪实弹去村里搜查，乃至抓人。解放后，虽然丢东西的事件少了，但村人时常因吃水用电的琐碎事到学校讨说法。到了1958年，赶上西农扩容，为了跟村里缓和关系，西农给村里拉了电线，免费供电二十多年。

20世纪80年代，全国家庭联产承包责任制实行不久，家家户户都处在虽能果腹，却手无余钱的状态。我家也一样，三个孩子三张嘴，父母除了种六亩地糊口以外，再无其他经济来源，加上要交提留款、公购粮等，谁家的日子都不宽展。也不知道哪家发现了一墙之隔的西农，因了大学生们实行寄宿制，每餐剩余的恶水（方言，指泔水）可以用来养猪，而且吃了恶水的猪容易催肥，于是张家岗村的家家户户差不多都养起了猪。

一根木扁担，两头绑上铁钩搭，挂上两只铁桶，担恶水这一行当便应运而生。而要把喂猪的恶水从西农挑回来，并不是件易事。从村子穿过学校正门，空桶担子担过去，装得满满当当的两桶再担回来，来回最少也有四五里路。加上大门口门卫的阻拦，担恶水这个行当一起步便遭遇了麻烦。

这段高大而南北绵延四五里路的青砖围墙，用它的存在准确诠释了词典上的含义。

在经历了和门卫的斗智斗勇之后，不知谁出了个主意："翻墙"。从西墙翻过去，就能直达西农第一学生食堂。于是，村人中有手巧者就选取村子北头靠近变电所的一处较为隐蔽的地方，偷偷用凿子在墙柱上凿出几个脚窝，在墙里面垫一个石头蹾子，翻过墙以后便于落脚。就这样，借着这一段远看并无异样的砖墙，村人把墙里面那一桶桶恶水担回来，倒在家家户户的麻石石槽里，猪们就从春天里小猪仔的模样长起，经春厉夏，在腊月里被吆到交猪点，换回孩子们早饭的鸡蛋、过年的新衣、碗里的饭菜及下学期的学费。

担恶水看似轻松，其实不然。除了翻墙这个技术活，还讲求相互配合。在村子里，男人们往往在地里忙断了腰，这个差事就落在了妇女身上。妇女们三五成群，踏着西农师生结束三餐的时间点，你拉我一把，我帮你递桶，提着空桶翻墙进去，满满两桶满载而回。

母亲也是担恶水大军中的一员。20世纪80年代初期，很长一段时间，我和村里其他娃娃一样，放学以后的主要劳动，除了冬季要及时烧炕，其余时间便是跟着母亲一天三趟地翻进西墙担恶水。我亲眼见过母亲飞快地提着大铁桶，在五六层高的宿舍楼盥洗室里，在食堂背后的大缸旁，躲过巡楼的保安、管理宿舍的宿管阿姨，和村里的其他妇女竞赛着脚力、眼力，在从下而上的爬楼梯中，半个馒头、半碗剩饭地把随身带的桶一点点装满。而我，则在三楼或者四楼某个固定的位置，看着我家的桶不被保安或宿管阿姨发现并没收。这个时候，来回翻墙建立起的互助式友谊，在母亲和村里的姑嫂姊妹之间，瞬间变成了对手式竞争，即便这样，翻墙回村的时候，一切又恢复如初，丝毫不影响她们之间的互助情谊。

母亲生来体壮且眼亮，总是全村妇女担恶水大军中率先装满两桶的那个。母亲担着满满的两只桶，放在西墙下，把扁担拎在手里，踩着那些磨得光滑的脚窝攀爬上去，骑坐在墙头上，用扁担的一头钩起一桶恶水，小心翼翼地倒换着手，把那只桶卸下来，拎过墙头，继续挂上铁钩，再吊下墙外。如此这样，等把两桶恶水倒过西墙以后，再从墙上踩着脚窝快速地爬下来，担着满满的两只桶，问着我的学业，问着我在学校的表现，一脸笑意地迈着有力而均匀的步子，朝家里走去。遇到我考了"双百"，第二天的早饭锅里，箅子上必定会多出一枚鸡蛋，背着弟弟们，母亲把鸡蛋塞在我的手里。这一个早晨，就会比其他早晨更为独特，这一天也会是快乐的一天。

而就是这样身手敏捷的母亲，我也曾在跟着她打下手的翻墙岁月里，数次看见她因一不小心踩空而从高高的西墙上跌落下来，或没挂住钩搭把满满一桶恶水滚落在地上。母亲坐在地上，望着拢不起来的汤汤水水号啕大哭，不知是哭身上的疼还是哭那些即将挨饿的猪，或是在哭自己一番辛苦紧张却白忙活一场。我也跟着她哭，虽然我并没有摔。这时候，村里好心的婶子、大妈就会把自己桶里的一部分匀出来，默默地倒在我家的空桶里，几家人就都担着多半桶恶水回家了。

于是，幼年的时候，我最盼望的不是考"双百"，而是母亲能够顺利地担着两桶恶水回家，那两只油垢斑斑的铁桶，在我眼里，是猪圈里吧嗒吧嗒的进食声，是一天天积攒起来的好日子。

西农还是很快发现了担恶水队伍的日渐庞大。村里的男劳力绝不肯为了家里的几头猪而放下面子去担恶水，那些穿着廉价卡其布、面色黑红的农家妇女群体的不断壮大及管理员的不断反映，还是让西农下决心来阻止这样的行为。门卫堵、没收桶，甚至保卫处贴告示警告，都没用，后来，干脆在西墙上想办法。

不久，绵延四五里地的西墙上，便竖起了明晃晃的玻璃碎片，那些刀尖似的碎玻璃挺立着，墙里不时传来人的走动声、咳嗽声。

眼见着圈里的猪仔要挨饿，村里的男劳力出动了。他们组织起来把西墙从村北头变电所到正门之间的地段逛摸了一遍，终于在城壕附近地段发现一处玻璃碴子稀疏的地方。半天后，这个当时被叫作动医系实验楼，里面经常传出各种小动物叫声的两层小楼和西墙之间，便成了另一处更为隐蔽的进出之地，除了墙里的旱厕味道不甚美好之外，这也成了村人进出西农的一条捷径——这里离村子更近些。

除了担恶水，家家户户的娃娃们也拎着自家的热水壶去灶上提开水，还有人用手里不太宽裕的一元两元钱去西农食堂给娃娃们买回一两张糖馅儿芝麻饼、一铝盒米饭；到了冬天的早晨，那些脑袋灵光的人家把自家地里的白萝卜、红萝卜细细地切了，拌上新拔的蒜苗，红辣子酸醋调好装在搪瓷盆里，一筷子两毛钱地卖给那些吃腻了食堂大锅菜的师生。我上高中专那两年的费用，几乎就是靠母亲带着小我十一岁的弟弟，端着冰凉的盆子，站在冬日寒冷的食堂门口，在人流中一筷子白萝卜、一筷子红萝卜地卖出来的……

西农放置碎玻璃的法子，不但没有起效，校园里的妇女儿童反而多了起来，据说为此还上过学校领导会。一段时间，西农加强了对西墙的巡查力度。一边是尝到了翻墙甜头的村人，一边是加大保护力度的学校，矛盾终于爆发了。

我当时正上小学，等放了学回来，经过城壕，才发现平日里青色的砖墙突然多出来一个豁口，就像经常闭紧嘴巴的一个人突然张大了嘴，而且嘴里光秃秃的，没牙般空洞，透着一股突如其来的不适应。那些于匆忙中没有细看的宿舍楼、教学楼，以及校园里的花草树木，像被撕开的画布，里面的景致猛地被暴露出来，呈现着一种不可言说的新鲜感，甚至空气中还隐隐透着兴奋。师生们站在豁口交头接耳，村人在废墟里捡拾着砖头。"把西墙掀倒了"，这个消息顷刻间传遍全村。不久，村子里个别人家低矮的猪圈墙上就新起了一圈青砖，偶有朝外的一面墙上，赫然凸着"农专右任"字样。多年以后，我无意中得知，这些凸着清晰字痕的青砖有个好听的名字——小农砖。

这之后的十余年里，西墙也曾因种种原因被村人掀倒过。据说，这以后的几次掀墙，都发生过互殴，双方人员一度为这面墙打到了区政府，最后由区政府出面协调才了事。而掀倒的西墙在数次重新修补的过程中，成为村里娃娃们钻进钻出的通道，那样的兴奋比起今日孩子们去游乐场，还要有过之而无不及。

那时的西农和张家岗村，在一次次西墙的重砌和推倒中，你退我进，彼此仇恨，却又束手无策。

直到20世纪90年代末期，村人的日子越过越好，西墙再也没有倒下过。若有村人相互打趣，"看你闲的，咋不掀西墙去？"另一个则白眼一翻："我嫌颇烦。"便再不作声。

半个多世纪后的今天，西农的西墙依旧还在，只是当初墙头的碎玻璃再无踪迹，就在当年动医系实验楼附近，一扇大铁门豁然洞开，师生们在村子里的街市吃饭买水果，村人穿过铁门去西农操场散步。铁门跟前的茶肆酒馆，总是在饭点飘出饭菜的香味。村人由于土地已被集中收购，村子成了城中村，村人也有了新的称呼——居民，枣红色的户口簿上，职业一栏虽然仍旧写着农民，地址也还是张家岗村某排某号，可村人早已不是当年的村人了。

当年身壮眼亮的母亲，也于四年前离我们而去，不用再担着恶水担子闪着节奏，笑眯眯地问着我在学校的表现；曾经和她一起翻墙进出的婶子们，有些也和她一样，长眠在北沟的公坟里。在那里，她们占据着不多的墓穴，窄窄的坟茔仅容得下一具棺材，因此上坟的时候，我们不得不跨过别人先人的坟头，缩着身子跪在坟前烧纸磕头。

去年夏天的傍晚，我穿过这扇铁门，去西农操场散步。跨过那扇光滑而斑驳的大门时，心里充盈着新鲜，抬脚的一刹那，心里恍惚起来。那一刻，我分不清是跨在了这扇铁门里，还是依旧随母亲骑在西墙上张望着校园，看是否有人追来。门里盖着一间矮屋，屋里的保安穿着制服，淡黄的灯光下，保安头也不抬地玩着手里的小收音机，那小匣子里传出一声柔美的秦腔女声："清风徐来增凉爽，为遣情思赏秋霜，花园里边眼界逛，胜似那整日守闺房……"

青砖墙还在，墙里墙外的人却走动起来了。

三 角 地

我站在经历了二百九十六年风雨的城门口，已经空了心的国槐树依旧枝叶繁茂，那个被风雨侵蚀坑洼不平的青石碾子上落满了灰尘，透着无言的沧桑。当我怀想着国槐树后当年城门上"瑞接凤岗"四个字是怎样遒劲有力时，入伏后少有的凉风正缓缓刮过头道塬，向南赶着和秦岭的风汇合。这个近三百年前就有的村庄，恍惚间已不是生我养我的那个小村庄了。

虽然时常回老家，可这一次是我的心魂回来了，我带着一颗只有"凤岗"人才有的心魂回来了。

三畤塬下，秋玉米已长成零碎的绿，与周围的浓绿相比，这绿还不足以覆盖收获过夏粮的土地，只是给广阔的大地作些清凉的点缀。向南望去，秦岭泛着黑蓝，起伏连绵地将小城揽在怀里，犹如剪纸般在湛蓝的天空下静立。

我回到养育了自己的旧称"闵峻庄"现叫"张家岗"的村子，走过与近三百年前全然不同的街道，与那些相识的或面生的村邻偶尔打个招呼，或者淡然一瞥，便匆匆低头而过。在这些与他们的父辈酷肖的脸上，我脑海里闪过一丝记忆中的熟悉，也透着青石碾盘般的沧桑。就像村中那些随处可见的檐角、围墙或谁家门前的石蹾，感觉熟悉又陌生。

这个和成千上万的关中农村并无二致的村庄，坐落在三畤塬和渭河中间的平原上，在这个北高南低逐步形成台塬地貌的小城，张家岗村犹如落在凤凰背上，而得以在小城头道塬上俯瞰渭河，遥望秦岭。有着这样地形的村子并不多见，这也是现在的西北农林科技大学，也就是1934年成立的国立西北农林专科学校选址在这里的缘由，直到1958年，当时的西北农学院师生的通讯地址上还无一例外地写着"陕西省武功县张家岗村西北农学院"。校以村为址，这份光荣一直浸透在人老几辈村人的言语中。

这个在清朝就有的村子，在历经了天灾人祸之后，如今也只剩下了村中央的空心国槐树和早已斑驳的青石碾子，一代又一代的村人，在国槐树下长大，又从青石碾子旁被抬进村北三角地的官坟，度过了他们不长的一生，也走进村庄长长的历史。

20世纪70年代中期，我出生在这个村，和村里同龄的小伙伴一样，从跑马城、踢毽子的游戏开始，把少年、青年时期所有的记忆和着村子上空百年来的袅袅炊烟，长久地镌刻在这个村里。那门前拴着的牛羊、跑着的鸡狗的吃食鸣叫声，以及村人夏秋两忙的疲累，成为我一生也挥不去的性格底色。

"野鸡翎！"

"跑马城！"

"马城开！"

"跑过来！"

"叫谁跑过来？"

"柱子跑过来!"

跑马城游戏的呐喊声，一直环绕在我的耳旁，透过这声音，我依稀看见，被喊作柱子的小男孩铆足了劲死命地冲向对面拉成一排的小伙伴中间，冲开两只攥在一起的手，随即拉上一个慌乱离群的小伙伴，嘴里兴奋地嗷嗷叫着，带着拉回来的小伙伴骄傲地回到队伍中，和自己这一队的小伙伴继续拉成一排人墙。就这么冲过去，拉回来，在一轮又一轮的对呼中，对面的人数越来越少，柱子这边的人数越来越多，这个叫"跑马城"游戏的赢家自然就是柱子他们。柱子是我的大弟，如今已离乡二十多年，安家落户在遥远的新疆。不知道他记不记得这个我们小时候玩过无数次的游戏。而此刻，当我走在村中依然保留着的——当年唯一的一条南北通衢的大路上时，我的耳畔似乎还回响着当年孩子们脆生生的呼喊声、咚咚的奔跑声，在被脚步腾起的薄尘里，我看到脚下的路，已不再是当年的泥汤满地或者是尘土飞扬的硬辘辘马车路，而是一条宽敞的水泥路。

走过国槐树，往东，就出了村子，记忆中这条位于村外的南北大路，往北可以走到名为后河北的村子，往南直达火车站。一棵树冠庞大的皂角树，矗立在北头的三角地；另一棵还是皂角树，立在南边的水坝下。这两棵皂角树，隔着长长的土路，正南正北地卫士般挺立，守护着百亩良田，也守护着一村的人畜平安。

站在这条路上仍可望见南边的皂角树，只是那个春天里绿草如茵、开满野花的水坝已被一片房舍替代。正是草木繁茂的时候，皂角树散开巨大的树冠，浓绿填满了树间的枝枝杈杈，无声地看着这一方沧海桑田。而到了冬天，那黑硬的枝干怒发冲冠般指向冬日的天空，孤独地昂首而立。

立在十字路口，一时竟不知该往哪里去，我索性坐在路边，看着十字路口过往的行人和车辆，闭上眼睛，思绪万千。

这个村子无数次出现在我的梦里，我像熟悉自己的手掌一样熟悉它，可此刻，却又遥远得让我不知去往哪里。

还是往北走吧。恍惚间有个声音响起。

我走过在雨天里被大雨浸泡成稠泥汤，又在晴天里坑坑洼洼的土路，二支渠的水在阳光下闪着碎玻璃般的光芒。东边，初夏时节因收获油菜而当成晒场的土场，如今已是菜苗满畦。豆角架间垂坠着状如小蛇般的根根长条，黄瓜、西红柿散发着成熟的气息，放眼望去，大片的菜地和旁边的田野犹如绿毯，环绕着土黄色的房子，成为一幅天然的田园风光画。继续往北，开着门的二狗家家里人正在择菜，正在门口拍着婴儿快要睡着的跟友媳妇嘴里喃喃地念叨着什么，三毛叔家的黄狗正卧在门前的树影里半眯着眼打盹……二支渠的水，清冽冽地哗哗流过，欢快地向南流去，去滋润塬下的秋庄稼。

我走过涝池，走过被称作55地的田块，看见西农变电站的高压线直直地伸向谁也没有去过的远方，那些高压线支架一个个手叉腰地站着，铁人一样忠实地守在田野里，一动不动，只有嗡嗡的电流声从耳边划过。看见了变电站，就该右拐了。

我向右拐上一条狭窄的土路，这是一条仅容一辆架子车通过的土路。照旧是布满了车轱辘印，走上去硌脚。如果是雨天，则像一脚踏进了熟过的西瓜里，咕嘟有声，再抬脚却又困难。我爷和我大弟柱子正在那里给玉米锄草、间苗。草是收麦时遗漏在地里的麦粒不合时宜地发芽后长出来的，叫作麦青，嫩而细长的麦青一簇簇地在风里摇曳，颇有些舞蹈的意味。刚刚长出来一拃长的玉米苗，一窝里挤着三四株，和那些碧绿的麦青混在一起。我爷带着我们就是来锄麦青的，顺带拔去每窝里多余的细玉米苗，保证一窝里只有一株壮玉米苗。到了秋天，这些独享了水肥的玉米苗就会半腰挂着一个个牛角般的大玉米棒子，炫耀般地回报我们。整个田野看上去就像一支武装整齐的军队，秋风掠过，"士兵们"持"枪"而立，空气中就会满溢着成熟的味道。

我无声地抡起锄头，跟在我爷和弟弟后面，把一丛丛麦青锄掉，再顺手拔去多余的玉米苗。这样溽热的午后，地里刚刮了一丝儿风后，就再无声息，地边的柳树垂下长长的枝条，无力而蔫巴，仿佛在地里劳动的是它们而不是我们。后背上，汗溻湿了衣服，裹在身上，像钻进一截密不透风的口袋里，难熬而枯燥。

"哎哟"，在前面间苗的弟弟突然尖声叫起来，立时身子便矮了下去，捂着脚后跟一屁股坐到了地上，在前面锄地的我爷扔下锄头，三步并作两步的跑到我弟跟前，掰开他捂着脚的手，一股子血蚯蚓般从我弟的脚后跟淌下，滴落在干燥的黄土块上，那被血滴泡过的土块便呈着暗红色。我拄着锄头发呆，不知所措。邻畔锄草的三狗家婶子讥诮地说："锄地都不会，抢着锄把跟跳舞一样，看把你兄弟脚挖了。"我爷抱着哇哇大哭的我弟，冲过来，眼看着那巴掌扬过头顶，最终也没落下来，只狠狠地撂下一句："这是三角地，你都不生心吗？"

望着我爷急匆匆跑远的身影，我猛地醒来，下巴上濡湿一片。我摇摇头，想起我爷已去世了四年，被我挖断脚筋的大弟，现在遥远的新疆思乡情切。有小风跑过，掠起地面的一丝儿灰尘，那尘土里的小虫就在夕阳的光柱里挣扎着，扇动着小小的黑翅膀拼力飞出尘土，落在不远处，收翅歇息。而那睡梦中走过的日月，已是三十年前的遥远记忆。

我站起来，望向记忆里我挖断我弟脚筋的三角地。那里虽然已经被齐整的厂房替代，可透过这些厂房，我还是清晰地走进了这个张家岗人的最后归宿。

这是一片耕地，大片的土地上，微微高于土地的地垄区别着各家的地畔，远远望去，这一大片种着玉米的土地和关中道别处的地并无不同。只是耕地中央那些高高隆起的坟堆，馒头似的坐落在这片长着庄稼的地里，周围松柏苍翠，草木葳蕤，一座又一座圆形的土堆下，是全村各户故去的先辈，他们曾在这周围及这块被叫作"三角地"的地里劳作，春种秋收，把一天天的日头从东背到西，自己也从蓬勃少年变成佝偻着腰的老人，直到吐出这一生的最后一口气，又在儿女孙辈、好友村邻的哀哭中，在鼓乐响器的吹打下，埋进黄土，埋进自己劳作了一辈子的土地，成为后辈儿孙口中的一个念想，一个家族的记忆符号，直至历经几代人后，斯人形象模糊，音容不再。三角地，也在安埋了一辈又一辈人之后，成为张家岗人最后的去处，也成了集体的公坟。谁家的老人故去，都不可避免地来到这里，成为这片春天种小麦、秋天收玉米的土地里的永久居民，不再背日头、熬日月，长久地安逸了……

没有一丝儿风吹过，那些埋葬了鲜活生命的土包在绿树荒草的包围下，显现着深浅不一的土黄色，和我脚下正锄着的土地一样，透着深沉的生命本色。大小不一、高矮不同的土堆上，有的还立着残破的、被风雨侵蚀得已看不出本色的花圈，坟头上的麻纸也和土一样颜色，那是刚刚堆起的新坟。而那些看上去不怎么饱满的坟头，被一片浓荫覆盖着，只有风偶尔刮过时，才能看到其间露出的一点坟尖，提示着这里的祖先长眠已久。望向不远处，一大片土堆连绵起伏，犹如一个个曾经鲜活的生命林立着，无言着，生前相熟或不相熟，关系和睦或有仇恨的，都成了这里的永久邻居，共居一片土地，不分长幼，无爱无恨。

人和故去的先祖争地，也是没办法的事。谁家都有几张总也填不饱的嘴。不争地，吃什么？喝什么？我爷说得没错，三角地都不生心，没挨打算是惩罚轻的。

大弟的脚后跟韧带断了，被我左顾右盼地抢锄时，不小心挖断了。为这个，我弟脚上挨了四针，我也成为全家人的"公敌"，成了"不生心"的代名词。当我每天端着专门为我弟一个人做的糖水泡馍，看着我弟大口香甜地吃着泡得又大又暄的泡馍，喝着甜丝丝的糖水时，那一刻，我猛咽一口唾沫，恨不得让我弟挖断了我的脚筋。

没让我记住在三角地干活要生心，却让我记住了那吃不上的糖水泡馍。

张家岗人老几辈传说，这村人是从山西洪洞县大槐树下迁来此地的，其别于他处的鲜明特征就是背手走路，脚的小拇指甲分为两瓣。当初叫"闵峻庄"，是在清朝雍正年至同治年间，按闵氏族姓命名的，除此之外，还有张、成、重、李、孟、侯、解七姓。相传就是这八姓九户人家集资购买了城门口口的青石碾子，它和那棵树冠庞大的国槐树一道，构成了左边是国槐、右边是碾子的"左青龙、右白虎"格局，配上村口大门正中书写的"瑞接凤岗"砖刻楷书，让这个村子成为方圆几里少有的祥瑞村庄。时过境迁，1929年前后，闵姓和成、重、解三姓一道神秘消失，门户和部族皆不见踪影，至今成谜。于是，张家岗就剩余了张、李、孟、侯四族，和不知何时迁居进来的刘、何、袁、朱、徐、党六姓，发展成现在的十姓杂居的村子。

我家姓李，李姓从历史上，一直稳居于本村而无挪移，是村中根底清朗的人家。只是我家从我曾祖父手上起，就一直人丁不兴，尤其是男丁不盛。我爷和我父亲，均是弟兄三人，加之考学、外出就业等因素，留在村里支撑门户的总是不多，我爷是一门一户，到了我父亲这一辈也不过是两户，比起村子里那些门子大、人口多的人家，劳力少不说，日常生活中因为男丁稀少而吵不能言、打不能胜的事经常发生，因此在我们李家，男孩子比女孩子金贵几乎就是定律。

所以，当我在给玉米间苗、除草时不长眼地挖断了我弟的脚筋，那以后的日子可想而知。我不仅要给我弟奉上一日三餐以示悔过，更是连那暄腾腾的糖水泡馍尝都不能尝一口。

三角地的公坟，一年年地葬埋着村人，各家各户的先祖都在其间长眠。村人说起三角地，更多的是闪烁其词，似有难言之隐。

"妈哎，你咋舍下你苦命的儿就走了呀……"一声悲戚的哭诉传到我耳朵里。我猛地睁开了眼，原来我坐在十字路口睡着了。

那碗糖水泡馍的香甜似乎还停留在口腔，耳畔却是那长长的哭腔。

"三宽他妈去世了，你看他姐哭得难过的。"我听见村里的菊英嫂子喃喃地说，像是说给我听。难怪下午回来的时候，村子里有哀乐飘过。

"人这一辈子脆得很，吃苦、受累，过不了几天好日子，就到头了。死了死了，眼一闭，腿一蹬，三角地一抬，就清白了，啥都没有了。"说着话，菊英嫂撩起衣襟擦着发潮的眼睛。

是啊，从哭着来到这个世界，又在别人的哭声里离开这个世界，这一生就这样来不及回味就结束了。村人常说，扶着棺材想家常，送的是别人，想的是自己的难场，哭一阵已经走了的人，想一想活着的心酸。好在活着的人，还能有哭的时候，还能有遭罪、享福的时候，直到什么时候也和三宽他妈一样，眼睛一闭，两手一摊，被响器锣鼓抬进三角地，这辈子也就真正地一了百了了。

三角地的公坟，就是这样接纳了一茬又一茬生于斯长于斯的人们，同样的地，同样的土，长着滋养人生命的粮食五谷，也接纳着人不再温暖的肉身。活着的人种下丰收满仓的籽粒，圆丘下是吃了一辈子土里长出来的粮食的故人，同样的土，种了庄稼就是生，隆成土堆就是死。从生到死，一了百了，长眠于村边，也长眠于时常在这块地里春种秋收的乡邻、子孙的眼下。

黄土地养育了我们，也成了我们最后的归宿，人与地之间，竟终其一生，纠缠不休。

而如今，村子里那些刚刚故去的村邻，已不再去三角地。那块地在十二年前被政府征去，成为工业区。那些安埋于此的几十代人，被各自的后人们按图索骥地寻到骨殖，重新埋到新的坟地去。新的公坟是政府照顾当地民俗在村北林坡地开辟出来的，那里山林茂盛，小沣河在脚下缓缓流过，只是由于土地有限，各家的祖先不得不一人一个很小的土坑，紧紧地挤在一起。那里的林地不适合种庄稼，也不会再发生人和祖先争地的情况，而那里，就真正地成了坟地，不再有在祖宗的眼皮子底下劳动的余悸。只有在特定的节令，才有子孙们夹着纸，迈过别人家祖先的坟头，蹴在窄窄的碑前，仓促地磕个头，烧几张纸，喃喃地告知亲人自己已经来过。

风卷起烧过的纸烬，黑蝴蝶般地腾空而起，又慢腾腾地落下。往北望去，小沣河不舍昼夜地流过，远处的村庄、田地静静地歇在半山腰上。火灭灯熄，一切都结束了。

2019 年 7 月 17 日

张家岗的皂角树

在我的记忆里，儿时的每个村庄都有皂角树。皂角树的存在，让村庄邪祟不生，人畜平安。皂角树是村子的守护神，婆娑散开的巨大树冠，不论冬夏都让村庄散发着祥和之气。如今，很少有村庄保留着皂角树了。

——题记

张家岗村有两棵皂角树，一棵立在村北，一棵立在村南。一南一北的两棵树，矗立在村子南北通衢的官路两头，像极了过年时关中农户贴在门上的秦琼、敬德。这颇有古意的栽法，让遥相呼应的两棵皂角树成了村庄的"秦琼、敬德"，守护着一村人的吉祥安泰。

张家岗是我出生、成长，虽走出去又不断梦中相逢的村子。这个和关中平原上数不清的村落并无二致的村子，坐落在小城最高处的台塬上。小城以农闻名，据说这种北高南低、三级阶梯式的台塬地貌，完美提供了农业研究所需的典型地貌，于是，民国时期以先进教育思想著称的三原人于右任就把当时的"国立西北农林专科学校"的校址选在了这里。如果目光能够像春风一样任意游走，顺着八十多年前于先生的目光和手指的方向往西看去，就会发现，周礼的发源地，那个建立了周人王朝的岐邑一带，那个膴膴肥美的周原，和张家岗的台塬源出一脉，一起在沧海桑田的神秘安排之下，在连绵不断中东西呼应。

曾经鸣叫在周原一带、预示着王权兴盛的凤凰，顺着渭河哗哗的水流，振荡着五彩斑斓的双翼，也曾经鸣叫在张家岗的台塬上，这只寓意着兴盛、吉祥的鸟儿也把五彩的祥光洒落在张家岗村，"凤岗"一词成为近百年以后人们依稀的记忆，也成为当时于先生选址凤岗村的有力佐证。"凤凰鸣矣，于彼高岗"，这一声声婉转的凤鸣，鸣出了周王朝的开端，也把祥瑞泼洒在这个古老的村庄。

从张家岗村的官路往南望去，付家庄、老火车站、永安村、淡家堡，从北往南一级一级排开。渭河水绕着村庄汤汤流过，浑浊的水带着大河奔流的气势，从西往东像赶着大车的旅人般日夜奔袭，要忙着汇入黄河。远处的秦岭，连绵起伏，有着父亲般的冷峻，终年身着黛青色的长袍，伸出长长的手臂将小城揽在臂弯。雨后初晴，依稀可见山尖上莹白的雪迹，犹如玄色的衣襟前簪着大朵的白牡丹，透着雍容肃穆之气。站立在张家岗村南头的皂角树下，我把虚无失落的目光收回，再一次反身进入历史并不悠长的时空隧道，在又一次因怀念而起的穿越里，我成为那个对初始世界保持着好奇的孩童。那个扎着羊角辫儿的小姑娘，忽闪着大眼睛，把眼前早已不是记忆中的故乡还原成儿时的村庄，那些一度模糊的往事也像沉没在深海的满船珠宝，在记忆的海水里熠熠闪光，发出召唤的光芒……

从我家一边盖的偏厦子房出来，往东走不了几步就是一口小小的涝池。我家东邻就居住在涝池边上，涝池临着官路，土路上车过人走，晴天里总是尘土飞扬，雨天里那些车辙形成的土塄成为绊人的暗坑，临路的涝池接纳着晴雨交替，也吃进尘土喧腾，一年一年渐渐收缩，终于在我大约八九岁的时候，成为一片布满皱纹的干涸洼地，连接成官路的一部分。从这一小块由涝池演变成的土地上踏过，沿着官路往北走，就会走到三角地、菜壕、变电站，身边的二支渠水就成为伴奏的乐声一直响在耳边。渠水终年哗哗地流淌，给塬上的张家岗和塬下的付家庄连畔耕种的广阔田地送去滋润。二支渠是两个村子共用的灌溉渠，不宽的渠体用粗砂水泥砌就，清凌凌的渠水终年只有渠深的一半，那灰白的渠内侧就形成鲜明的上浅下深的纹路。长长的二支渠水似乎怎么也流不到头，从北边的崔西沟起步，流过付家庄，依旧水量不减。渠水经过田地，在需要灌溉的地方开了口子，这样的口子每隔一截就有一个，像被顺切成两半的多脚蜈蚣。开着口子的田野，如渴急的农人，大张着嘴，吞吸着清冽的渠水。

从渠里流淌出来的水，有着沁人骨髓的冰凉，即使夏季也不能洗菜洗衣，手放入水中没几秒钟，就会冰得骨头疼。每到灌溉季节，家家户户的大人给孩子们说得最多的一句话就是，少到渠里耍水，仔细夜里骨头疼。渠水流到地里，地里就横平竖直地起了垄，那些略高于田地的垄，形成一条条小沟，引导着渠水流向自家的地里。正在起身的小麦、正在悄悄拔节的玉米，就咕咕地喝起水来，发出小兽喝水一样的声音。尤其是夜里浇秋庄稼，半人高的玉米在秋夜里挺拔着身子，拔节的声音在泛着清辉的月夜里此起彼伏，满地就有了玉米们相互鼓劲生长的咯吱声。那声音，和着水流蜿蜒如蛇地爬行，连地边的刺刺牙、马齿苋、蒺藜这样的野草，都悄悄地跟着滋润起来，相互碰一碰叶子，那些绿莹莹、细长的茎秆就在黑暗里挺一挺，似乎长高了一截。

沿着二支渠，走过列兵方阵般的庄稼地，官菜地的旱厕灰头土脸地立在渠边上，先是土墙，后是砖砌的旱厕，成为南北狭长的官菜地土地肥力的来源，也散发着不论冬夏都凝滞不去的臭气。拐进官菜地，一大片油绿的萝卜，在冬日的阳光下闪着翡翠般的光，一眼望不到头，这就是一村人眼馋的冬日水果。萝卜把肥壮的身子挣扎出土面，冒出土面的那一截发出碧玉般的光，只是看着，就口齿生津，恨不能拔出一个来，扭去有些毛刺的粗大叶子，削去同样碧绿的厚皮，那一口清甜水一下肚，无异于走了长路的远客夏饮冰水。顶着疏散草绿的缨子，红萝卜发出透亮而深橙的红，混合着泥土湿润的地气，擦去泥尝一口，口腔里瞬间就泛起红萝卜特有的香气。总之，不论哪一种，都是那个年代的可口零食。

"谁家的娃偷队上的萝卜？"不知从哪个角落里发出一声听上去严厉实际上带着善意恫吓的嚷嚷声，那拔了萝卜的娃娃，不等看清来人，把萝卜往怀里一抱，一溜烟钻到地旁边的麦草垛子，靠着暄软温暖的麦草垛，晒着太阳，萝卜的清甜融化在心底，比吃了蜜还甜。

那一声听惯了的喝骂，延续了没有几年，统一耕种的大块官菜地就成为一畦一畦像棋盘一样的小块地，看上去长短不一，宽窄不同，对应着各自地头高矮胖瘦不一的麦草垛子、玉米秆垛子，成为各家私有的自留地。因了各家有各家的所爱，硕大的官菜地，虽未改称呼，却成了名不副实的私菜地，想种什么就种什么，所谓的萝卜白菜各有所爱，在这块菜地里体现得淋漓尽致。这也导致各家男人蹴在村中间国槐树下吃饭时，家家端出来的碗，大小花纹不同，碗里内容也各有千秋。全村三四百户人，这一片菜地是不够分的，沿着菜地往北，三角地对面那块终年给全村人用以打墙盖房垒墙垫圈提供黄土的田块，隔着二支渠，成了一大片深过五六米的大土壕，土壕也顺势成为后来开辟的菜壕。那些没有分上官菜地的人家，借着二支渠的渠水，把一块常年取土挖成的大土壕变成了四季碧绿的菜地，种上喜爱的蔬菜，一年下来，一家老小从春到冬的鲜菜就有了着落。有些孩子多的人家，往往会收罢麦早早下秧，再种一畦红薯。红薯这类藤蔓类作物，最喜欢到处爬着长，明明是在自家地里下的秧子栽的苗，长着长着就长到了邻家的地里，把绿叶紫茎长长地伸到了邻家的地里，覆盖在邻家的芫荽、辣子和青菜上。主家给菜地浇水，看一眼爬过界的红薯蔓，大声地招呼邻家："他婶儿，给你摘些红芋叶子，回去蒸麦饭刚合适。"邻家的婶子放下手头的杂草，客气几句，在自家地里就手掐几把嫩叶，晚上回家做一盆红薯叶子麦饭，捣了新蒜，红油酸醋地调了，男人和娃们直夸这时令的好味道。

到了秋天，霜下来了，男人才在媳妇娃的催促下，慢腾腾地给锄头上挂个襻笼，手笼在粗布棉袄袖子里趿着布鞋往地里去，一锄一锄刨开一窝窝的红薯干蔓。那些胖嘟嘟、紫红色的红薯就慢慢显露出来。把刨出的红薯捡拾起来，顺路在二支渠水里冲了，拿到官菜地旁边的公共水龙头下洗净，依旧挂在锄头把上晃悠悠回家。架上玉米芯子火，缓缓地拉动风箱，撒一锅玉米糁子，把洗好的、泛着光泽的红薯搁在箅子上，静静等着那一缕混合着玉米糁子和红薯甜香的热气从锅沿冒出来。娃娃们往往等不及，从笼里拣一个小的，咔嚓咬开，紫皮白瓤的生红薯脆生生地泛着清甜。过了嘴瘾，女人和娃娃坐在暖烘烘又渐渐弥漫起香气的灶火前，两个玉米棒互相交错摩擦着，剥下晒得干瘦的、黄澄澄的玉米粒，只等揭锅舀饭。吃着泛着香气的红薯，喝着热腾腾的糁子粥，美食给了一家人饱胀的满足感。傍晚时分，刚从菜地里拔回来的红白萝卜，细细地切了，拌上盐醋红辣子，各调一大盆，一红一白，映着灶膛里明灭相间的灰烬，就着热糁子，只听着吸溜吸溜的吞咽声，再无人说话。喝罢汤，窗外已黑尽。鸡踱着步，在地上踩下竹叶形的脚印，悄悄地卧在鸡窝木架上，不再出声。屋里昏黄的电灯下，女人静静地纳着鞋底，不时在头发上抿一下针，孩子们写作业的铅笔尖划过作业本，只有蹴在脚地的男人们，在门后的暗影里默默地点燃一根窄版金丝猴牌香烟，那一缕呛人的青烟便在灯影里袅袅荡开，又无声地散去。

三角地边的皂角树默默地注视着一切：脚下欢快地奔流的二支渠水、南边大片的菜地、隔着官路的菜壕以及随寒暑更替四季不断劳作的人们。

官菜地6月里收油菜籽，割完油菜，拔去菜秆，把地耙耱平整，趁着天未明、露水未干，拉着碌碡、架上担笼，担笼里装上半笼灶膛间的草木灰，一趟趟拉着碌碡光场，为即将到来的夏忙平整出一片晾晒小麦的地方。不到二十天，小麦就上场了，晾晒的好日子就那么几天，得抓紧时间把场光出来。父亲穿着汗褂，把大麻花般粗细的麻绳搭在肩上，肩上那一块早磨出了凹槽，麻绳搭上去会准确地卡好位置。原本软塌塌、偷懒的麻绳，一下子有了精神，直溜溜地搭在父亲早已磨得起毛的汗褂上。拉着碌碡，母亲把场上的土坷垃再捡拾捡拾，争取男人和孩子少跑几趟。早早被叫起来的孩子扶着担笼，打着瞌睡，不时被父亲呵斥，被母亲哄劝。"我娃乖，再弄一遍就不弄了，我娃回去继续睡。"拉着碌碡的父亲，赤着臂膀，不知疲倦般，一遍遍弓着腰、满脊背淌油冒汗地把碌碡从地这头拉到地那头。

到了三夏大忙时，上蒸下煮的割麦天热得人即使牛似的饮水，也挡不住嗓子渴得冒烟。父母往往天不亮就到地里，清晨三四点的时光，要趁太阳还没出来，地里还有些许凉意，能多割一点算一点。饿着肚子割上四五个小时的麦，身后端端立着的麦捆扎绑着一年的收成。面前金黄色的麦浪一眼望不到头，父母撑着快要直不起来的腰身，连那点丰年带来的喜悦都很快淹没在从头到脚流成小河的汗水里。人均一亩多地，小麦成熟的时候一起成熟，五黄六月的天气，雨说下就下，即便早早搭镰收割，我家六七亩已经熟透的、从裂开的麦衣里往外张望的麦粒，还是一碰就唰唰地掉落，不抓紧时间抢收就只能眼看着麦粒落在地里，过几天长成碧油油的麦青，或者全家吃一年出了芽的芽麦。芽麦黏牙，蒸的馍黑青黑青，撕扯面也总是断成节节。父母在地里割麦，我和弟弟们在家烧水做饭。早晨，母亲下地走时会喊我起来熬大糁子，那种只是脱了皮、近乎保留了完整玉米粒形状的大糁子，是最难熬熟的。往往是母亲下地前叫醒我，我架上硬柴大火熬煮，直到父母从地里割麦回来前，一大锅糁子才能熬熟。熬烂的大糁子得提前刮到大铝盆里凉着，不然，从地里回来的人又饥又渴，根本喝不到嘴里。我总是瞌睡，不是父母下地回来大糁子还硬着，就是压根儿睡过了，火都没生起。为这，没少挨骂。割了一早上的麦，大人的劳苦自不必说，加上没饭吃，火气自然就大些。如此三两回，我再也不敢贪睡，总是母亲叫了就一骨碌爬起来，揉着惺忪的眼睛，点火、加水，架上一整块大硬柴让灶膛的火烧旺，锅沿冒起热气，人也就放松下来。瞌睡再次泛上来，我窝在柴堆里就睡着了。母亲下地回来，看着灶膛里早已熄灭的灶火，轻叹一声："我的娃呀"，抱了我放在炕上。

各家早早光过的土场，成了摊场、晾场的好地方。抢割回来的麦子，摊开晾晒在白光光的土场上。手扶拖拉机突突突地冒着黑烟，车头后面拖挂着的石碌碡一遍遍碾过。用谷杈挑起碾得扁平的麦草，堆成垛子，细细地扫了碾下来的麦粒，土场就成了晾晒场。大人们早早起来，把泛着草气的湿麦粒摊开推薄，每隔一两个小时用耙子耙一遍，让麦粒翻个身，继续晾晒。太阳下山前，趁着晒了一天的热气还未散去，把晒得热乎乎的麦粒收拢起来，装进麻袋，堆放在塑料布上包起来防潮。晚上，各家各户会派了人看守这些麦包，一是防止被人偷去，二是便于第二天早晨早早晾晒。这时候，往往都是各家的半大小子当值。吃毕晚饭，住在支起车辕、棚上塑料布的架子车里，阔大的土场成了临时的窝棚区。孩子们总是争抢着干这差事，早早地来到土场，不是为了看粮食，而是能够不受父母管教，不疯到半夜绝不去睡。而我们这些女孩子只有眼馋的份儿，眼巴巴地看着弟弟们匆匆地刨完一碗饭，嘴里咬着馍飞奔向土场。即使睡在炕上，土场上的嬉闹声也会不时传来，勾引得人心痒痒。爬起来坐在院子里，父母的鼾声从敞开着的窗户里传出来，碧蓝的天空，满天繁星闪烁，只恨自己生来不是男娃。

皂角树看着这麦忙天的人间忙碌，也看着菜壕上紧挨着西农西墙的土地上，撒上麦种，收获玉米；看着一代代人直到老得种不了庄稼，收不了菜；看着从皂角树一样直溜着身子的青年人，到佝偻着身子再也摘不下就挂在头顶的皂角；再倒被子孙的哭声和锣鼓响器的吹打声安埋进地里，把在皂角树下四季更替的一生，永久地歇息在三角地的官坟里。

村北的皂角树，从我出生开始，就一直默默地站立在三角地边。似乎长得很慢，又似乎长了很久。春天里，黑瘦的枝干爆出点点碧绿，青豆似的点缀在枝干上，叶、花、刺以及皂荚都在悄悄地酝酿着。初夏，天还没有热起来，枝干上抽叶长刺，慢慢就有了葱茏的绿意，那些半拃长的绿刺，有着翡翠般耀眼的透绿，软软的，胖胖的，像一个还不会走路的孩子，透着生命原始的可爱和蓬勃，遮遮掩掩地藏在绿叶之间。一阵燥热的夏风吹过，巨大的树冠抖索着浓绿，树下的阴影也前后左右地游移，连翠绿的刺也跟着摇摆起来，有着粗服乱头之美。秋天的皂角树是一个成年的男子，披挂着满身的浓绿，垂下长长的绿皂角，也武装起坚硬的绿刺，像一个尽责的父亲，保护着满树的皂角孩子。这时候的皂角已有了圆润饱满的皂角豆，用铁钩绑上长长的桐木杆，一会儿就能钩下一大把来。坐在树下，剥开厚厚的豆荚，里面就卧了碧绿的豆子，嫩嫩的皂角豆是能吃的，只是不能吃多，吃多了胃酸，用大人吓唬孩子的话来说，就是吃多了皂角豆，嘴里会吐泡泡。有着嫩豆的皂角还不能用来洗衣服，皂角太嫩，出不来泡沫，也就洗不净衣服。于是大人们只允许娃娃们摘几个豆荚尝尝鲜，绝不允许多摘，要留着长老了洗衣服。

初冬时节，皂角树上的硬刺成了难以对付的剑戟，人们稍不留神就会被刺得鲜血直流，伤口也要肿好几天。即就这样，也难以抵挡村人采摘皂角的热情。这时候的皂角豆已经成熟发硬，乌黑油亮、肥壮饱满的皂荚被整个砸烂，那是比洗衣粉、肥皂好用得多的天然洗衣皂，把砸碎的皂角泡进水里，扔进衣服，跳一阵子皮筋，或跳几个回合的当儿，一大盆大人干活换下来的脏衣服就已被浸泡得干干净净，只需搓几下，放在清水里漂一漂，再挂在当院的竹竿上晾晒干了收回去。用皂角洗过的衣服，会散发着植物独有的草木香气。

这棵村北的皂角树，站立在村口，满身尖刺如秦琼手上挥舞的长剑，守护着一村人的安宁，也奉献着一树的阴凉、洁净。进村走亲戚的外村人，总是会等在皂角树下，捎话给村人，让来三角地皂角树下接。尤其是看女儿的丈母娘，更是把皂角树当成了等待接迎的地点。"他叔，就说他丈母姨在三角地皂角树底下等着，让娃来接一下。"这时候的皂角树就成了一大家子人期盼的希望，丈母姨不白来，那苦着白粗布的笼子里有油饼、油糕、曲链馍，有鸡刚下的散发着温热的鸡蛋，柳条编的笼子里装的是母亲对出嫁女儿日子恓惶的帮衬，提着外孙子、外孙女的好吃货。皂角树就在泛着油香麦香的母爱气息里，披散着一树碧绿，给走得满身汗湿的母亲一丝阴凉，那彼此的期盼也就有了着落。皂角树把等待拉长了，让焦躁的赶路人舒缓了许多。等着远远的一声"妈哟，你咋来了"的招呼，急忙伸过来的粗大双手接过笼子，也接过了母亲的期盼，母亲满含笑意地看着女儿女婿外孙子，凉丝丝的风吹得正是时候，里里外外透着舒坦。下了地的村人荷锄路过，头上顶着帕帕的婆娘眼热地看着这娘母们的团聚，夜里不免要给炕那头的男人叮咛几句："他大，要不这个星期六叫狗蛋跑一趟他外婆屋？"星期天，还没等到一家老小从地里回来，就有村人跑着捎来了话："他嫂子，娃他外婆在三角地皂角树底下候着呢。"

这个时候，皂角树总是晃动着身子，皂角哗啦啦地相互拍打着，满树就起了笑声。远去的母女，把身后的笑声留在皂角树下，混在风里，风里就有了温情。

我也在风里无声地笑了。

我坐在树下，看着手挽着手渐渐远去的母女，被皂角树发出的快乐感染，风里似乎有了乐声，这乐声是周礼雅乐，是普世的教化人心，更是周原大地凤凰所到之处的适彼乐土。

我坐在皂角树下，此时已是初冬。皂角树褪去满身的浓绿，皂荚也仅剩了够不着的几个挂在树顶端，光秃秃的枝丫和满身的黑刺，成为皂角树不同于别的树种的鲜明标志。冬天，所有的树木都掉光了叶子，成为不分彼此的同类，只有皂角树用一身黑刺证明着自己是一棵皂角树，而不是杨树或者柳树。

我站起来，拍拍身上的土。我守着三角地边的这棵皂角树，看着被塑料布覆着的过冬白菜，想象着厚塑料布下面用草绳扎得浑圆结实的白菜，望一眼变电站里纵横交错的电线，那些站立在田野里、支撑着总是嗡嗡作响的高压线的"丫"字形铁家伙们，它们不知道冷。风刮过那些铁战士，也被拦腰折断，空气里就有了冷硬的气息，那是风的血肉四散在空气里。

起风了，我把手笼在棉袄袖子里。我穿着母亲亲手缝制的棉袄，暄软温暖。这件白底粉花的棉袄面子，是用母亲常年翻过高高的西农西墙，从学生食堂和宿舍担了恶水养猪，猪养肥卖了钱之后扯回来的花布做成的。花布下面絮着雪白柔软的棉花，里子是母亲坐在吱呀作响的老织布机子上织出来的白土布。春天里，阳光好的时候，母亲和村子里的嫂子、婶婶们在院子里的空地上竖起一个个小竹筒，一排排整齐划一的浅黄色竹筒，像听话的孩子站在院里。母亲和她的女伴们穿梭在这些竹筒之间，不到一个上午，这些低矮的竹筒筒上就缠绕了五彩祥云般美丽的棉线。在家长里短的谈叙里，像起了一垄垄成熟的白菜一样，女人们摘下缠绕了不同颜色、饱满滚圆的线筒，收进硕大的襻笼里，备着冬里农闲时上织布机子织成布。

种罢冬小麦，给地里薄薄地上一层用猪粪、鸡粪拌匀的农家肥，只露出冬小麦细黄干瘦的叶尖儿，就到了母亲坐在织布机子前的时间。母亲把宽而厚的布带裹在腰上，一坐就是一天，连吃饭都是端了碗在织布机上吃，生怕借来的机子人家催着要。上了织布机子的各色棉线，带着清晨的霜露和夜里的寂静，穿行在母亲手中灵活的梭子里，也缠绕在母亲半夜里下了织布机直不起的腰身里，月余才能织成一匹花色绚烂、经纬细密的彩布，或者一匹瀑布般洁净的白布。这些粗布织进了母亲的乌黑青丝、挺拔的腰身，也织进了母亲灿烂的青春。这些布裁成我和弟弟的过年新衣，缝成暖和的棉衣棉鞋，裁成一家老小的被里床单，也把那些素白点染在母亲的双鬓。

我非常喜欢这件棉袄，虽然之前穿的时候长长的衣襟会从罩衣底下露出来，怎么也盖不住，袖子也需要挽起长长的一截才能包在罩衣袖子里，可现在，新做的罩衣太长了，这件看上去崭新的棉袄下襟翘在我的肚皮上，好像胖得有了小肚子，连衣襟下摆也跟着翘了起来，风钻进来，肚子总是凉冰冰的。更难堪的是，袖子短得露出一截手腕，冬天尖利的风钻进去，双手和手腕整天红通通的，像两个红萝卜。

我把双手笼在棉袄袖子里，手臂钻进袖筒，瞬间温暖了许多。我猫着腰，这样，前襟的衣服就不至于翘起来。我往南走去，那是家的方向。

我站在村子南边的皂角树下，这棵和北边的皂角树几乎一样的树，是两棵树里的"敬德"。所不同的是，这棵皂角树长在一个大水坝下面，树身下，是一面高逾数丈的土崖。付家庄人在这个原本是一大片耕地的地方取土垫圈盖房打坯，将这里挖成了一个土壤，只是没有种上菜。这棵树就立于危崖之上，看上去像是视死如归的英雄。

每天上学，我都要从南边的这棵皂角树下过。我背着书包，在皂角树下走过了我的青年时期。那时候，上高中是在杨陵中学，我在皂角树的注视下走过了青春时代的无忧无虑，也走出了农村，再也不是张家岗的农民。我永远告别了故乡、父母和皂角树。

上高中的第一天晚自习回来，母亲告诉我，到了秋冬，她在皂角树下等我。那时候，晚上下自习，春夏季还好一些，天黑得晚。到了秋冬，天早早就黑了，等下了自习，路上没有路灯，一群同学从学校大门拥出来，奔向四面八方。

家住北边的同学，出了校门右拐，走过付家庄那座架在河渠上的木桥，远远地看到付家庄村口的皂角树，心里就发急起来。

这棵皂角树立在付家庄的十字路口。皂角树往南，过了木桥，就是杨陵中学，附近十里八乡的农家孩子都在这里读高中，除去城里的学生，这里成为北边村子的学生上学的必经之地。那时候，过了张家岗和元树村，崔西沟、崔东沟、马家底家里条件好些的学生都会住校，虽然在学校住的是大通铺，但在那时候已是难得的住宿条件了。下了自习，付家庄的同学拐进了黑黢黢、七零八落的村间小路，同行的同学就越走越少。从付家庄的这棵皂角树继续往北，爬上一面斜坡，远远地就能望见张家岗的皂角树。而这面斜坡的东边，是一片和张家岗的三角地一样的耕地，不同的是，这里是坡耕地，站在坡底往上望去，一条东西横亘的黄土线绵延数里，似乎要同头顶的天连接起来。在这条黄土线下，一层一层长眠着付家庄的世代先祖。而在坡的西边，是越爬越陡峭的土崖，土崖上排列着已经落尽叶子的野酸枣、小洋槐，沿着崖边向下望去，黑乎乎的土崖下似乎隐藏了无尽的秘密。于是，这一截看上去并不漫长的土坡路，却在夜里弥漫着令人恐惧的气息。

走在冬季很少下雨雪的土路上，脚下是被拖拉机、自行车碾轧出来的高低交错的土塄，深一脚浅一脚自不必说，走惯了乡间土路，脚也熟悉自己面对的环境。没有月光的夜晚，东边一层一层的坡地上，隆起的土丘在收获了庄稼的田野里异常醒目，不时提醒着我们，那里安埋着付家庄的先人。我和同学走在坑洼不平的土路上，手拉着手，沉默地快步走着，生怕惊醒了东边那些沉睡的"人"。偶有一声猫头鹰嘎嘎的尖叫声划破黑夜，总是让人头皮发麻、一身冷汗。

这时候，一声长长的呼唤从头顶传来，划过漆黑寂静的夜，分外让人心安："蛋蛋娃，妈在皂角树这，我娃不害怕。"那一瞬间，鼻子一酸，提着的心也瞬间放了下来，擦擦手心里的汗，应一声："妈哟，我走坡上咧。你做的啥饭？"就这样，高一声低一声地问着晚饭，说着家里的母鸡下了几个蛋，新钢笔买了没有，靠着这些全无逻辑的问话，我和同学一步步爬到大水坝的皂角树下。母亲立在黑影里，身后是高耸的水坝黑影，在高大的皂角树下，母亲看上去瘦小单薄。我跑过去，手里被塞进两块热乎乎的红薯。我和同学啃着红薯，再爬一截坡，就能看见我家的大门了。大门上，去年张贴的秦琼、敬德对持着兵器，骑着马，两双瞪圆了的眼睛怒目相视，我身后黑影里那些想象出来的、看不见的东西，统统在这逼视之下没了踪影。仿佛是切断了那些看不见的跟随，我这才长长地舒一口气。同学的母亲或者父亲也从村口接了同学，消失在茫茫的黑夜中。

到了第二年，我和班上同学慢慢熟了起来，晚上下了自习，会相约着在操场上多走一圈，或者在教室再讨论几个问题。于是，往往就不能准时回家。下午放学，那些住校的同学，穿过学校西边的一个个宽大的月亮门，冲进十几个人一溜儿排开的大通铺宿舍，拿上从家里背的硬馍、咸菜，或者腌得黑绿的线辣子，在礼堂后面的学生食堂挤成一团，争先恐后地把各自手里的洋瓷碗、铝饭盒递进小小的窗格子，然后等着里面的师傅一声"饭出来了"的招呼，再从数量众多、模样相似的碗里、饭盒里精准地接过自己的那一份，嘴里嚷着"热饭来了"，找个地方蹲下，把菜放在脚地上，一手端碗，一手拿馍，美美地吃一顿灶上的热糁子。那时候，大家都穷，上灶的学生在报名那几天就要登记，确定每学期上灶的学生人数。登记过的同学，在报完名、打扫完卫生、领完书本的那个周末，骑着和身高不成比例的"二八"加重自行车，在星期天的下午回校时，用自行车后座驮了面粉和糁子交给灶上，记录上面粉几斤、糁子几斤，本月的饭食就按照月初上交的面粉或糁子的数量来决定。每吃一顿，就在面票或者糁子票上划去一格，早早吃完了一样就吃另一样，两样都吃完了，再从家里另驮。住校的都是离家远的同学，住得近的同学来回走读。那时候，住校和走读的学生都彼此羡慕。走读的同学羡慕住校的同学能在学校食堂吃饭，而不用每顿回去要帮着家里烧火做饭；住校的同学则羡慕回家的同学吃得可心。我家住得近，很少有机会在学校食堂吃饭，为数不多的几次，也是跟了住在永安村的同桌混吃的。之所以吃的次数少，不是因为关系不好，而是若我多吃了一顿，她就得少吃一顿，那时候家家粮食都紧缺。

偶有几次在学校耽搁得晚了，同路同学早早回了家，就剩下我一个人慢慢地走出校门。站在学校那扇铁栅栏门前，回身望着学校里依旧亮着灯的教学楼和东西两侧圆圆的月亮门，一想到那段回家必经的大坡，心里就蓦地发紧，打鼓似的咚咚响，脚步也就慢了下来。"你咋才回去？我送你吧。"这时候，一个带着浓重喉音的男声传了过来。回头一看，是班上的一位男同学，家住在城东头的半个城村，是住校的学生。

我四周望了望，不敢抬头。20世纪90年代初期，男女生虽不至于划分"三八线"，可依旧不说话，怕被同学老师扣上早恋的帽子。早恋这个看不见、摸不着的家伙，悄悄地躲在暗影里，和那些想象出来的鬼魂一样，悄无声息地成为大家小心翼翼的避讳。一说谁和谁走在一起，或者上学的路上多说了几句话，早恋的嫌疑就偷偷地在同学之间传播，非要闹到那一对男女同学不再说一句话，甚至相互仇视不可。这样的冬夜，大部分同学都已经回家，冷风刮着，校园里静悄悄的，想想那一截上坡路，我犹豫了半天，还是迟疑着点点头。

就这样，我俩一前一后走出了校门。为了避免遇到同学，我专挑墙角或者麦草垛子后面走，生怕被扣上那顶传出去丢脸的早恋帽子。一路相跟着，谁也不说话，往北拐上那座木头桥，经过皂角树，半坡上西边土崖上的酸枣树还是黑魆魆地彼此交缠着，东边坡地上隆起的土丘也还在那里，偶有谁家的狗冷不丁叫唤一两声，而心里却不怕了。

就这样前后走着，我攥着书包带，手心里握出了汗。低头看着脚下高低不平的车轱辘路，在黑暗里加快了步伐。头顶上传来一声熟悉的呼唤："蛋蛋娃，走慢着，妈在皂角树底下哩。"我这才松了一口气，回过身，朝黑暗处摆摆手，看着那个高大魁梧的影子转身朝坡下走去，赶紧应一句："妈哟，今黑我跟同学说了几道题，回来迟了。"

从那以后，偶有下了晚自习留下来讨论问题的时候，我总是有意无意地看见那个浓眉大眼、身影高大的男生伏在桌前做题，似乎从来不朝我的座位看一眼。但是当我走到校门口，他总是能准时的从黑暗处闪出来。和我一样，很快四处瞅瞅，便一前一后的往北拐去，依旧一路无话。

这样的日子不长，很快到了分别的时候。高二第二学期，我从语文老师王秀萍手里接过一张陕西省招生考试报，在那张报纸的背面，豆腐块大小的一段文字，改变了我一生的方向。那则报道仅仅只有一百来字，说的是陕西省内第一个播音主持专业招生的事。王老师对我的普通话一直抱有很大的期望，她希望我试一试，如果专业课没过，就当是给第二年参加高考热身。那一年，我抱着给高考积累经验的想法，两次面试、一次试镜，顺利地拿到了专业课录取通知书。接下来的两个月里，我发疯似的背语文、英语，演算数学，那年，在王老师的帮助下，我顺利报名参加了高考，从高二直接考到了陕西省电影电视学校，成为一名国家包分配的高中专生。

那年暑假，拿到录取通知书后不久，那个在暗夜里始终和我保持着距离送我回家的男生，托人捎话，让我傍晚在村南头水坝下的皂角树下等他。

夏日里的乡村，烦闷、燥热，知了在树上死命地扯了嗓子鸣叫，那叫声裹了厚厚的热缠绕在人身上，使人透不过气来。捎话的是我村的同学，去半个城走亲戚遇到那位男同学。那个夏日的下午，原本应该睡午觉的我，被屋外梧桐树上的知了吵得无法入睡，只好坐起来拿起一本书来看，看不了几行，汗渍湿了衣服，黏分分的，更增添了几分烦闷。好不容易到了傍晚，吃过了母亲熬的大糁子，给母亲说一声"我出去转转"，便在皂角树周围转悠起来。

二支渠的水依旧哗哗地往南流去，清冽的井水泛着湿凉，让人不由得清爽许多。村头大水坝上，花草繁盛，绿草毛茸茸的，和黄蓝紫相间的野花一起布满了大坝，像是给大水坝披上了一条精心绣成的花毯。我徘徊在大坝上，大坝渠里的水流推搡着流过，二支渠和大水坝周围的玉米已有半人高，月亮薄薄地挂在天上，纸片一般泛着银光，地气慢慢上来了，鸣虫们此起彼伏地唱和起来。

透过皂角树巨大的树冠，我看见一个高大熟悉的身影慢慢地从坡下爬了上来，手里似乎拿着什么东西。我下了大坝，走向皂角树。半个城村离我们村至少有十来里路，看着他满脸的汗，和潮湿的白衬衣下映出来的三角背心带子，我知道他一定是走了不少路。我看着他，从裤兜掏出粉色手绢，递过去，两年来第一次开口说话："擦擦汗吧。"我第一次这么近距离地看他。他浓黑的眉毛下，是一对不大却明亮的眼睛，高耸的鼻梁，厚厚的嘴唇，唇上长着淡淡的绒毛，嘴巴一圈泛着淡青。见我看他，原本就满脸汗的他骤然汗如雨下，不好意思地接过手绢，左脚在地上跐了一下，没有用手绢擦汗，却抬起手背抹了一把。这才把另外一只手从背后伸出来，手上是一本书。他递给我，我低头看去，封皮上印着《唐诗三百首》字样。我正准备打开，他急急地说："回去看。"说完一溜烟跑下坡去，风从他背后将衬衫鼓起来，不像是跑下坡，而像是大鸟一样飞下去的。

回到家，母亲问我去了哪里。我说去坝上坐了坐。书被我藏在衬衣里，悄悄地塞进了褥子下。给玉米捏虫、施肥、除草，割了茅草给畜牧站交售，那个即将离开家上学的暑假，是我无数个暑假里最忙碌的。我尽可能地多干一些家务，这样我的两个弟弟就能多玩几天。开学报到的日子到了，我带着这本书，计划带到新学校去读。军训、上课、下课，新结识的同学，上了高中专的新鲜感，让我很快忘记了这本书。随后，毕业、结婚、生子，日子一天天在忙碌中过去。孩子一岁多的时候，有一天整理书架，无意间发现书架顶端有一本书，书皮已有些发黄。我踮起脚，抽下来，吹去上面的尘土，正要打开，什么东西掉了出来。我弯下腰捡起来，发现这是一封信。与其说是一封信，不如说是一页纸，纸上只有短短的几句话，除了平常的祝贺和对未来的祝福，还有一句："我明年高考，希望你等我，我一定去你们学校找你。"

许多年后，我每每走过村南头的这棵皂角树，耳畔总会响起母亲的呼唤和有一句没一句的问答，也时常会想起那张满是汗水、有着浓黑眉毛的脸。

而那两棵皂角树，村北头三角地边的那棵，早已不知去向。三角地被划成了工业用地，地里那些入土多年的先祖被迁移到村子西北方向的林坡地，生长在三角地边的皂角树也被连根挖起。付家庄东边的公坟早已搬迁，西边的土崖也已削平，上面盖起了单元楼。那面土坡不再是尘土飞扬、黄泥汤汤的土路，而被一条笔直宽阔的柏油路取代。只有大水坝下的皂角树，依旧和敬德一样，矗立在坡上，春来绿芽满枝，秋去枝干向天。只要回村，我总会从它年岁久远的树身下经过。

一阵风吹过，我注视着满树黑枝和硬刺的皂角树，像注视着一位满脸皱纹的老人。是啊，皂角树老了，村庄也老了，一茬一茬人像地里割不尽的韭菜一样，被时间这只看不见的大手收割，老去新生，生死更替。只有刮过树梢的风，从亘古起步，漫过周原，刮向谁也看不清的未来。

2020 年 12 月 5 日初稿

2020 年 12 月 14 日改定

白　雨

初夏，已经收获的田野只剩下麦茬挺立在空旷的大地上，中空的麦秆像一个个号角，冲着天空奏响丰收的乐章。曾经铺满金黄色麦穗的大地，因为收割而变得坦荡豁亮，透着吹糠见米般的干净，像是天地之间刚刚布置的新房，透着无言的喜庆。不，更像是天地之间的产房，大地母亲孕育了收获，像生产完的母亲一样，周身洋溢着幸福，也透着疲累，这幸福的疲累扩散开来，大地便处处弥漫着产后的安详与松弛。

三畤塬下，玉米已经播种，布谷鸟不徐不疾地自呼，新鲜的牛粪味、粮食的清香味糅合在一起，街巷又成为村庄。我捧起一把黄澄澄的麦粒，吹去麦衣，放在鼻尖轻轻地嗅着，那儿时就熟悉的味道充盈心间，使人澄净踏实。经过日晒，略显收缩的麦粒看上去更加紧实，我捧着这天地娩出的孩子，这孩子一见日头，便吃进去浓重的日光，透着结实，也更加沉甸甸。

武功镇洛阳村，家家户户晾晒着的收割回来的麦子，摊满了门前的公路，这使得村里唯一的官路显得格外隆重起来，大地把丰收的喜悦慷慨地抛洒在村庄，村庄里里外外便浸泡在富足里。我在村里漫步，不时见到上了年纪的村民在自家门口忙碌着，用机器舂皮的，收拢摊晾的小麦的，挑着麦草抖落麦粒的，家家户户都把丰收晾晒在自家门前。一位九十多岁的老婆婆，满脸笑意地坐在自家门口，连斜躺在身边的拐杖都透着满足。

西边有雷声传来，轰隆隆地自远而近。抬眼西望，一大片浓重的黑云滚滚而来，像有人吆了一群黑色的牛在迅速赶路。村民边收麦边相互提醒："白雨来了，收快！"

说话间，眼见着西边大块的黑云压过来，快速向东移动，闪电不时发出耀眼的光芒，在天空划出刺眼的曲线。我走在黑云底下，风凉飕飕的，刮过依旧明亮的旷野，游蛇般掠过我的肌肤，继续向东刮去。空旷的田野毫无遮拦地暴露在黑云下，无处躲藏。嗅一嗅，和着风的凉爽，还有些微的泥土腥气。

刚坐进车里，大滴的雨点便砸在车窗上，那些柔曼的柳树在风里被一只只巨手捏住脖颈般，剧烈摇动拼命挣扎，碎叶、树枝哗哗地被雨滴击落，地面瞬间凌乱不堪。仰头望去，天空霎时垂下数股雨柱，壮硕的北风推动着这些雨柱迅速向南移动，疾速形成万千雨幕，万箭齐发般扎向大地，地面便开出一朵又一朵雨花，像是满地的活鱼在水面拍打着尾巴，沉默的大地也激荡起来。那些成股的雨柱击打着新翻的犁沟，泥浆便哗哗地冲刷着，奔流着，放眼望去，大地胎动一般，激扬翻滚。而在公路上，白雨突降，使得地面水流不及，这里那里便汪出一处处不知深浅的水洼来，仿佛一踏进去，就会踏进不可之境，这感觉使人畏惧。

天色更暗了。当我在雨里拼命地想跑出黑云的笼罩时，才发现，天地笼罩在无边的墨色里，雨柱击打着车窗，发出砰砰的声响，风在窗外死命摇动着车身，路上的行人缩着脖子快速地奔跑，尽管雨的前面还是雨，人们从一片雨幕跑进另一片雨幕，但还是跑着，失去了方向一般，也不知跑向哪里。那些骑着摩托车、自行车的路人，都尽量缩着脖子疾驰而过，向着雨幕中家的方向而去，家被雨幕抛在了千里之外，骑行者脸上便个个透着绝望凄冷之色。

风继续刮着，似乎要把这人间倒置。我干脆停车坐在这无边的旷野里，聆听雨水浇灌大地的声音。久旱的黄土高原吸吮着这自天而来的喜悦，婴儿呷嗫乳汁般酣畅满足，那些皲裂的土地欢畅自得，渐次舒展。我看着暗夜里深不可测的土地，其实是看着横无边际的虚无，似乎听到那些及时播种的玉米种子正鼓胀着身子，悄悄地从干瘪中苏醒，不急不慌的孕一星儿胚芽，静等着从地里拱出嫩芽。

我深深地呼吸，泥土的腥气弥漫胸腔，大地母亲就在这疾风骤雨里又一次历经着床、孕育、成熟，为下一次的分娩埋下伏笔。

雨住月出，世界空明。

2019 年 6 月 12 日

丰收节前，我在王上走了走

初秋的杨凌，在下了一场长达半月的秋雨之后，终于雨住天晴。一路往西北，天空一片灰白，看上去辽阔高远。两天后就是秋分，这会儿就像一脚踏进秋天的门里，另一脚却还在门外，只等着九月二十三日那一天，夏秋从此一别两宽。

杨凌中心西北方向不足十公里处隋文帝杨坚墓西，即王上村。

杨坚墓脚下，大片的徐香猕猴桃正在采摘。圆滚滚、毛茸茸的猕猴桃，挂在树上，也有的静静地躺在筐里，淡绿色的果蒂透着淡淡的清香。放眼望去，覆斗状的杨坚陵，翠柏蓊郁，隆起在一片即将收获的田野里，全然看不出秋的迹象。

王上村，是离隋朝开国皇帝杨坚陵最近的村，据说整村人是杨坚守墓人的后代，墓里还陪葬着金马驹。整个村子若是从空中俯瞰的话，从东向西依次排列着三条正南正北的街道，一条东西街道串起三条南北街道，仿佛写了一个大大的"王"字。全村二百五十八户、一千一百多人，围绕着村子的是大片的土地，种植着品质优良的猕猴桃，听说最近村子给本村产的猕猴桃起了个名，叫"隔壁老杨"。一代皇帝和"隔壁老杨"猕猴桃，一起成为五泉镇王上村共同的符号，谁也离不开谁。

沿着王字的那一竖，我把车一直开到了一面照壁下。这面巨大的深灰色陶质照壁上，"状元及第"的喜庆画面，在开得橙黄明艳的黄秋英映衬下，格外庄重，给这个村平添了几分古朴雅致，让人一看便知这个村有着别于其他村的深厚历史。

五十七岁的王上村保洁员王芳爱一手握着笤帚，一手拎着簸箕，正在照壁周围来回走动着打扫卫生。走在干净古朴的村里，水泥地面干净清爽，绿色的垃圾箱盖摸过去没有一丝尘土。王芳爱是个健谈的人，浓眉大眼掩盖不住年轻时俊美的模样："你看我们王上村美不美？我天天早上七点起来，把村子扫一遍，把垃圾箱抹一遍，这几天雨下个不停，我也要穿着雨鞋扫一遍。咱村子这么美，不能叫村子看着脏兮兮的么。干部叫咱干保洁员这个事，咱就要干好。"我立在初秋的晨阳下，面朝着杨坚陵，听着嫁到王上村三十三年的媳妇王芳爱絮絮地说着，她言语间的自豪和热爱深深地感染了我。"我屋是五十四号，姓刘，走，到我屋喝口水走。"说着，王芳爱便拉着我朝这条街道的北边走去。

如果不是心里清楚这是王上村，眼前这个家家门前有着统一花护栏、木质户牌和家训牌的村子，是很难让我和印象中十几年前破旧的老村子联系起来的。在我遥远而模糊的印象中，十几年前的秋天来过这个村，那是一次例行的采访，村子很破烂，由于下着雨，村中的土路泥泞不堪，我们的采访车陷进浓稠的黄泥汤里，我和摄像师不得不裹在泥水里推车，一双新买的运动鞋里外都是泥水。于是在我长达二十多年的记者生涯中，王上村连同那双心爱的运动鞋一起留在了我的脑海里。后来，就再也没来过这个村子。因此，今天来时，按着导航的提示，我径直把车开到了最西边的街道，眼看着就要撞到照壁上了，才停下来，也才在照壁下见到了王大姐。

如果不是村子门楼上的木刻村名，以及眼前这位热情的王大姐，我实在无法把当年的破旧和现在的整洁联系起来，无法想象这是同一个村子。

行走在村里，整齐划一的门前统建，让人恍若来到了世外古村。这村里家家户户都有一个统建花护栏，花护栏里是清一色的深褐色方砖垒砌起的半人高的植花种菜的小天地，村民们户户养花种菜，这门前就有了形态不一的浓绿浅红，成为一方诗意所在。花护栏的外砖墙上，每户都有一个长方形木质门牌，木头原本的纹理上仅刷了一层清漆，透着古朴雅致。而妙处则在于门牌上的字，一个方框围成一个大大的口字，口里是用阴、阳文雕刻的"王上"二字："王"字打底，用了阴文，摸上去有着浅浅的凹痕，"上"字巧妙地利用了"王"字的右半边，用阳文使其凸显出来，远远看去，"王上"两个字并无特殊之处，只有近看方能体会那份独具的匠心和巧妙。"王上"两个字下面是宋体的姓氏字码、姓氏拼音及各户编号，各家之姓一望可知，姓氏及编码下面紧挨着两行小字，每家六到八个字不等，由村里组织人根据各家的家风及性格特点总结出这家人的精神面貌，提炼成相应的文字镌刻其上，就像一个人，性格、性情全写在脸上一样，这窄窄长长的木牌就成了这家人的脸面。比如王上村三号王姓人家的木牌上就写着"广结贤良 不谋辈分"，而在另一条街道，八十六号李姓人家木牌上刻着"兄弟洽洽 宗族欣欣"。来人只须站在门口，主人姓氏为何、性格喜好、家风理念一眼即知。王大姐家姓刘，是王上村五十四号，木牌上书写着"勤勤恳恳 家道兴旺"，她家入户大门右侧的家训牌上则书有"耕读之家 和善待人"的字样。据王大姐介绍，她家大女儿曾以六百一十分的高考成绩被太原理工大学录取。看着身边笑眯眯的王大姐，这八个字总结得着实准确。

还没来得及进门，王大姐接了个电话，随后满脸歉意地对我说："我到村委会去一下，村上领导叫呢，你转过来了到东边找我。"

还是沿着那王字的一竖，我踱着步往东走，面朝着杨坚陵，走过蹲着石狮子的彩色门楼，不远处一群人正在焊铁架、绷画布，"一眼杨凌 千年农耕"的行楷大字赫然其上，配合着花纹装饰，在和缓的秋风里彰显着喜庆的味道。南边地灰色屋顶红砖墙的建筑跟前，一辆大型挖掘机正在轰隆隆地来回忙碌，北边同样灰顶红墙的村民活动室外，一群人撑梯子的、手拉钢丝的、刷漆的，各自忙活着手里的活儿。难怪村里只有老人在家门口的条凳上择菜闲话，原来村里的青壮劳动力都来了这里。"这是干啥呢，这么热闹？""秋分那天是丰收节，咱王上是分会场，有热闹呢，给那天布置场地呢。"开挖掘机的小伙子喜眉乐眼地说。

我从挖掘机旁经过，村委会广场上，书有"美丽乡村王上村"的巨石立在广场入口处，巨石西侧的青砖台上，麻石碌碡卧在打开的书卷样水泥台上，底座上"开皇之治""推行均田"等字样镌刻其上，让人不由得想起长眠于此的隋文帝。我走进西侧的灰顶建筑，这是一个四合院式的院落，遒劲的翠柏遍植院中，间或丛竹、柿树，透着典雅的南方建筑及景观气息，尤其是院子南边侧卧的一株龙柏，虽已倒伏，却依旧枝条蜿蜒，卧在那里却也别有一番情致，仿佛一个人，身残了，精气神却在。我向一位满脸粉尘的年轻工人打问这是什么地方，那人答，这是乡村振兴学堂。哦，这就是那所西北地区第一家的乡村振兴学堂！难怪透着浓郁的学术气息，和这个村子古朴典雅的气质一脉相承。我立在那棵侧卧于地的龙柏前，感受着这个院子里浓得化不开的地气，思忖着，这哪里是乡村振兴学堂，这是中国乡村的振兴智库啊，我所站立的地方，是中国乡村的新希望，是农村振兴的出发点，借由这个小小的四合院，把世代贫穷落后又远离城区的古村子打造起来，还要在这里给农民举办一场属于自己的节日庆典，这不是振兴的智库又是什么呢？

出了学堂，路边有一片刚刚收获的向日葵园，花盘已经收获，满园仅剩下葵秆，路边几株枯黑的秆子上，攀缠着一株株牵牛花，紫红花裙白蕊的喇叭状牵牛花正在花期，向天吹着饱满的喇叭，告知着开花的消息。那些还未开放的花骨朵儿，紧紧地闭合着，酝酿着怒放的力量。这些牵牛花花茎缠绕，花头两个一对地扭在一起，据说，牵牛花未开花的时候，两朵花紧紧地依偎在一起，待到开花的那一刻，向着相反的方向各自使劲，那花就在反方向的努力中粲然开放，这才有了我们惯常看到的饱满喇叭。也许只有牵牛花自己知道，为了这短暂的怒放，它们准备了多久，又积蓄了多少力量。

　　我行走在秋风中，默念着即将到来的丰收节。秋分，把气候意义上的夏秋截然分开；丰收节，把世代面朝黄土的悲苦农民变成时代的主人，在这点上，节气的意义对应了时代的转变。这一分，夏秋分明；这一分，两样世界。

　　两天后，我想我一定会再来王上村，我想倾听锣鼓敲出的喜庆，想感受村民脸上的笑意盈盈，还想看看那些牵牛花般朴实的村民，用他们干劲十足的激情，向世界宣告丰收的消息。

2019 年 9 月 20 日

丰收节，又见王上村

"走，到王上村逛会走。"

一踏进去往王上村的柏油路，成群结伙的群众相互招呼着逛会的声音在这个秋日的村间道路上此起彼伏。在关中道，群众习惯性地把各种集会、庆典当成会来逛，这个会，可以是农高会（即中国杨凌农业高科技成果博览会），也可以是寨东村逢阴历二、五、八日的古会，还可以是今天启幕的丰收节王上村分会。一个"逛"字，把农民参会的喜悦、轻松及向往展现得淋漓尽致。

秋庄稼还没有收获，玉米顶着米黄色的天花，鼓胀着牛角似的大棒子，默默地酝酿着成熟；猕猴桃已经到了采摘期，徐香这个品种今年大丰收，一个个果形饱满、个头适中，等着被外地客商运走。这条村间公路的西边，硕大的杨坚陵冢苍翠浓郁，在秋日的田野里静静地守望着这片故土。路边的杨柳低垂着修长的枝叶，给树下欢歌笑语的人们带去些许的阴凉。

这是秋分的头一天，王上村的丰收节已经开始。地里的玉米还有一段时间才能收获，十里八乡的乡亲们，安顿好家务，趁着这个空当，也给自己热闹一下，过个会。

我远远地停好车，这条唯一的入村路，由于行人众多，已经车如蚁行，不如走路来得快。我跟在一群大婶大嫂后面，听着她们絮絮叨叨地说着家常，聊着各自的日子，一起朝王上村走去。

"咱今儿都买啥呀？"一个肤色白皙、身材微胖的大妈问着身边有着黝黑肤色的大爷。大爷满是皱纹的脸上透着喜庆，也透着满足："想买啥买啥，拣好的多买些，翠儿两口子在西安不得回来，给娃们买些吃货。""咿就对咧，只要你发话，我给咱采购。"一句话，惹得一群人哈哈大笑起来，其余几个正在拉闲话的大妈嫂子对着那位大爷，笑眯眯地说："今儿大方得很么，舍得叫我五嫂花钱了？""今年雨水好，桃把钱挣下了，五亩徐香客都把定钱给了，今年价好的，'隔壁老杨'给咱帮了大忙了。叫买去，平常舍不得，今儿咱过节呢么，买！"人群里又爆发出一阵笑声，这笑声里透着富足，透着对眼下日子的赞许。

那位大爷的话简短利落，如果不是本地人，恐怕很难理解。其实他说的是，今年雨水好，家里种的猕猴桃由于村上统一用"隔壁老杨"品牌售卖，卖上了好价钱，客商给了定钱，就等着拉猕猴桃了。原来，这位大爷大妈是本村人，是到路口来接逛会的亲戚，于是一群人热热闹闹一同去逛会。

拐过一个弯儿，远远地就看见长长的街道上人潮涌动。路边的饮食摊上，大锅盔、羊血饸饹、臊子面、酸辣粉、小李旗花面一应俱全，红辣子酸醋绿漂菜，一路走着，光是看一看都让人食欲大增；隔着一条马路，对面就是雪白的桌椅和彩色的遮阳伞，已有群众坐在遮阳伞下就餐。餐桌旁，一大丛一大丛百日菊开得正盛，一派喜气洋洋，把杨坚陵脚下的这片土地装扮得格外美丽。

饮食街的香味儿撩得人口齿生津，刚才那群大爷大妈一眨眼也没入跟会的人群中。我继续朝西走着，初秋的阳光暖暖地洒下来，像细细地在脸上敷了一层金光，每个人看上去都透着喜庆，这个往日里平静的村子笼罩在一片丰收的气息里，仿佛这个古老的村子也跟着喜悦起来。

"我和我的祖国，一刻也不能分割……"刚刚还沉浸在酸辣粉的酸香里，琢磨着要不要来一碗手工酸辣粉，一阵深情舒缓的歌声从村委会那边飘了过来，一位身着黑色礼服的男演员正在和着伴奏深情歌唱，他的身边，围绕着一群天使般的孩子，手执小红旗，身穿白西装，围观的群众把村委会广场围得密不透风，连那块书写着"王上村"字样的巨石也被遮挡得严严实实。五泉曲子戏、快板、秦腔、流行歌曲，丰收节乡村音乐会正在进行，一个个节目引得群众驻足观看，连石碾子上都站满了人。

抬头看看天，天色正蓝，天空凝固了一般，仿佛这一片蓝色也被乐曲声吸引，要观赏这热闹的人间。

而在村委会前的空草地上，乡村振兴展也不含糊。猕猴桃、青苹果、红薯、无花果、葡萄、木耳、杏鲍菇，各种应季农产品纷纷亮相，一街两行铺着雪白台布的摊位前，各色农产品色泽鲜亮、清香诱人，就连那锻打的铁质农具也透着工艺品一般的精致，让人忍不住要拿起来仔细端详一番。"我这是非遗产品，纯手工打制的农具，你看看咱这工艺，不划手。"摊主看我拿着一把铲子，热情地介绍说。原来，这是杨凌非物质文化遗产之一的白家铁艺，"虽然说现在的人用机械化收割，可这些锨啊、铲啊、镢头平常也能用得到，再加上这是门老手艺，咱现在不为生活发愁，不管咋都要把这门老手艺坚持下去。"摊主正是白家铁艺的掌门人白建盟，说起这个传承了千年的老手艺，白建盟一脸自豪："给咱过丰收节呢么，咱就要把咱的手艺展示展示，让人看看，现在的农具和以前的相比，个个都跟工艺品一样。"白建盟乐呵呵地说着，递给我一把火钳子。

我长久地徘徊在乡村振兴展的展位前，回想起自己在农村的成长经历。那时候，靠天吃饭的农业，繁重的人工劳作，让人们无法从体力劳动中解脱出来，我的父辈乃至祖辈们，终其一生，除过下雨下雪、冬闲时节无法下地劳动，其余时间，全家老幼都跟"长"在地里一样，春种秋收，一刻不闲，才能勉强度过日月。而那些从土里刨出来的粮食果蔬也灰头土脸，和它们的主人一样，黯淡无光。而如今，这些光鲜亮丽、可口美味的农产品，竟成了工艺品一般，摆在那里也成了一道风景，成为生活品质的象征，不再仅仅用以果腹。现在的农人们，也一改往日终年不得闲的劳碌，有机会过一回自己的节，逛一逛属于自己的会，看一看这千百年来不曾改变的土地上产出的洋气的瓜果蔬菜，说一说各自生活的新变化。而这一天，农民不再是农民，而是整个社会关注的焦点，全社会都在给农民过节。走在王上村的街道上，大人小孩脸上都透着喜庆，洋溢着欢愉，原来这是发自内心的丰收啊！

我慢慢地走着，不时被在人窝里钻来钻去的孩子冷不丁踩一脚，被大人们手里拎着的新鲜农产品撞一下，心里却被这热闹所感染。如果这时你从对面走过来，那个傻呵呵笑着的可能就是我了。这一刻，我也是幸福的中国农民。

我行走在这欢乐的海洋里，那些乐声、人声，在我身边一遍遍煮沸，一遍遍开锅，就像脚下的土地有着柴火在燃烧，才使得这地面透着浓烈的热闹和欢喜。

我坐在一根太阳能灯杆下，仰头望着那古朴的"隋"字，心想，这情景，不就是一幅中国农村的"清明上河图"么？

2019 年 9 月 22 日

众生平等

茫茫世间，众生平等，得修一颗平等的心。

蜗　牛

下雨天，蜗牛们纷纷出来透气，平平常常的雨天就多了几分灵动。伸出手轻触一下蜗牛的触角，那灰色纤细的角猛然缩了回去，透明的身子缓缓地收回壳里，等再伸出头来，已是朝着与原来相反的方向了。花椒树上的蜗牛是最多的，颜色老成的、刚刚长出透明嫩壳的蜗牛，色泽深浅、形态大小不一地密布在花椒树上，想必是花椒枝条上的对生硬刺有着与壳相似的保护色，才让蜗牛们得以安心繁衍。

雨天是蜗牛的游行日，蜗牛是动物界的庄子。

麻　雀

太阳刚一落山，一群麻雀便尖叫着从树林上空飞过。它们飞过车辆川流不息的水泥路，碎石般落在一棵高大的杨树上。杨树茂密的叶子间便隐没了这一群吵闹不停的生灵，它们并不安生，叽叽喳喳地欢叫着，似久未谋面的好友，交流着一天的见闻，诉说着相思之苦。这样的吵闹惹得附近的麻雀一群一群飞来，这棵树上很快便落满了麻雀，它们飞起落下，飞起落下，欢快的声音落满了叶尖。慢慢地，太阳周围的余光淡了，麻雀们听到指令般集体噤声，似乎这棵树上从没有来过什么生物。

人类给予动物的想象和评判只适合人类自己，麻雀们的欢乐却从未止过。

马　蜂

前年初夏，书房外的屋檐下，几十只细腰大肚的马蜂在这里进出忙碌，不几日，一个精致圆巧的巢就建好了，像一个冬日荷塘里失去了莲子的枯莲蓬。到了秋天，马蜂们大限将至般一只只飞离蜂巢，只留下一个空巢悬在那里。经了一冬的风，显出灰白色。到了去年初夏，还是那些细腰大肚的马蜂，依旧辛苦忙碌，却是在旧巢旁边筑了新巢，只是不知道是不是去年的那群蜂。新巢渐渐圆润饱满起来。马蜂依旧忙碌地进出。又一个秋天到了，巢里的马蜂越来越少，留在巢里的马蜂也一日比一日早出早回。

听说马蜂从不住旧巢，比起成语里的鸠，这些马蜂有志气得多。

又一年小暑日。在书房喝茶，猛然想起书房外的蜂巢来。曾有朋友告知那是胡蜂，蜇人会致死。前年、去年，它们都在书房外檐上方筑巢，并无伤人事件发生。可今年直到今日，一只蜂也没见，自然就无新巢。我趴在窗户上往外看那旧巢，两个蒙上灰尘的巢依旧挂在老地方，没有蜂子出进。就像冬天结了冰的荷塘，干枯的莲蓬毫无光泽，孤独地悬在那里。它们去了哪里？是否又有了新的筑巢地？我不得而知。我甚至无从知晓前年和去年筑巢的是不是同一群蜂，或是否有着亲缘关系。

它们神秘地到来，又神秘地离去，仿佛我从未见过它们一样，干净彻底。

蛤　蟆

当长庚星挂上淡蓝色的天幕，蛤蟆们在池塘里争先恐后地鸣叫起来，就像热锅里炒着豆子，又像满操场的观众在呐喊助威。四周的静最能衬托这一天将尽时的吵闹，就像白色的画布上，很容易看到色彩一样。蛤蟆最能感知一天的结束，它们拼命地吵成一片，以挽留即将逝去的又一天。

四周暗下来，渭河要睡了。

2020 年 7 月

马河声的眼神

今年年初，在睡了一觉醒来之后，突发奇想，人有名字，书房也该有个名字。我的书房，面积不大，存书不多，却是我的一方精神领地，我在这斗室里喝茶、读书、静坐，偶尔焚一盘香，看着那星星点点忽明忽暗，在香气氤氲里任思绪遨游，若有灵感，便提笔疾书，落字成文，不求发表，不为结集，自成一乐。可以说，除了睡眠的卧室，书房是我待得最久的地方，时间愈久，便对这地方愈发喜爱起来。就像喜欢一个孩子，总喜给他取一个爱称，或者叫乳名，呼之亲切，以示钟爱。于是我苦思冥想，在诸多的汉字里挑挑拣拣又一一否定，甚或为着这名字还求教了我心目中奉为神明的师者。直到有一天，品茶打坐，把熟识的汉字在脑海中又齐齐过了一遍，"拙"字便突然闪现，对，就叫"拙园"。找到了喜爱的字，可接下来找谁写让我犯了难。书房对我来说，不仅是我独处的一方天地，更是我与先贤智者独往的载体，这么重要的地方，为它题写名号的人一定得是诸方契合、字人偕一的人。因着这个原因，我愿意等。再次把脑海里的书法家过了一遍，一个名字蹦了出来：马河声。

对长安城里一位叫马河声的艺术家的知晓，源于数篇知名作家撰写其逸闻趣事的文章，他的勤奋、风骨和随处可拾的幽默，在这些长短不一的文字中涌动。文中的马河声或长啸秦腔，有着专业票友的舞台表现力；或幽默风趣，勇于自嘲也敢于自夸；或剑眉倒竖，对那些虚伪造作妄佞浮浪之人不屑一顾。特别是书画文界友人雅聚，那更是缺其不可，席间妙语频出，意趣横生，一顿饭下来，让人深感马河声的演说天分。所以友人聚会，若没有了马河声参与，顿觉酒菜无味、乐趣全无。这些在旁人眼里交错纵横的特质综合到了马河声这里，不仅不使人感觉相互冲突，反而融洽和谐，有着说不出的愉悦意味。尤其是夸人这项本事更为神奇，很多人夸别人还行，夸自己就像红烧肉把糖放多了，让人听了容易有烦腻之感。马河声不同，在夸别人时顺带就夸了自己，就像他的书法，横竖撇捺飞扬交错之间，不经意间就一气呵成，绝无拖泥带水之嫌。我对他的印象，却是诸多图片中那一双眼，那双眼在长长的剑眉之下，透着坚定、坦诚和对所有人的敞亮。

书画皆佳，能文会吟，又擅治印，据说为人也是刚梆硬正，善良正直，对我这样原本就仰慕人品艺品相统一的人，有着天然的吸引力：这样的人是如何在人口众多又浮声喧嚣的长安城里发出独特的声音呢？

可我虽然早已从各种文章和朋友的微信里熟识他的种种风雅趣事，甚至了解他的性情爱好，可与人家并不认识。怎么办呢？打探无果后，托了熟人探问此事是否可行，被熟人婉拒："马老师看人呢，脾气不合给钱也不写。"此事就暂时搁置了下来。

直至己亥仲秋，一日忽见好友、著名山水画家刘大镛在微信圈里晒出调侃马河声的图文，赶紧将大镛的电话拨了出去，说了困扰我多时的想法，电话那头爽快地应承下来。

两个多月后的一天晚上，已是初冬时节，大镛打来电话说马河声正在其工作室懒园给我写书房名，他给我发视频，让我等着惊喜。握着电话，期盼让我度分如年。

几分钟后，大镛发来马河声手书"拙园"的视频，只见视频里，马先生剑眉星目，起落自如，那目视宣纸的眼神专注淡定，仿佛外物不存，握笔的大手有力敦厚，起落之间，"拙园"二字便稳坐纸上，当然，字如我想象般雄浑秀雅，让我一看便心生喜欢。当夜，我便因心愿达成而难以入睡，眼看着东方渐白。

两周后，已是仲冬，恰逢我休假，便委托大镛约河声先生一聚，算是面谢先生题写书房名之情。己亥年冬月二十三，长安难得的晴空丽日。我早起赶车奔赴长安。据说，河声先生一般下午三点以前不会客，三点以后才开放懒园待客会友或出门参加活动，且不喜欢中午饮酒。听说我从不远的农城而来，先生特意早起，一改往日习惯。我心下微微一动，满是感恩：这是先生体谅我们车马劳顿。和大镛赶到饭店，推门进去，一位头发浓密且略显花白的男士坐在主位，剑眉上扬，目光如炬。"马老师，您和我在微信中看到的一模一样。"握着手，我如是说。"都是一个人。"说完他朗声而笑，那爽朗让人瞬间放松。坐在先生旁边，得以仔细打量，中等个子，头大发乌，一双剑眉尤其引人注目，浓密硬朗，飞入发梢，剑眉之下，星目炯炯，清亮、有神、澄澈、干净，使人心生震撼。我从那些文字里知晓，河声先生生于渭北高原，高中毕业后只身来到长安，一介布衣，岂知长安不易？农家子弟，何知长安米贵？三十年过去，先生自成长安一景，其中经历自不必细想就可得知。在这俗世凉薄中，能够偏安一隅，独自发声，这样的人本身就是一奇，那眼神，则更让人深感惊奇：若非心无尘俗，何来眼神如炬？我是学播音主持专业的，知晓播音员主持人长期在镜头前会练就极有对象感的眼神，使人看上去炯炯有神，像眼里含了星星。这么多年，我第一次在一位非播主人士脸上看到这样的眼神。那眼神里有着洞明世事之后与现实剥离的纯粹，有着孩童般的清澈，有着赤子般的诚实，更有着你看一眼就笃定的踏实。有着这样眼神的马河声，难怪书画文印无所不精，这眼神给了我答案：一个有着明澈眼神的人，一定是一个内心坚定、不随俗世摇摆的人。这样的人天生遵从内心，不卑不亢不屈不迎。活成了自己，才会在这高人济济的长安城里独树一帜；才会在这三千繁华里练就十八般武艺；才会活出一个合阳人的独特风采，在古长安历史深厚的上空发出大龙河声，成为长安城的大先生。

席间，自是谈笑自如，风趣轻松，原本先生提议只喝啤酒，一人一瓶，结果一人两瓶还意犹未尽，连我这一杯啤酒下肚就脸红头昏的人也不知不觉间喝下两瓶。我与先生虽是头次见面，却仿佛熟识多年，今又重逢。

饭毕，先生邀我们去一路之隔的懒园喝茶。进了门，被门内景象所震撼：地上、桌上、整面墙的书柜上到处是书，以至于我在屋内走动的时候不由得蹑手轻足，以免惊扰了那书中的各位先贤智者，怕一屋子的智慧受到打扰，而鼻间却早已充盈着浓郁的墨香气息。坐定，先生拿出黄茶招待，就着琥珀色的茶汤，从品茶论酒到知识分子的担当，从文章天下事到余秀华的诗，那中气十足又音量适中的声音里，先生时而见解独到，时而会心一笑，时而凝眉思索，那修长而上扬的剑眉便偶有抖动，澄澈的眼神也如阳光透过树叶的缝隙，闪着碎钻般的光芒。其间，先生拿出一幅十二年前画就的大镛老师的人物画照片，据说原画被马先生珍藏不轻易示人。画中大镛先生一头浓发，目光专注，颔首低眉，唇齿用力，而头部以下却是留白，以供观者想象；接下来是一只握笔的手，五指紧握，由于手指吃力，中指叠搽在食指和无名指之上，笔杆垂直，笔头由于力道十足而被挤成扁平状蹾在纸上。纸在哪里？哦，那留白处即是。左边竖行草书若干："这是山水画家刘大镛先生创作时的风采……"整幅画构思奇特，却又意蕴十足，没有画全大镛老师的身形姿态，可那姿态却就在那里，仿佛天然就在那里，画了反而多余。马先生说，这是他一个晚起的午后，脑海里突然出现的一个画面，于是他披衣而起，洗漱都顾不上，一气画就。而大镛则说，大家都说那画的是十二年后的马先生自己，一群人哄然而笑，那笑声直出窗外，飘荡在长安城的上空。

品着茶，说着话，我在思忖，这幅画也就只有先生画得来，这种空灵写意的画法无不透着一份赤子情怀。马河声画笔下的刘大镛，赤子般的眼神，在作画时那用力抿着的嘴角，那下笔有力的握姿，那臂力千钧的落笔，却端端的身段全无，这样抓取主要特征的构图，又何尝不是源自孩童般的观察？

无意间瞥向窗外，薄暮初起，方知即将傍晚，惊觉我已在懒园坐了一下午。告辞出来,长安城已华灯初上,我脑海里突然冒出来几个字:大河希声。而我行走在陌生的长安,仿佛行走在盛唐的江山里,周身被浓郁的文墨气韵所包围,浑身充满前行的力量……

2019 年 12 月 19 日初稿

2020 年 1 月 4 日改定

农家乐里的后勤兵

一个夏日的傍晚，杨凌上川口村一户农家小院里，夕阳金色的余晖洒在院子里攀扯成架的爬山虎上，透出安定不失蓬勃的气息。院子里，一边是丛竹掩映的石桌、石凳，一边是细细地挑了垄系种植的黄瓜、豆角等菜蔬，只有空气中丝缕飘过的油泼辣子的浓香，才使人惊觉这一方天地原是人间烟火。否则，这"狗吠深巷中，鸡鸣桑树颠"般的惬意所在，像极了陶公笔下的归隐田园，恍若让人一步踏入世外桃源，再也不想离去。

经营着这家农家乐的是一位退伍军人，叫张旭峰。他浓密的短发、方正的脸盘、中等身材，眉宇之间透着军人独有的英气干练。1992年，十七岁的张旭峰应征入伍，成了山东济南场站新兵连的一名兵蛋子。从1992年到1996年，四年的军营生涯，让张旭峰从最初的新兵成长为一名优秀的后勤兵，并在部队上考得了三级厨师证。1996年退伍后，张旭峰先后学习过面食制作，干过厨师，当过木工，从事过营销，开过三轮车、出租车，经历过不同的行业，尝试过多个工种后，张旭峰还是挚爱自己心中一直想从事的事业——餐饮业。

2014年"八一"建军节，张旭峰和外地来杨凌的战友聚会，看到崔西沟农家乐本土化的经营模式，战友们提议集资，由张旭峰发挥所长，在自己家里开一家具有关中特色的农家乐。这个提议，或许只是战友聚会上的偶然提议，可在张旭峰心里却引发了很大的触动。回想起自己这几年的经历，干过那么多的行业，都不是自己所喜欢的，加上2013年家里新盖了二层楼房，有着经营农家乐的基本条件，而自己本身就是厨师，完全可以一试。聚会结束后，张旭峰回到家跟妻子朱小鸽商量了起来。家里上有老，下有小，去年才盖了房子，今年又打算经营农家乐，那意味着又是一笔大的投资，钱从哪儿来？加上自己家所在的街道曾经就有人开过餐馆，最终因为种种原因，关门了之，咱再开，能成吗？妻子的质疑不无道理。不光是妻子，家里老人、亲戚都不赞成。"可以说，开这个农家乐，除了我自己，没一个人赞成。"张旭峰笑着说。

"可旭峰认定的事，不管咋都要坚持到底，再难都要完成自己的心愿，想挡都挡不住。"张旭峰的性格妻子朱小鸽是最了解的。张旭峰力排众议，开始筹建农家乐，可除了战友集资了一部分资金，装修、买家具、收拾厨房等一应事务的开支，还差着一大截，这让张旭峰犯了难。"借！"张旭峰咬咬牙，拉下面子，到处告借。"这辈子为了开这个农家乐，把钱借扎了，也把人的脸色看扎了，花了十三万，才开起来，都快把命搭进去了。"张旭峰说。也正是这样，才让他下定决心，要把农家乐经营好，给当初质疑他的人一个明确的答案。说起哪里来的这股勇气时，张旭峰目光坚定地说："这得亏当初在部队的锻炼。部队四年培养了我坚强的性格，不管遇到啥困难，我都会咬牙坚持下去，决不放弃！"

2014年10月6日，"半坡寺旭峰农家乐"的黑底金字木招牌挂在了上川口村张旭峰家门口，喜庆的鞭炮声响过之后，三十九岁的退伍军人开始了自己的创业之路。

蘸水面、汤汤面、面皮、搅团、馒头、油饼、煎饼，具有关中风味的凉拌菜、炒菜，每一样吃食里，都能吃到小时候的农家风味，这就是旭峰农家乐和别的地方饭菜不一样的地方，而这良好的口感得益于张旭峰每餐后听取客人意见，不断调整菜品的口感和质量，更得益于对食材源头的把关：麦子从周边的种粮大县精心选购回来，张旭峰亲自拉着去磨成面粉；面皮、馒头、面条都是自己亲手制作的；肉类坚持选用有资质的店面来供应，回来自己清洗、卤煮……为了保证菜品和小吃风味地道、安全可口，张旭峰，坚决杜绝在市面上买半成品加工，要求卖给客人的饭食自己家里人随时能一起吃，更不会自己家人和客人吃的是两样饭。"只有这样，才能保证饭菜的品质，那些人来咱家吃饭，就是冲着咱的人品来的，不能卖个饭把人品卖完了。"张旭峰说。不仅如此，张旭峰还借鉴之前关门的几家餐饮店的教训，不管有没有人来就餐，都会按时开门、按照菜谱准备食材，从不会因为没人预订就关门，或者不采购食材，"要让每一个吃饭的人不落空，啥时候来咱都开着门，都有可口的饭菜。"

除了保证饭菜质量，张旭峰也力求在环境上体现关中风情。今天这里挖个坑，栽上竹子，明天那里砌个青砖花栏，种上薄荷、月季。指着院子里新挖的一口小池塘，朱小鸽说："这口池塘从去年9月挖到了今年6月，才挖好。这人就是这样，爱折腾，总想着把事干好，否则就停不下来。四年的兵没白当啊。"朱小鸽眼里透着疼爱，缓缓地说。

2017年"八一"建军节，照例是山东战友聚会，这一次的聚会放在了旭峰农家乐里。看到战友们对饭菜和环境都很满意，旭峰心里更踏实了。考虑到卫生间当时还没有装灯，怕晚上入厕不安全，旭峰在安顿好战友之后去卫生间接电，由于天下着雨，加上后院光线较暗，刚装上灯，没想到电线漏电，他不小心被击倒，摔下了梯子。在泥水里躺了几分钟后，张旭峰才苏醒过来，看着一脸惊慌跑过来的妻子，他忙安慰说："不要紧，不要过来，还在漏电。"妻子蹲在泥水里，泪如雨下……

去年，旭峰和妻子商量着想给院子栽种的爬山虎搭铁丝架，这样爬山虎就能顺着铁丝爬满院子，既能遮阳还能美化庭院。说干就干，张旭峰大热天爬上爬下，整整干了一天，胳膊被铁丝划伤，白花花的肉都露了出来，也不管不顾。朱小鸽心疼地喊着让下来包扎，他直到搭完所有的铁丝架才下来包胳膊。"从把农家乐开起来，家里的一草一木都要操心，他就是这样，要干就要干好，命都不要了也要干出名堂。当初我就是看中了他这一点。"朱小鸽眼含羞涩地说。

还有一次，张旭峰因为身体不适去打吊针，打到中途，有一位经常在农家乐吃饭的客人打电话要订菜并要求送到家里，张旭峰二话不说，拔下针头就往回赶，按时把饭菜送到了客人家里，送完饭菜，又接着去医院打吊针。"人家又不知道你生病，再说了，人家信任咱，咱就要无条件地做好。服从命令是军人的天职么。"张旭峰像是在说着别人的故事般幽默地笑了笑，"因为当了兵，就得对得起那四年的锤炼。我当初要开这个农家乐，各方面都不同意，这四年走下来，虽然也辛苦得很，可随着名气打出去了，家里人包括亲戚朋友就都慢慢支持我了，如果当初不坚持，哪有今天"。

四年过去了，旭峰农家乐已经成为中国乡村旅游金牌农家乐、杨凌三星级农家乐。

说起将来的打算，张旭峰指着院子里新挖的小池塘说，打算给池子里栽上荷花、睡莲，养上鱼，把摆桌子的地方再调整一下，给竹子那里安放上一张方桌，来了客人可以远远地喝茶、聊天、赏荷。秋天的时候，给现在种菜的地方养上鸡，让客人看着土鸡是怎么长大的，看上哪只逮哪只。再过一年半载，还想把父辈祖传的做豆腐手艺恢复起来，使用纯手工石磨磨豆腐，做豆腐脑，让周边的人吃到过去岁月的味道。

夕阳慢慢地沉到地平线以下，余晖也渐渐地消失。鸟儿飞回巢里，四周逐渐安静下来。院子里，青砖围砌的花护栏里，新栽的葡萄正在奋力生长，凤仙静静地孕育着花苞，一切都满含着浓郁的向上的气息。游廊里，军民农家小院的牌子上的"不忘初心"四个大字，在这个初夏的傍晚格外醒目……

2019 年 6 月 28 日

从旱塬走向草原

一路西行，从旱塬走向草原。满眼都是赭红色的时候，我就知道进入甘肃境内了。

那些赤色的裸露的土山，成为陕甘清晰的分界线。甘肃，在我幼时的记忆里，是和那些皮肤黝黑又极其能干的麦客联系在一起的。一天割二亩麦、吃饭用海碗、衣服稍显破旧，是儿时对麦客的基本记忆，他们往往是群体出现，很难见到单独的麦客出现在地头。只是现在，那些撵着麦熟的节奏，用镰刀和体力谋生的甘肃麦客已不见了，代之的是收割机追赶着日头，将那一片片黄灿灿的麦子连割带脱粒后直接入仓。

甘肃这地名，看字意就透着莫名的美。提起甘，人们往往想到甜，有着令人齿颊生津的向往；肃，又让人心生敬意。这两个字的组合，透着甜蜜的冷峻，就像一位五官皆美的美人儿，透着一股神秘的气息。

西和之行

在连霍高速上一直西行，奔着落日而去，就走到了西和县。西和县是仇池古国的所在地，从仇池这个古老的名字来看，想必这里曾是一汪碧水。典型的雅丹地貌，丘陵夹峙的川道，让这座城就落在一个狭长的地带，受了委屈般，依着川道而曲曲折折。不高的楼群挤挨在一起，一条细细的不算清澈的名叫漾水的河穿城而过，河道里长着茂盛的野草，也长着收割过的油菜的茬根。

穿过县城向东，爬云华山，山不高，却颇陡峭。沿着人工修建的石阶蜿蜒而上，时有衣着朴素、面颊发红的农人穿过浓荫擦身而过，每人手里除了香表纸蜡还提着一包颇有分量的包裹。实在忍不住好奇，我便向一位放下重物歇脚的大嫂打问，大嫂用一口浓郁的甘肃话答曰："山上修女修庙，提的是沙土。"知道了答案，再次端详身边有着当地特征的农人，每人一包，不分男女，虽提得步斜肩歪，走走歇歇，却不曾弃之。而我，两手空空，走得时断时续，气喘不已，这些农人硬是靠着一人手提一包沙土，给山上的庙里供着基本的建材。这座山是石山，植被稀少，石层下断然不会有丰富的土层的，因此才靠着人工的力量，每人一包提到山顶以供修庙之用。这让我想起我的家乡来。那个仅有三十多年执政历史的隋朝，却贡献了科举制、三省六部制和均田制，统一了货币，有着很多的开创之举。传说隋文帝杨坚在驾崩之后，灵柩被运往事先建好的墓地。半途中，却因拉着棺椁的车辕突然断裂而只得就地安葬，因事发突然，准备不足，只好靠着周边的百姓鞋壳装土、双手捧土筑茔，没想到百姓一点一点垒成一座气势宏伟的大土冢。这一传说无从求证，但意在彰显先皇的功德受人爱戴，我暗想，这和我所爬的女修庙的修建有着异曲同工之妙。

爬上山顶，一座正在修建的女修庙，雏形已具，女修娘娘的泥胎也已完工，只差彩绘，可眉目之间的慈善和蔼却分外生动。一群农家妇女就地盘坐，嘴里念念有词，手上或绕线，或折纸，总之没有闲的人，庙内那些提着沙土的人，纷纷把沙土倒在殿外的建筑场上，把双手在衣服上擦干净，进到殿里，磕头、上香、合十，默念着，对着女修黄土色的泥像祈祷叩拜。女修就是织女，传说女修就诞生在漾水河一带，当地人多拜女修娘娘，意在乞盼手巧。每年的农历七月，当地会有盛大的乞巧仪式，七天八夜热闹不退，各家的媳妇姑娘都要祈拜女修娘娘，以图手巧。手巧的女子，心自然灵，说到底还是图个上天保佑，赐予生存智慧。只是我们去的时候，乞巧节刚过，只能看着图片想象那七天八夜的浓烈和乞盼。这乞盼应该是年年都有回应，或者说年年都天降神意，才能像这漾水一样，泽润着一辈又一辈西和人，才使这川道中的县城日渐繁华，硬是在干瘪贫瘠的土地上，一代代西和人繁衍下来，生生不息。

俗话说，一方水土养一方人。西和县是典型的缺水县，尽管这几年大的生态环境有所改善，整个县的降水慢慢丰沛起来，可土地仍旧适宜土豆、半夏等块茎类植物生长，也是因着这沙土地，这些块茎类的植物长得格外优良。

西和县素有"半夏之乡"的美誉。半夏这种中药材，我之前并未听说，仅听其名，就很喜欢。花未全开月未圆，花盛则衰，月满则亏，凡事讲个度，不求满，"半夏"这名儿里就透着淡淡的禅意。我们去的时候正是收获半夏的季节，地里的农人沿着齐整的地垄一人一行，细细地用铲子挖着半夏，这植物的块茎不似我想象的土豆般硕大，小小的，不过手指头大小，圆而白的颗粒，有医治咳嗽、消肿止呕的功效。虽说这植物药用价值高，挖起来却颇费事。在伏天里，顶着能晒出油的烈日，农民们往往一下午也挖不了几斤。想必这禅意十足的药材，非得在高温煎熬下才能参透禅理，得以成为药中君子。

相较于半夏，西和的土豆没有过多宣传，不为外人所知。当一桌荤素搭配、造型优雅的丰盛菜肴摆上桌，一堆冒着热气的土豆也赫然在列，难免让人有些哑然。土豆这个在土里生，土里长，默默地在土层下成熟的蔬菜，连名字都免不了一个"土"字。这样一堆土头土脑的土豆，出现在光鲜亮丽的灯光下，尤其是以其壮硕饱满又前凸后翘的完整造型被堆放在洁白的盘子里的时候，我还是有些不可免俗地窃笑了，心想：这也太上不了席面了吧，土豆怎么连切都不切就这么上桌了？当地文友笑眯眯地招呼大家："拿一个尝尝，这是我们西和土豆。"犹疑着，我伸手拿了一个仍有些烫的土豆，麻色的外皮由于高温蒸就已经绽裂，露出浅米色而晶莹的瓤，轻轻剥开薄如蝉翼的皮，一股浓郁的米香气扑鼻而来，咬一口，沙沙的，绵密、松软，带着清香填满口腔。真香啊！先前那种疑惑和不屑瞬间消失，有的只是土豆那温润的口感、诱人的清香以及绵软的咀嚼快意，那预料中的口麻、硬涩、粗糙全然不见，让我一改对吃土豆的基本印象。这可能是截至目前，我吃到的最好吃的土豆了，一口气吃了三个大土豆，就一口酸菜，或者夹一筷头炒线辣子，抑或是蘸一抹盐辣面，那食物本来的味道就伴随着作料的不同而变化着千般滋味，万般口感萦绕口唇之间，让人欲罢不能。席毕，同行的杨凌示范区作协主席贺绪林先生一脸疑惑地问我："你外婆家是不是甘肃的？"一句话问得我大笑不止，打出的嗝都带着土豆味儿。贺主席想必是看我如此嗜吃土豆，误以为我祖上为甘肃。这一句无心之问，不但成了一路劳顿的笑谈，更成了我嗜吃土豆的佐证。

寂寞草原

饱食西和土豆后，继续向西赶路。赶到青海地界的时候，已是傍晚时分。青海我曾于四年前来过，一路的草原风光、牛羊成群给我留下了深刻印象。这次来，时间稍晚，草已呈现衰微之色，草尖上泛着淡淡的黄。绵延不断的祁连山脉，牛羊像山石一样遍布在山坡上吃草，牦牛披挂着黑色或白色的毛，那长长的毛像是披上了一件大氅，让这草原的生灵透着些许神秘。牦牛体型巨大，和那些毛茸茸的绵羊不同，它们静静地低着头啃食着草尖，智者般长久地垂首静默，仿佛头脑中思忖着天下大事。草色虽然微黄，可不影响牛羊啃食，于是在这广阔的草原上，便到处呈现着牛羊成群的景象，偶有牧人骑着摩托车收拢一下走得太分散的牛羊。牛羊自觉的模样，让草原透着一种辽阔无边的静谧。

经过一处草场，公路两边的牛羊混在一起，在即将到来的黑夜前拼命啃草。这时，车头前面突然出现了一头黑色的小牦牛，原本可能是要走到路对面去，却被车灯所吸引，看到车子驶过来，竟一动不动地呆立在路中央。一个肤色黝黑的藏族小伙子手持套马杆迅速从一处草场跑过来，奔向呆立在路中央的牦牛。这时，车子左侧的铁丝网里，一头黑色的成年牦牛披挂着长蓑衣般的毛迅速跑动起来，傍晚的风吹起它长长的黑色的毛，那牦牛竟有了飞一般的姿态。飞奔至铁丝网一处，这庞然大物竟然迅速俯下身子，屈着前蹄，用硕大的牛头抵着铁丝，企图钻过空隙狭小的铁丝网，来营救处在未知危险中的小牦牛。这一刻，我坐在车上，几乎是看呆了，看着那头大牦牛奋力而灵巧地屈膝钻过铁丝网，奔向那个懵懂的小牦牛时，那原以为只有人类才能拥有的情感触动了我的内心。我无从知道这头牦牛是公牛还是母牛；也无从知道在这夜色即将到来的时刻，成年牦牛是如何判断出自己的孩子正处在危险当中；当然更无从知道它是如何判断哪一处铁丝网是突破口，我只知道，那种亲情的力量，那种爱子之情，人畜同心。这草原的智者，在万千车辆驶过的时候，一直垂首默然，仿佛外面的世界无从惊扰它的沉思，却在小牦牛身处险境时，突变得无比灵活智慧，又奋不顾身，给旁观的人类以示范。讷言敏行的牦牛，才是人类的师者。

天慢慢黑了下来，太阳早已隐在云后，仿佛有一个巨大的口袋收纳了太阳和它所携带的热量。不过是七八点钟的样子，草原已暮色四合，而西边的云彩却不肯退去，给逐渐黑下来的天空镶上明艳的彩边。那些啃了一天青草的牛羊，静静地卧在绣了祥云、豹子图案的毡房周围。我们依旧向西，仿佛在追赶着最后一抹天空的色彩。四周暗下来，那些镶着彩边的云也变幻着模样，逐渐被黑暗所驱逐，缩小着它们的范围，黑暗渐渐占了上风，天色愈发地暗了。汽车行驶在暗夜里，被夜色包裹着，冷风四起，只有远处白色的毡房蘑菇般四处散落，毡房里如豆的灯光散发着微光，给这将要完全黑下来的草原洒下些许温暖的希望。

我们从黑暗驶向黑暗，从草原驶过草原，在草原越来越凉薄的空气里，呼吸着青草混合牛羊粪便的味道，逐渐适应了黑暗带给我们的恐惧与不可知。就像当初人类降生在天地未开的混沌里，眼前透着黑暗，心里却满怀希望。

相比于白天，我更热爱黑暗。黑暗给了我冷静、踏实、思索和包容，让我在这无边的不可抗拒的夜色里，重新审视自己，重新期盼光明，让我在黑暗里疗伤自愈，再一次充满出发的勇气，哪怕明天面对的是犹如小牦牛般的危险或未知。

夜色浓重起来，在我胡思乱想的时候，已是晚上九点，天色完全黑了下来。连西边最后一抹晚霞也收敛了光芒，隐没在不可知的黑暗背后。

草原的夜是寂静的，也是寂寞的，草原儿女在长达半年的冬季里，面对每天早早到来的黑暗，面对辽阔的枯黄，把一颗颗期盼春草萌发的心，寄托在毛色丰厚的牛羊身上，熬制在浓酽的酥油茶里，与天地为伴，与风雪作陪，那长长的叹息化作掠过草原的风，千年万年，却绵延不绝。

茶卡盐湖

栖息一夜，晨起，却发现竟是栖息在青海湖畔。昨晚久久不肯离去的晚霞，化成一抹早起的朝霞，万般光芒，穿透亘古的乌云，托起初升的太阳。那初晨的暖阳，一点一点地跳动着，艰难而又缓慢地从收纳着它的口袋里挣脱出来。那地平线处的水面便撒了碎金子一般，又像是浮着玫瑰色的梦，在这梦幻般的色彩中逐渐苏醒过来。晨起的第一抹阳光，洒在近处的羊圈栏杆上，那木头柱子像尊者一样身披霞光，安详而立。马儿被阳光惊起，静静地伫立着，低下头嗅一嗅草尖上残留的夜的气息。牦牛们披挂着长毛，在霞光里静立，仿佛昨夜的问题依旧在困扰着早起的它们。新鲜的、还没有暖意的太阳，仅是有着温暖的光线，就足以唤醒这昨晚早早沉睡的草原。青海湖畔，人们沸腾了，惊呼着太阳一寸寸跃出湖面，一点点探出更大的半圆，湖面便和天空融化在金色里，让人再也分不出哪里是湖水，哪里是云端。

我沐浴着清冷的阳光，阳光照在我的身上，也照进了我的心里，静静地享受这青海湖畔的第一缕晨光，我醉在这晨光里。

背着朝阳，在深秋般的寒凉里，我们继续出发，目的地是我向往已久的茶卡盐湖。随着汽车的攀爬，海拔越来越高，因着高原反应，太阳穴跳得厉害。往上爬行，又加剧了这种不适。我望向窗外，青藏线上，车行如龙，载着向往高原的人们，也载着一车车的鼎沸。而那些安睡了一夜的牛羊，迈着懒懒的步子，向着远处更为丰美的草场走去。

在我的心里，茶卡盐湖一直是一个神奇的所在，我像是个无知的孩子，带着满腹的疑问，也带着深沉的敬畏颠簸而来。这海拔三千多米的高原上，风大海拔高，茶卡盐湖却像一面淡蓝色的镜子，在高原上闪着碎银般忧郁的光芒。高原的风渐次刮过，那些湖水渐渐析出盐粒。而那结晶又是如何形成的呢？

平静的水面下，静静地积起一层盐壳，慢慢地沉淀、结晶，成为透明的盐块。青海盐是天空父亲和大地母亲的孩子，在这辽阔的高原，静静地孕育，慢慢地成长。茶卡盐湖是高原的镜子，接纳着人间来往，镜像般记录着人们的喜悦癫狂，人们在这镜面上欢呼、惊叹、呐喊，那尘世的声音看似搅扰了这高原的清梦，而茶卡盐湖却始终寂寥着，沉默着，仅是做一帘关于青藏高原、辽阔草原的晶莹纯净的梦。

我坐下来，天空的淡蓝映照在湖里，湖中积蓄着一池咸涩的碧水。脚下就是晶莹的盐粒，我掬起一捧盐水，让那黏稠光滑从指缝里滑过，独独把碎钻般洁白的盐粒留在指间。这些天父地母的幼儿，就在我的指尖静静地闪光，我吮吸着手指，一股咸涩在我的口腔弥漫。那是天地的味道：咸涩、浓郁、宽广。茶卡盐湖和着徐徐的海风，共同注视着这亿万年的沧海桑田，注视着这草木荣枯，注视着高原上不断移动的沙丘，也注视着牛羊一代代繁衍。那沉默的天地，以慈悲的胸怀，容纳着人间悲喜、生老病死，也容纳着人类在这高原上的悲喜，万般滋味化作沉默不语，化作指尖那内容丰富、包罗万象的咸涩。

我注视着这一畦畦盐田，是谁在这高原种下咸盐，又是谁让茶卡盐湖端坐高原之巅？

我仰头问天，天地缄默，只有风声掠过。

2019 年 8 月 27 日

生活慢板

茶

我观察过一杯明前仙毫。当这些在茶人手里经历了采摘、揉捻、炒制、杀青而重生的叶片，仍以自然生长之姿出现在我手中的时候，我心底涌起浓烈的喜爱。在一注70摄氏度开水的催生下，这原本碧绿诱人的芽叶就集体在杯口张望，它们紧紧地挤在一起，肥厚短绿的芽自由舒展。一两分钟的工夫，这些饱吸了水分，更加碧翠的茶芽渐渐松弛下来，一根根不慌不忙地在杯中竖成一片茂盛的茶山。而茶汤却析出茶芽的颜色，随着缓缓的水汽释放着独有的草木气息。

所有的美好，必定经历了等待，哪怕这等待是煎熬。正如一杯好茶，是急不得的。

风

夏天风多，却是热风。坐在书房里读书，有风从窗缝挤进来，窗上的绿植便软软地颤起来，鸟翅一般。崖柏香顶着一小截虚白的灰烬，似坠不坠，空气中便有了飞散的淡蓝色烟雾。我在这虚空里咀嚼着文字，身上的汗涔涔地渗出来，夏天也在咀嚼着我。

到了晚上，窗外的风起了哨子，呼呼地跑来跑去，就像两军厮杀，你打过来他又打过去，谁也打不赢谁，也就停不住脚。我坐在屋内，望着黑黢黢的夜空，想象着长庚星的位置。风是热的，风跑热了，也不肯停脚。

深　山

伏天。一口气爬到山的深处，扑面而来的是与山外的溽热截然不同的森凉，让人的每个毛孔里透着清凉。仰面望去，山高不可测，人愈发地小。迎面处，恰逢一帘水瀑飞流而下，落到下面的水潭里溅起白色的水花，像是惊动了水潭的幽梦，水潭霎时热闹起来。搬块青石，面水而坐，淙淙的水流声冲刷着心里的俗世纷扰，脱去了俗世的皮，仿佛卸下棉衣一般，顿觉清爽。这一刻，魂归山林，置身世外。

一只虫子带着硬壳绕着我急促地飞过，一边一圈又一圈围着我画圆，一边发出嗡嗡的叫声。我心里默数，第四圈了。被我识破了，它便飞走了。

晨

又一个迷蒙的清晨，有雾。太阳迷糊着在一片雾气中缓踱而出，远处那一片红顶的屋子便一点一点由暗转明，那红色也被泼了金似的，愈发地红。大团的秋云压住秦岭，远远近近的村庄、道路便隐在这一团秋色里，面目模糊，带着些早冬的气息。渭河静止般笼在一片白纱里，一截秦岭还在沉睡。今年的冬天似乎比往年来得早些，这份早使我欢喜。我在这欢喜里，独坐书房，静候城市从夜梦中醒来，安享每天清晨的一盏茶、一炷香，这个早晨就似乎延长了一些。我在这浓稠的欢喜里，快乐了一个早晨。

我看到的这一天的光景，已亿万年，我只是其中一粟，而落日依然如昔。死生亦大，也亦虚诞。惜时，惜年，亦惜杯中茶，人生得大自在。

昏

　　我坐在夕阳的余晖里，在一天即将逝去的时候抢救为时不多的今天。远处，渭河被高楼裁成若有若无的一截，金黄的夕阳照耀在河面上，使那窄窄的一截河道泛着碎银般的光。远处的秦岭依然面目模糊，一如笼着轻纱。我想这样的光景，很快就会被黑暗所包围，那时候，我会什么也看不见，或许会看到长庚星在那里闪烁。这样的黑暗，和万年前的黑暗有什么两样呢？或许没有吧。而我没有出现在万年前，也不会出现在万年后，对于这样的黄昏而言，我是一颗流星。

秋　天

　　秋天在城市里是隐性的，树照绿，花照红，只有早晚的凉意提示着季节的更替。

　　在乡村，秋天却是明显的，甚至有些大张旗鼓。玉米排成整齐的方阵，顶花接收着秋的信号，牛角似的玉米棒子等待着大地的检阅。而早秋的玉米已被晾在了房前屋后。渐渐鼓胀的豆荚，长成老绿的线辣椒，路旁枝叶稀疏的柳树，鸡冠花艳得怒发冲冠，丝瓜吊在蔓上，臃肿硕大。

我走在乡村，踩在雨后潮湿的地垄上，松软的泥土也散发着庄稼成熟的气息，我知道是秋天来了，却无法用文字描述。

  那些上了锁的久不住人的老屋，散发着深秋的意味，而那些准备新盖的屋院，却有着春天的气息。

  我穿行在古老的村庄里，也正走过秋天。

雾

  秋分刚过满月，薄雾就慢慢生长了起来，不出太阳的清晨，雾气袅袅地笼罩着田野、高楼，那些依旧翠绿的草木叶片上便有了柔润的光泽，像饱睡了一夜的妇人的脸。第二次起雾，是在立冬前一天的早晨，不经意间，林立的楼房、树木都像浸在牛奶中，浓淡不一的乳白就到处都是。这个时节往日里生机蓬勃的大地，逐渐呈现出衰败之色。喧嚣的大地，繁华落尽，树木萧索，万物水落石出，我们比任何时候都更接近自然的底色。

2018 年 6 月初稿

2018 年 11 月定稿

痊

痊，指病除。

一

我知道总有这么一天，所以，当这一天到来的时候，我反倒轻松起来。

查出来腰椎间盘突出的时候，我的右腿已经疼了三天，这三天里，我总以为是睡姿不妥，于是夜里即使睡着也是格外留意，醒来还是疼，还有些加剧的趋势。以至于到了第三天，走路的时候不得不右手揣在裤兜里提着大腿助力行走。因此，那三天里，我总是穿着带兜的裤子，只要走路，就提着右腿上的肌肉，以确保每一步能走得顺畅，而不至于看上去一瘸一拐，或者右脚落地时不受控制。

检查结果出来，腰椎间盘三四节膨出，四五节突出，脊椎囊肿，小小的方寸之间，把腰椎上能有的病占全了。一纸住院单，我就从家里舒适的软床挪移到了病房。

只有在病床上，人才是自己。

躺在只有一张木板和薄薄的褥子铺就的病床上，往日里的忙碌就像突然按了暂停键，什么工作、应酬、读书、喝茶统统都遥远得仿佛千里之外。只隔着一张薄薄的诊断书，现世里的活色生香，忙碌焦躁，都成了必须放下的事，就像握着一杯开水，不得不松手。

腰椎贴着平直硬邦邦的床板，身体却格外柔软起来，那些茂盛的想法就像水里游弋的鱼一样，在我的躯体里四处游动，在这个暂时有着隐疾的躯壳里四处冲撞。所以，我看上去是躺在病床上，微闭双目，静止不动，脑袋里却并不平静。

没有住在这里的时候，我仿佛是另外一个我。整日里无心读书，喝茶也静不下来，就像关在笼子里的一只困兽，不知道想要什么，也不知道想干什么，每天格外焦虑，感觉时间不够用，而真正闲下来又手足无措，之前的那些每夜必读几十页书的习惯和每日的晨坐也难以继续，我把这一切归咎于天气太热。我确实不喜欢夏天，我不喜欢一切过于热闹和热情的事物，我喜欢保持距离，保持合适的温度，对那种有着入侵式特征的人和事以及天气，我在内心里都保持着强烈的抗拒，这也是我为什么在人群中更乐于独处的原因。但我并不孤独，我和自己相处得很好。我把这个逐渐老去的躯体，妥妥地安放在忙碌之中，给其读书、写作、喝茶，带其去想去的一切地方，在尽可能的条件下，给其充分的自由。我把这叫作按照自己的内心去生活。可我还是没有能照顾好这个躯体，使其生了病。我把这一切归咎于天气太热。可只有我知道，并不全是天气的原因，秋天和冬天里也会生病。

可以说，我在住进这里之前，看上去平静温和，而实际上却如此刻一样，心里岩浆翻滚。在没有机会喷发的时候，我开始腿疼，我生病了。

所以说，我知道这一天要来，当拿到诊断书、躺在病床上的时候，我并无绝望，甚至有些暗自庆幸，这些总是要来的。

我带了一本历史书，这本书我早就想读，却苦于静不下心，这个时候，是最适合读这类书的。

我也对我的病躯保守秘密，尽可能地不让外人知道我生病的消息。十四年前，我曾骨折过，那时候年轻，自诩除了不能走路，比正常人还要正常的一个人，就那么不得已地躺在病床上长达三四个月，那时候的我天天盼着人来看我。我的亲朋好友们如我所愿，捧着鲜花，带着各式各样的水果、奶制品，各色好吃的东西，他们的面孔只要出现在病房门口，我就莫名地兴奋，知道今天不会是孤寂的一天。那个时候，谁来看我我记不住，但是谁没来看我，我一定是能记住的。所以，我尽可能地给打进的每一个熟悉的电话，告知着我在医院的消息。甚至还有一帮死党，在我打完了吊瓶，偷偷把我抬出去在夜市上吃烤肉喝啤酒，那混合着烟油味、调料味、锅碗的撞击声及交谈声的夜市，成为我近十几年都不曾抹去的深刻记忆。

一只鸟从关了很久的笼子里飞出去，莫过于此。

而现在，我尽可能地保密。

就像我和我的病躯有着某种同盟似的，我把这个躯体生病的消息尽可能地封锁起来。不是我有什么难言之隐，而是我希望能和这个因我而遭灾的躯壳安然相处，我已经到了该把这些不美好、不能示人的东西隐藏起来的年龄，不是刻意隐藏，而是内心使然。住在医院里，我每天按时扎针，虽然那些长长的明晃晃的钢针让我害怕，不敢去看那些扎进我的腰部和小腿上的针。我把自己想象成一个绵软的、有着丰富蜂窝的面包，当我那样想的时候，针已经扎好了，我甚至感觉不到疼。医生开了黄色的如蜜蜡般色泽的中药，酸而且苦，我每天三次地温热了它们，一饮而尽。这些疼或者苦，都是对我的警告，让我记住，我没有权利用世俗的功名利禄去摧残我的躯体。

所以，在我住院的十天时间里，很少有人探视。但是身边极亲近的亲友还是在得知消息后，大包小包地带来了对我的关注，我不得不对他们详细地叙说着我为什么会在这里，病情怎样，治疗手法如何。就如祥林嫂一般，对着来人一遍又一遍地叙说着，末了不忘带着愧疚的心情对他们的探视表示感谢。我实际上确实是很感谢他们的，虽然坐起来让我的腰椎酸痛，说话说得我长吁短叹，可这份情谊，确实使我心生温暖。而在后来的那些迫不得已需要实话实说的电话里，我对那些表达着担忧、惋惜甚至同情的声音除过表示感谢以外，一律婉拒了他们的探视。我用实际行动成功地表达了对自己这个病躯的歉意，没有让它继续烦躁，我体面地维持了这份同盟。

当我再一次躺倒的时候，回想起十四年前的住院，实在想不通，当时怎么就那么希望人去看我。

二

我的病房对着院子，楼下是医院的针灸室，我的腰椎就是在那里扎针治疗的。临着窗，每天很早就得醒来，楼下排队的病人在等着针灸室开门的同时，大声地相互询问着病情，交流着治疗心得，因此楼下每天早晨都会准时出现一群"祥林嫂"。那些治好了的人不再回来，面带满足和欣喜离去；新来的面孔带着焦灼和痛苦继续排队，就这么新旧掺和着，这大声交谈的嘈杂就总是绵延不断，像极了这初秋湿淋淋的不断线的秋雨。我甚至不用看就能知道，针灸室的治疗床并不是如我在家睡的那般宽展，而是窄窄的仅容一身躺下。到了扎针时间，医生手持钢针，在那些主动挽起了衣襟、仰躺或趴卧的病躯上，手法熟练地扎进穴位。我的内心里不无同情，这些或年长或年幼的躯体，也如面包一样，多孔而松软，而表皮下的穴位们受了这突然一击，或酥麻，或疼痛，兀自地苦不能言。这使我想起总是在书上读到的失恋人的心情——针扎一样，针扎确实疼。

夜里，偶有细雨临窗。窗外便有了滴滴答答的声音，那是雨水滴落在植物叶片上的声音，叶片上的脉络也愈发清晰。还不到深秋，叶片绿得发光，那雨滴声就格外清脆。我总是把窗户留个缝隙，头枕在窗下，在雨声里慢慢地安静下来。楼下扎针的病人早已离开，院子里有着临渊般的寂静。这是我最喜爱的时刻。我平躺在床上，看春秋战国，读秦汉往事。那些曾经碎片化的历史知识，在这本简史的连缀下，成为我脑海中清晰又连贯的镜像时间轴。我在这惊喜里越发喜爱这本书，这书里的文字，给予了我足够的踏实。

我端详着这书里的字，上下结构、左右结构、半包围结构、独体字，我看着这些承担了表意使命的汉字，心想：这些字是神圣的，它们历经千年，被印刷在美丽的纸张上，我看了，读了，摸了，心里的焦躁就没有了。那些明晃晃的钢针治愈了我的躯体，这些结构不尽相同的汉字治愈了我焦躁的心绪，我读下去这些字，就像吃进了配伍的药，在细嚼慢咽中，我的心舒展开来，身上的疼也不再那么明显。我细细地继续端详着这些汉字，它们走过了五千年的文明史，被用来记载事件、传递信息、表达情谊、治疗疾病，它们还被用来杀人或者救命。最早的占卜问卦，那些写在龟甲兽骨上的甲骨文，承担了天命的责任，决定着一群人的生死未来；而那些简单的神秘符号，一旦被当成符咒用，就有了诅咒的意味，或者一旦融进了强烈的求生愿望，就有了致人以死或者救人一命的用途，就有了生杀大权，这是文字的最基本功能。

现在，我读着这些文字，它们治愈着我。当躯体疼痛不再的时候，我知道，我的病其实不在身上，是在心里。

三

在我初入院的当天，我的女儿来医院陪我针灸。这个曾经因为青春期的到来，叛逆长达六年的孩子，在听说我的腰椎病很严重的时候，着实吓得不轻，还以为我就此不能再动弹。当看到我还能直立行走的时候，这个小女孩儿说她一下放心了，说我把她吓坏了。女儿来医院陪我，却在我无意间的触摸中发现了她腿上的异样：小腿处鲜红的血点，在白皙而青春的皮肤上格外醒目。我敦促她去就医，不一会儿电话打来，过敏性紫癜，需要住院。我不知道我是怎么从三楼走到一楼的。对我来说，自己生病，治疗就行了。可孩子一旦病了，对我无疑是天塌了。从小我一手带她，从几拃长的小婴儿长成现在近乎一米七的婷婷少女，在她为数不多的几次生病中，我每每有着兵临城下的恐慌，全身的细胞都跟着警戒起来，我不能想象，那么小的一个人儿，如何就能被病魔下了手，让她日夜啼哭，让我几近崩溃。过去的岁月里，逢着那样的时候，我就极其痛恨自己，是自己的忙碌、大意和不周让这个小小的冰清玉洁的娃儿受了磨难。病中尽力照顾，痊愈后格外上心，即使这样，我也没法阻止一次又一次的小病小灾降临在她身上。每每那样的时候，我就恨不能是自己得病，去替了她，只求她健康长大。好在这二十一年来，这个小女孩儿个子不断在长，病痛并不找她，我甚至都没有给她办过居民医疗保险。

可如今，这孩子一得就是很麻烦的过敏性紫癜，至于过敏源，很是复杂，无从知道。于是，女儿和我住进了一间病房。她每天输液四到五瓶，一天三顿吃那些各色药片，我除了针灸时间，一直帮她看吊瓶里是否还有药水，看针头是否在她睡着的时候跑掉，她帮我呼叫医生扎针、拔针，平日里因为青春期而关系紧张的一对母女，到了这里，成了一对病友，关系意外地缓和起来，甚至彼此间相互温暖起来。

女儿住了八天。这八天里，我们一起接受治疗，这期间，我们大部分时候各自保持着沉默，我看我的书，她看她的电子书，互不干扰。看累了就说说话，从小时候的趣事，到她学校里的同学、社会见闻、毕业打算、职业选择，几乎无话不谈。我惊奇地发现，这个一直被我当孩子看的姑娘，如今已是大学三年级的成人，她有着自己独特的行事标准、经世观点，那份博观约取、超然豁达，是我这个母亲所不了解的。尤其是当她说出"低质量的社交不如高质量的独处""那些看似孤独的人内心其实很强大"这样的句子的时候，我惊异于这个二十一岁的孩子的冷静。

说实在的，从她上幼儿园开始，我们相处的时间就逐步在递减，尤其是上了初中，她开始叛逆，高中三年的紧张忙碌，看似不长的时间里，我们的交集其实没有多少，彼此有着解不开的误会、看不惯，以及对对方发自内心的不接受，这些都让我们在这不短的六年里煎熬着日月，也保持着警惕和距离。我曾数次想走近她，想和她成为朋友，可是不论我做了多少努力，最终都无法实现。我在这挣扎里，绝望、失落、愤恨、自怜、努力、焦灼，那份爱恨交织的情状多少年来一直噬咬着我，即使在睡梦里，也被和她的争吵、担忧、说教、怒骂所缠绕，成为多少年来始终无法治愈的心疾。而这次同时生病，我们感受到了对方秘而不宣的心意，这心意交融在提醒吃药喝水、如厕递纸、晚上睡眠掖被等细节里，感知对方、触摸对方那种来自血缘深处的善意和努力。

到了出院的时候，我们简直到了心灵相通的地方，一个眼神、一个无意识的动作，就知道对方想要什么。住了一回院，感觉和另外一个相似又不相同的自己谈了回恋爱一般，连空气里都是甜蜜。

直到回到家里，依然如在医院中，揪着这么多年的我的心，终于踏实地落在了它该在的地方。

住院治疗了我，也治愈了我们，我发自内心地感谢这次意外。

四

我住的医院，在小城的东边，是这座小城里最古老的街道。有一天晚上，我自觉腿疼略有减轻，便出了医院，沿着这条街漫步起来。

因着白天下了一天雨，街道分外干净，有着初秋时节的疏朗，空气中秋天独有的凉意已很明显。才晚上九点多，街上已无行人。戴着夜标的清洁工手里提着笤帚和簸箕，一手接着电话："马上就回来了。"那声音透着秋夜的凉。路灯下，一群人在一片昏黄里争执不休。路边的小饭店关门了，那个刚刚慢悠悠地吃完一碗扯面的小伙儿，这会儿正在收拾家具。"还没睡？""才洗完碗，快了。"有人从店里出来，路边暗影里就有了一问一答。"在我心里，一直把你当哥呢。"两个面色赤红的年轻男子从身边走过，听话的人对这话并无表情。卖葡萄的老人，守着三轮车上最后的几串葡萄，孤独的背影如一尊雕塑，只有指间的烟头一明一暗……走在熟悉又陌生的街道上，走过最爱的清秋，有风掠过，心里如熨过一般，无悲无喜，平和清明。

我很多年没有在这条老街道自在地走过。这条街是小城最有古意的街，是尘世浓烈烟火和琐碎庸常里的城市褶皱。这条街没有被改造，有着任何一个小城最隐秘的过往和安于现状的矜持。二十多年前，我从农村考入省城，毕业后又从省城返回小城，说是返回，其实是新到。在农村的十几年光阴，和这座城并无瓜葛，我的青春年少喜怒哀乐擦着城市而过。我不知道城里人都过着怎样的生活，新鲜好奇，盲目羡慕，仿佛他们天天吃肉。如今走在这城里，也是这喧嚣的一份子，知晓了他们也吃肉，不过并不是天天吃。毕业后第一个月的工资，除了交给父母维持生计之外，就是奢侈地在这条街的西头吃了一碗砂锅。一晃，二十多年过去了，今夜虫鸣如水，人生业已步入秋天。季节的秋和人生之秋重叠起来，宁静舒缓，一如这宁静的夜。

二十二年前，我在这条街的西头做了新娘，穿着浅橙色的婚纱在村人艳羡的目光里，被抱上车，成为他人妇。还是在这条街西头的一套商品房里，我怀孕、生产、坐月子，摸索着、模仿着长辈过着属于自己的小日子。这条街，我从未有意回避，却也从不刻意造访。我知道在心灵深处，我是回避这条街的。甚至曾经一度盼望着能拆掉这条街，那么我那曾经的伤悲、苦痛便会随着这条街的消失而不再。但是这条街一直没有拆，我也从当初的苦痛里、盼望中挣扎着过自己的岁月去了，有了自己的一套过日子的办法，有了自己的活法，经历着该经历的尘世间的一切。

我的苦痛经历和这条街并存着，在这个初秋的夜晚，我脑海里思绪翻涌，曾经的心痛和现在的腿疼都逐渐成为过往，就像我现在出院了，不去回想住院时的点滴一样。

现在，这条街依然在这里，我不爱不恨。

我站定在梧桐树高大的浓荫下，站在这座城这条街的最东头，隔着二十二年的时光，向西望去，看向二十二年前的我，我在虚无里慢慢地伸出手来，和曾经握手言和。

我慢慢地往回走，我知道，我已痊愈，不只是在出院的那一天。

2019 年 9 月 11 日初稿

2019 年 9 月 12 日改定

来

　　这是一个清朗的、属于初夏的早晨。节气已过了立夏，可天气依然停留在暮春，这便让这个春天意外地绵长起来，成为北方短暂春秋的一个额外之喜。被窗外的鸟鸣唤醒，我推开窗，远处的秦岭就在眼前，黛青色的山峦起伏连绵，山顶上顶着点点的白雪，在初升的晨曦中泛着银色的光。山脚下晨雾未散，缭绕成一条淡黄色的雾带，仿佛给秦岭系上了鎏金腰带。那山脚下的村庄屋舍啊，就像水墨画里的留白，星星点点，镶嵌在大片的绿色里。而渭河，在晨光里一动不动，依旧沉睡在春风里。

　　而事实上，这已是初夏。布谷鸟清脆的叫声由远及近，"算黄算割"地叫着，替收割倒计时。小区楼宇间的缝隙里，是已经泛黄的麦田，这些还没有被城市化的田野，无言地佐证着城市的出身。那些麦子，模糊成一片金黄，欢天喜地期待着丰收。

下楼，徐行。空气中散发着麦子成熟的气息，夹杂着干热，我深吸一口，咽喉灼烧，一身汗瞬间就沁了出来。远处，秦岭连绵不断，那些起伏的线条勾勒出一尊尊卧佛的侧面，丰额阔颊，慈祥的下巴透着悲悯，佛的侧面接连不断，秦岭的高低起伏就透着禅意。

麦子在关中道很常见。可这种常见的粮食作物最早起源于西亚，并不是本土植物，这就让世世代代依靠着麦子吃长面条、大白馍繁衍生息的关中农民很是疑惑：这人老几辈播种收获、脱皮蒸馍的麦子难道不是一直生长在咱的土地上么？事实上，麦子起源于一万两千年前的西亚，在陕西关中，四千多年前开始种植，《史记·周本纪》里，姜嫄的儿子弃从小就好种苎麻、菽，"及为成人，遂好耕农"，被尧举荐为农师，并受封于邰，成为一代农官后稷。教民稼穑的后稷，在这一收一种之间，使得"天下得其利"，也使得人类从刀耕火种的原始农业一步步踏进了文明农业，有了依时而种、按时收获的规律性，让人类的生命延续有了基本的粮食保证。

而麦在古代，叫"来"，繁体字为"來"，麦的繁体字"麥"即由此而来。在旷古的郊野，野风吹兮，万年前的"來"，也就是小麦，被古人磨成粉，在夕阳金色的余晖里成为忙碌了一天的农人的晚饭，也是人类得以延续生息的主要食粮。"我行其野，芃芃其麦"，站立在田埂上，我看着来自古代的"來"，它也看着我。金黄色的麦浪静默着，散发出只有成熟才有的沉稳，透着秋一般的胸有成竹。蔡邕曰："百谷各以其初生为春，熟为秋。故麦以孟夏为秋。"夏熟当秋的麦子，就这样用它缠绵不绝的生长，对应着四时八节，体现着四季轮回，滋养着我们，让我们深深体会到"天地有大美而不言"。

我揪下一头麦穗。对生的麦粒包裹着金黄色的麦衣，紧实有序地排列着，像各自保守着无人知晓的秘密，却又不得不挤挨着为邻。那一簇簇麦穗麦芒朝天，荷戟而立，我猛然顿悟，麦粒是麦芒的孩子，这些剑戟般的芒是怕有人伤害了它的孩子，才生出这坚硬的护甲，护着孩子一直走到成熟，而不至于夭折。揪下的麦穗躺卧在我的手心里，麦芒虾须般刺着我，我轻轻地揉捻搓动，吹去麦衣，那些赤裸的麦粒就如一个个胖孩子般光洁、柔滑，带着新鲜的、刚刚褪去外衣的肉体般的柔嫩，躺在我的手心。我一仰脖，把这些赤裸的精灵扔进嘴里，它们在我的口腔里升腾起面条般的清香，哦，那是它们的骨血。这些精灵们在头一年被拌上秋风，丢进黄土里，静静地酝酿、发芽、拱出地面，在北方漫长的冬季里忍饥挨饿，在春风里见风就长，在"算黄算割"的呼唤里成熟收割，这些和人类一样，历经九月怀胎的大地的宠儿，娩出的婴儿此刻就在我的口腔里，和着我期盼丰收的焦灼、试探收成的狡黠以及恨不能一网打尽的贪婪，它们在我的胃里安放，滋养着我，直到我离开这个世界，不再依赖它们滋养我的生命。

来，又从何来？

我也曾是一个农民，在我年轻的生命里，焦苦的劳作让我很早就下定决心：离开这片土地，寻找更好的生活。那些一辈子都没有走出土地的爱香嫂、引科哥，我的祖父、父亲、叔父，挣扎后放弃了寻找，一辈子在土里刨食，也陆续让黄土逐渐把生命掩埋，悄无声息。而我成功跳出"农门"，数年后却发现，我骨子深处依恋的还是这片土地，我夜夜梦见的还是那摇曳着青纱帐、长出长面条、大白馍的土地，这么多年，都不曾忘记。我知道，我就是再身穿华服、坐在四季恒温的写字楼里，我骨子里还是个农民，还是个离开土地就长不出金灿灿的玉米棒、黄澄澄的小麦的农民。

所以，我又回来了。

我离不开土地，可土地离得开我，我此刻站在土地上，贪婪地咀嚼着那把麦粒，舍不得咽下去，眼里满是丰收的激动。可土地依旧，只有麦浪轻轻摇过，和数千年前麦被称呼为"來"的时候一样。

与其说我是来替老农试探的，不如说我是替骨子里的自己试探的，我试探着土地是否依然会交出饱满的麦堆，可我没有播种，又有什么资格去试探呢？

如今，老农们对土地的依赖从来没有像现时这样淡薄过，世世代代依赖土地的人，慢慢地不再依赖，就像人类当初爬行着离开海洋，就不再依赖海洋一样，那么，这是喜还是忧呢？

远处，陆续有农人戴着草帽来到田野，他们看着我，上下打量着。我这样一个不属于土地的人，却在地里站着，手掌空空地摊开，作为农民的女儿，和曾经的农民，我又是谁呢？

来，我又何去？

2019 年 6 月 3 日初稿

2019 年 6 月 5 日定稿

一根蘸水面

在陕西杨凌，若有人在面店门口招呼你，"来，吃面来，要几根"时，可千万不要惊讶。中国北方的面食，多以碗论，或以两计，都有着具象的度量衡来计算一份面食的分量。而独有杨凌的蘸水面却以根为数量单位。

据传一南方人士初来杨凌，坐到蘸水面店，店主问起要几根，想起家乡那细若银丝的面线，此人一脸不解，心想："难不成是看我衣着不够鲜亮，怕付不起面钱，只卖我几根？"于是豪横出言："五十根。"店主吃了一惊，说我们这面一根就是二两重，若是只有您一位，怕是吃不了。此时客人恍然，却依然不甘，伸出一只手来，那就先来五根。店主略略迟疑，退下无话。待面上来，只见一大盆白玉汤里青白相间，那三指宽、二尺长的面条，端然藏于碧绿的苜蓿之间，若隐若现，西红柿鸡蛋汤汁、蒜泥、油泼辣椒环绕左右，客人此时一脸慌张，只得硬着头皮食下。待到第三根，已面露愁容，鼓腹作难。

清汤白面，佐以时蔬，乍一看，根根分明，翩若游龙。白是清风明月的白，绿是山野初春的绿，一白一绿之间，八百里平川道上的四季风雨就交错了一碗天地精华。小麦从四千年前的西亚漂洋过海，远道而来，秋天里播种，冬天里蛰伏，春风里起身，夏日里收割，经见了四季，以夏为秋，才有了这一根根柔韧筋道、入口滑爽的面条，才有了这滋养绵延的滋味。白居易有诗："足蒸暑土气，背灼炎天光。"单就这刈麦的苦累就足以使人在端碗时生出敬畏心。持箸入汤，挑起长长的一根，捞入那鲜香入味的汤汁中，不紧不慢地咬一口，让面和汤汁各自的香气充分交融，满足一回味蕾的相思情切。

这就是杨凌的蘸水面，论根计重的蘸水面，延续着四千年前异域的种子传承，经历了农神后稷粗糙大手的揉捻，细细地磨成粉，揉成一盆肥软白光的面团，拉扯出状如裤带般豪壮的面条，配以看似平常却暗藏匠心的汤汁，这一碗里就盛着一粒麦的传奇，盛着一座名为邰城的身世，更盛着杨凌人对一碗面的至高礼遇。也只有天地太平，才有这现世里的时序悠长，有了悠悠岁月里的敬畏知礼，才能把一根面条做到如此极致，让有着千年历史的小麦享一回世间礼遇。

在杨凌，要吃蘸水面，一为家做，二为店食。杨凌的姑娘媳妇，几乎人人是做蘸水面的行家里手，若是姑娘到了待嫁年岁，有人说媒提亲，末了加上一句，"女子蘸水面做得好"，这姑娘就在媒人眼里有了一份可炫耀的长处。要是家里来的人多，坐不下，那就去店里，能开店卖面的，自是各家有着各家的招牌手艺，杨凌人有个说法，在杨凌开饭店能开过两个年头，那店必然有它的特色饭。

吃杨凌蘸水面，杨凌人爱去蘸水面一条街。说是一条街，其实只有半条。一条东西主路，偏偏在蘸水面街这里稍稍凹进去了一点，就像一条街常年四季是一弯弦月，蘸水面街就在这凹进去的底上嵌着，两头的梢子依然长长地伸展了出去，街还是那街，却突出了这半条，让这条街看上去独特又别有意趣。半条街里，开蘸水面店的也就十来家，家家特色鲜明，面筋汤鲜，到了饭时，家家生意爆满，稍来晚些，就得在小凳上候着，一桌桌的流水席就长年累月地长盛不衰，就像城南那条从西奔到东的渭河一样，不见有停滞的时候。这时，这半月形的街就自成了满月，月月满，年年满，从春到冬，从不清闲。

一到晌午，家家店里锅响瓢动，街市上就总有一丝油泼辣子的香味，这味道使人心里欢喜。浓香冲鼻的香味里，一张张方桌延至店外，依街排开，那些即将坐满人的桌椅，静静地等待着。到了饭时，人们便奔向想去的店，各家门口必是站着一位揽客的，争相热情地招呼你去他家店里，却绝不动手拉扯。你若去了别家，也不在意，继续招呼生意。现世里的买卖相待竟是如此谦让有序，透着烟火情谊里的知礼好义。待你坐定，几根面、几碗汤，口齿清晰地报与后厨，那售票窗口般的小洞里，便有人声的应答和着吱啦啦的一声油响，只见火旺油煎，刺啦一声下去，葱、姜、蒜已在锅里打了先锋，紧接着，杏鲍菇、西红柿依序入锅，颠勺、翻炒，趁着菜蔬炒出香味，一勺由鸡汤或大骨熬制的高汤已经烩入，只待汤开，搅拌得起泡的鸡蛋液均匀地淋在汤里，再捏一撮韭菜，一碗蘸水面必不可少的汤汁就大功告成。紧接着，细腻的油泼蒜泥、让人口齿生津的酸醋红辣子也依次奉上，就像八百里秦川始皇巡游，帝王未动，仪仗已行，只等一声威武，便君临天下。待到那一盆根根分明、白绿相间的蘸水面上桌，才是真正的主角到场，盆里疏密有致，白玉汤宽，此时一人扯起面条一头，徐徐牵入汤中，放上蒜泥、辣椒，只消一会儿便是呼啦啦一片山河响动，人人两颊鼓动，头上冒汗，除却谦让捞面之言，不闻多余话声。

尤其到了夏天，天气燠热，那些摇着竹扇的胖老爷子，穿着背心，吃罢四根八两的蘸水长面，提起脚下的马扎，摇摇晃晃，吃醉了似的摇着扇子回家去。

论根卖的蘸水面，实为草根面。几十年前，关中道人多地多，人老几辈都在地里刨食，尤其到了地里活紧的时候，就得有吃了能扛半天饿的饭食，于是就有了这盐水和面的蘸水面。试想，农忙时节，割了半亩麦或者掰了一亩玉米棒子的老农，回到家咥一碗筋道厚实能支撑体力的蘸水面，既补充体力，又过足嘴瘾，一下午继续劳作就有了保障。于是，蘸水面又有软面、水水面、扯面、裤带面的别称。近年来，日子过好了，蘸水面也讲究起来了，原来汤汁就是一锅清水加调料，现在换成了鸡汤或大骨汤，原来主要是扛饥顶饱，现在可以不必那么宽那么厚。即便如此，蘸水面也依然未改其"长、筋、光、宽"的本色。"长"自不必说，一根二两的重量决定了面的分量，而面条必是长且薄厚均匀才好，如美人之面目，"减之一分则太短"，变成厚墩墩的一短根，有先天发育不全之嫌。"筋"也不难理解，关中道自古是米粮川，秦岭为障，圈出一方风调雨顺的天然沃土，小麦从头年秋下种到第二年夏收割，足足长够九个月，充分生长的冬小麦决定了面的品质。"光"，则是指手工，面是否好吃，取决于和面、醒面，也取决于揉面，面揉得筋道，是秦人的基本功，非得有些手上功夫才可为之。醒好的面，以虎口为卡尺，揪成面剂子，揉好继续醒上三五分钟，及至水开，用擀杖擀成长片片，湿布子盖了，水开扯面，扯成三指宽的长条，在案上摔打几回，入水翻滚两次，抓一把应时的绿叶蔬菜，一碗"长、宽、筋、光"的蘸水面就出锅了。

吃蘸水面，费油泼辣子、蒜泥，还费夏天的白色衣裙，往碗里拉面条时若手上力道不够，抑或两人扯住同一根面的两头，一方出于谦让松手，那面条猛然入汤，惊溅起碗中汤汁，那酸醋红辣子就会在白色衣裙上开出一片春风牡丹。

现代汉语词典里对"根"的解释是"事物的本源"。《韩非子·解老》中有"上不属天，而下不著地，以肠胃为根本，不食则不能活"的句子。人的脑子是健忘的，胃却是有记忆的。我们的胃里有着童年、青少年，装着父母、村庄、时代，年岁越长，记忆越深，无论走多远，最终都会反身回归，因为这是我们的根。

2020 年 5 月 10 日初稿

2020 年 5 月 18 日改定

河畔星市

闰四月的天气，正是割麦天，空气里泛着燥热，划过人的皮肤，五脏六腑像要热透一样。家家户户的空调机散发着热气，人们都窝在家里享受着机器制造的那点凉爽。

一出城，直往南，就是傍城而过的渭河。城里的人拘束在钢筋水泥里，热得透不过气，渭河却是另一番光景。秦岭就像一面巨大的屏风，隔挡了南方的湿热，山上有着积雪，徐徐送来阵阵凉意，那风贴着绿莹莹的渭河水，吹皱绸缎一般，掀起层层涟漪，空气里都是渭河水的清凉，风轻柔而凉爽，贴着人的脸颊，滑过人们裸露的臂膀，也拂在那些临水的芦苇上。于是芦苇就有了节奏，跳舞般摇晃着，引发人的联想。

渭河是最近才有了集市的。渭河从西向东缓缓地流过，汪在了小城这一带，当然是人工截蓄的结果，竟也汪成了一湖碧绿，没有了大江大河的奔流粗犷，却有着湖的妩媚细腻。那蓄了水的一截，依然保持了渭河的蜿蜒，像一个十七八岁的少女，突然就有了凹凸起伏的身段，迂回曲折俏生生地向东流去。集市也就依河而行，婉转起来，那些摆摊的、逛集的，就在这弯弯曲曲的河岸上行走成一条游龙，灯火闪烁不定，人群熙熙攘攘，昔日里哗哗的水流声竟也需凝神细听才听得到。

接连到来的六七月，每逢周五、周六晚上，渭河大桥底下就会有这样的集市。别的地方的集市是盖房子、修门面，至少有个固定的经营场所，这地方由于临河，不具备大兴土木的基本条件，便有人别出心裁，利用家家都有的汽车做起了临时的店铺，这集市就成了小城人的新鲜事物。据说第一次开集，竟满城人去看，倒叫那些虽同处一城却几年见不上的人，在集市上有了意外的相逢。小城闾巷人空，渭河却在寂寞了几千年后突然沸腾起来。

一辆辆汽车头尾相接，一水儿头东尾西，仅在车与车之间留出能够摆放小桌小椅的空地，这就是后备厢集市的大致样貌。河道靠近城区的这边，这几年做了大面积的治理，沿着河势植绿造景，铺了塑胶步道，平时供市民走路跑步，冬天赏景，夏天乘凉。如今开进了汽车，由于摆放得规范整齐，倒也不显得狭促拥挤，却是另一番熙攘的景致。集市上，车辆都开着后备厢，里面所带的物品也是五花八门，应季的西瓜、蟠桃、香杏、葡萄，小孩的玩具、衣服、棉花糖，还有面皮、小米、卤肉、蛋糕，以及旧书报、学生需要的课程辅导资料、旅行社的旅游线路、用人单位的招聘信息，等等。穿了统一广告衣的人四处游走，以引人好奇而起到广而告之的目的。于是，这长长的渭河大桥下，就有了各色吃食、各类用具物件，热闹极了。

还有的后备厢，装着所售物品，也展示着摊主的小心思，有的绕着车身挂了星星点点的暖色灯泡，不管车是大是小，是普通还是豪华，看上去就多了一丝温馨浪漫；有的还贴着写有俏皮话的车贴。这些平常游走在城市里的交通工具，此时都没了声气响动，静静地趴在河岸上，成了临时的店铺。逛集的人们也趁机认认车标，哦，那是辆宝马，这是辆大众，那个跃起的马一样的标识是什么车呢？几个人边走边争论着，那些被争论的车里卖的是什么却并不被在意。还有那拖家带口怀抱手牵的、谈着恋爱十指相扣的、白发老人携着儿孙的，人们在这家摊子前看看，那家摊子前摸摸，更是把煎熬了一个春天的心思肆意放飞。给孩子买个毛绒玩具，给女人买束"勿忘我"，给家里买包火锅底料，人们牵手或独行，行走在夜色逐渐朦胧的河岸，被人看，也看别人。

不远处有掠过水面的游艇快速驶过，有人惊呼着掏出手机拍照。也有四面敞开翘着飞檐的游船缓缓驶过，载着穿有救生衣的游客们正观览一河两岸的景色。走累了的人们，三五成群地坐在河岸边的长椅上，看着脚下被风吹起的渭河水一次次拍打着河岸，看那些芦苇一丛丛地在水边摇曳，任由清凉的风拂过脸颊。

我只是坐着，想起了那句"暖风熏得游人醉，直把杭州作汴州"的诗句，也把惬意写在了脸上。

抬起头，长庚星在蓝绒布般的天幕上闪烁，月亮要出来了，远处秦岭黛色的剪影连绵起伏，渭河两岸的灯光愈发明亮，水鸟在河面忽高忽低地俯冲又上扬。人声鼎沸，集市的热闹才正式开始。

2020 年 6 月 6 日

渭河岸的灯火

　　像飞机即将降落时的俯冲，车从小城的最高处走到底，冲到停机坪一般的渭河岸，就算是到了小城的最南端。

　　这座起始于三畤塬，落脚在渭河岸，呈台塬状的小城，如一幅立体的画，交错排列着一城人的生老病死、数代人的往来更替。除了在阶梯般的城市街区走走，这城里的人更喜在渭河岸度过一些闲散时光。渭河渐渐就成了一城人放缓脚步、享受慢时光的首选地。

　　平缓阔达的渭河岸，被连绵起伏的秦岭环拥在怀里，有山有水，四季分明。春来绿树红花，春水迟迟；夏临渭水汤汤，风清岸平；秋到青山隐隐，败叶萧萧；冬日冻冰十里，蒹葭苍苍。如此说来，渭河似乎和它所流经的关中城市并无二致。非也。往昔里风景自在，春秋无异，庚子年之夏，渭河却有了区别于其他城市的鲜明符号。

　　庚子夏，错过了落英缤纷的春季，小城人格外珍惜重返自由的夏。人们在经历了不得已的苦闷时光之后，对生活的热爱也如同这向东奔流的渭水，一路欢唱。在渭河岸，这滚滚而来的歌声混合着熙熙攘攘的集市的喧嚣，交织出一幅渭河市井图，在灯火交映的灿烂里，成为茫茫苍穹之下一段令人向往的永久记忆。

这记忆叫后备厢集市。

一辆辆汽车挤挨着排开，从西向东沿渭河岸书写成一个大写的"一"字，一不小心，有一截凸出来，原有的一字就改变了形状，变成个"几"字，一应吃喝、特产、用具、图书，就流水样从开着的汽车后备厢里蔓延成满街市的眼花缭乱，后备厢集市因此而名。

有人趁着夜色乘坐游艇或小船驶过，船上的人在水波荡漾里欣赏着夜之美，岸上的街市在舒缓热闹的气氛中成为一道风景。一直有风掠过，渭河上的风，潮湿着初夏的夜，也滋润着人们自由的心田，风在城市燥热的上空拂过，一路轻轻吹拂到初秋。初夏的风若婴儿的手抚摸面颊，柔和舒适；初秋的风，更像是初恋忐忑的轻触，一丝凉意滑过，带着内心的窃喜。风在碎钻般的灯火里穿行，也摩挲过挨挨挤挤的人群，游人缓缓漫步，也被渭河的风牵行。芦苇是渭河的好友，从初春的破土成芽，到夏季的翠绿婀娜，这时候是最动人的，袅袅婷婷，顶着一支支修长而毛茸茸的苇花，在秋风里摇曳，也成为孩子们手中擎着的图画。

"山城火锅料，正宗山城味，来尝尝啰！""新鲜的翠香猕猴桃，没打药，下午刚摘的！""玫瑰葡萄，来看看呗！"……从每一处摊点前经过，吆喝声就伴着新鲜农特产的香味扑面而来，要不要品尝，取决于路人自己，摊主不拉扯不强塞，主客皆便；也有不用吆喝的，童装、图书、玩具、花卉，那些精致的摆放品就是无声的吆喝。"你卖了多少？""快完了，今儿周末带得多，还有几包就卖完了。""给我留两包，我这边也准备收摊了。"……摊主们一边不时地取着货，一边拿起挂着的二维码提供给买主扫描付款，间或相互交流着今晚的收获，那些带货少或者货品畅销的，已经开始收拾地上的残迹，准备开车离开了。这时候，渭河上已蜿蜒起长长的灯光，滔滔的河水也变得忽明忽暗起来。

风更加爽利了，秋天正在徐徐走来，秋风里酝酿着深秋，也预备着初冬。多少年后，在难以忘却的庚子年的记忆里，一定有一段关于渭河市井的记忆留存心底，那气息，仿若雁落平沙。烟火气已重返人间。

2020 年 9 月 12 日

渭河秋影

这是一个暮秋的夜晚，没有月亮，星星也隐在了黑暗里，夜色罩住了宽阔的河道，看不到一丝光亮。虫子们睡了，被秋天的湿气裹住了似的，张不开嘴，四周就格外地静，似乎能听到风走过的声音。哦，不是风走过，是河面上的水气弥漫开来，和夜色缠绕在一起，那习习凉风，如情人的耳语，在河的上空纠结着，交织着，衬托着这夜色的神秘。寒露已过，风里有了些许的寒意，香雾云鬟湿，针尖一样细密的湿冷拂过手臂，让人不由得加快了脚步。

秋天夜里最好看的要数河道拐弯或者湿地水景里的雾气。到起雾的时候了，乳白色的水汽白纱似的，笼罩在河面，给河道里东去的流水、渐枯的青荷、挺拔的菖蒲、柔曼的芦苇罩上一层梦幻的色彩，此时的渭河如白纱覆着的若隐若现的新娘，远远望去，使人恍若置身于灯影里的秦淮河。走近了看，却只是薄薄的一层，似有似无，牛乳似的淡淡勾勒、渲染，只有远处的水浪轻轻荡起细碎的浪花，在夜色里潺湲流淌。

我喜欢此时的渭河，这是一年中最美的时节。

整个夏季，渭河两岸灯火通明，人声鼎沸，熙攘的人群让河水变得蒸腾起来，昏黄的水流哗啦啦向东奔去，急于逃脱这人世的吵闹一般，不曾停下脚步。冬天来了，只有渭河河心一小股水流悄悄流动，靠近岸边的地方早已结冰，即便是出太阳的日子，那些冰也不曾化开，跃动的冬日阳光照耀在河面上，反射出碎银般的光芒。河面起风了，风里似裹挟着冰碴儿般，打在脸上生疼。而春天，又过于短暂，还不等冰雪消融，小草便冒出尖儿。很快，春天便在河岸如雨般的落花里消失了，快得让人来不及伸手触摸新萌出的芦苇嫩芽，那些苇丛就青得逼人的眼。只有秋天是不疾不徐的，缓缓而来，如一位大家闺秀，不慌不忙拿起手中的画笔，在这天地间一笔一笔涂抹。远山沉郁起来了，草尖儿渐渐发黄，那金黄也感染了银杏叶、栾树林，一片片金黄晕染开来，直至红栌的红、蔷薇的红加入进来，层林尽染，遍野斑斓，那秋色才到了最为饱满的时候，这时天地之间的渭河就成了一幅大美山水，画儿似的镶嵌在天地这个画框里。

湿地河道是人工引流的，曲折平缓，平坦处随物赋形地种植了芦苇、荷花和菖蒲，地势略低处，放置了巨石供人跨到对岸，水流就在这些石缝间隙分流，造成哗哗的声响，水绕过巨石再次汇合，继续一路向前。我站立在河心的石头上，面西而立。这里将要架起一座高架桥，十几根圆柱东西排列，粗壮高耸，如同圣殿两旁的神柱。一河的植物草木，如同静穆的臣民肃立。西天，云雾在灯光下迷蒙缭绕。此刻，万物庄严。植物们有着天然的灵性，它们恭敬地整齐排列着，把植物世界的庄严肃穆呈现于天地间，无语静默，却万语千言。我从它们身旁走过，屏息凝神，内心庄重。

河道芦苇丛里，一只苍鹭猛地振翅冲向天空，巨大的羽翼扇起阵阵清凉，嘎嘎的叫声打破无边的寂静。飞过河道，苍鹭降落在水景另一侧的湖心湿地，它收起翅膀，弯曲的喙垂向地面，站立成优雅的姿态，夜幕给了它充分的掩护，它静静地站立在自己的领地，不再出声。夜色下的草丛里，那苍鹭的样子像极了八大山人笔下那只黑羽白眼的鸟，我心想，它是不是也在眨动着黑白分明的眸子，拒绝与俗世同流合污？

知义桥东，一只草船自在横斜，有着巨翼的苍鹭王站立在自己的领地，敛翅昂首。下雨了，雨丝飘进河里，河面就开出了水花，我似乎看见酒醉后的东坡先生倚杖侧耳，一任江声远去。

渭河岸的湿地公园里，有着大片的银杏林，这号称植物化石的树有着顽强的生命力，穿越千年的沧海桑田，依然枝繁叶茂，子孙遍地。这个时候，当别的树种正从碧绿转向青黄的时候，银杏已经全数飘黄，一株株挺拔的银杏从丛林中凸显出来，使人一眼就看见那透亮的黄，那明黄有着极强的感染力，映在路上行人的眼眸里，生发出蓬勃的力量，即便在夜里，也依旧耀眼。这时候，银杏的种子成熟了，成串的种子裹在鹅黄的果肉里，沉甸甸地低垂着，像极了满树的麦黄杏儿。已有人在树下捡拾熟透掉落的杏果，剥去果皮，只留下白胖的种子。那些有着和叶片一样明黄的果皮，柔软地卧在青草丛里，如初生婴儿的胎衣。所有结着果子的树，在我心里都有着无端的哀伤，一年又一年开花、结果、成熟，那些树们像极了多产的母亲，始终无法停下生育的脚步，奉献出一年又一年的硕果，又在秋风里独自老去。我在暗夜里注视着这些银杏树，心里充满对大树母亲深深的敬意和莫名的心疼。

鸟栖红叶树，月照青苔地。有着月色的秋夜，银光遍洒，水面浮光耀金，有风拂来，远处桂树清香浮动，那香气借着秋风传得很远，月色和着开阔的河面，泼银洒雪般，天地澄明。偶有云朵飘忽而来，月光刺破层云，漏下些许亮光，这月色就最易使人暗生相思。而今夜，是无月的。没有了月光的照耀，天地隐没在暗无光影的夜色里，只有秋雾、凉风轻轻妆点起一河的斑斓。缓步行走在渭河岸柔软的步道上，玉露垂青草，金风动白蘋，空气中的湿润让人脚步渐又缓，仿佛暗夜里有个触手在轻轻挽留你的步履，让人沉醉在这无边的温柔里，不忍离去。

是啊，这秋夜是温柔的，跨越了五千年的时空，隔着千万重的光阴，轻抚着万千子民，也轻抚着你我，温柔不减。而千年之后，它又将抚着谁？

2020 年 10 月 10 日

春深如故人如旧

立 春

庚子腊月廿二，五九最后一天，新一年的春天到来。作为二十四节气之首，立春是一个大日子，它标志着春天的到来。新一轮节气从立春开始周而复始，如一个新生的人，从今天开始一天天走向成长。春天，是玉兰树枝头毛茸茸的花苞，是迎春花枝条上鼓胀胀的新蕾，也是石楠叶那红中绣绿的新芽。春天在植物的萌动里，也在渐渐高飞的花喜鹊喳喳的叫声里。

《礼记·月令》里记载立春之日，"天子亲帅三公、九卿、诸侯、大夫，以迎春于东郊"，民间则有咬春之俗。加之时值春节左右，渐渐温和起来的风带来更加吉庆祥和的味道。立春，让人们内心没来由地透着喜悦。

小沣河畔，三時塬上低矮的灌木、高大的乔木，依然呈现出黄土地般的色泽，衰败萧索，了无生机。而柳树最先感知春意，若有若无的鹅黄让柳枝有了一些不同于杨树、桐树的色彩，虽然这些微的鹅黄需要凑近了才能看到，那是枝条上才微微冒出的一丁点米粒般大小的嫩芽，就是这星星点点的芽竟让柳树散发出与众不同的气质。此时柳树的芽，有着类似革命号角的意义，这点点无声的吹奏，仿若在欢送寒冬，迎接春天。

扒开桐树下的枯叶，有不知名的小草已悄悄冒出绿芽。农人们已开始灌溉冬小麦，清冽的水流蜿蜒流过干渴了一冬的土地，空气中隐隐有了湿土的腥气。洛阳村的巷道，沉寂了一个冬天，笼着手的庄户人三三两两聚在一起，出来说说话，或者折柴扫院，让干瘪的村庄有了声气响动，那些老门老窗也活泛了许多。村头仍旧干枯的树们爹着黑瘦的枝干，似乎在偷听着什么。

接近傍晚，气温低了下来，空气中渐渐有了寒意，节气意义上的春正在生发，而温度依然停留在冬。田野上不知名的鸟儿多了起来。花喜鹊和黑喜鹊上下跳跃着，不时从近处的树林飞向远处的树林，再飞回来。麻雀们经了冬，身型瘦小了一圈，与秋冬季的圆润饱满相比，看上去玲珑了不少。它们成群地聚在一棵皂角树上，叽叽喳喳地叫上一阵，见人走近，集体约好了似的一言不发，只静静地在皂角树枝上立着，或在电线上来回跳跃。似乎它们正在召开临时会议，我的到来让它们暂时中断了会议议程，随时准备着逃走或者攻击。我站定，歪着头看着它们，它们也歪着脑袋看着我，并不停止跳跃——我感觉它们是在用来回的跳跃交换着对我的处置意见。我站了一会儿，互相歪着头的观察，让我有些无趣，我准备离开。刚一转身，麻雀们就在身后大声地喳喳起来，似乎是在欢庆这场对峙的胜利，也似乎在彼此报告敌情的解除。

除了喜鹊和麻雀，田野上的女贞树林里多了一些声音，这些发出清脆悦耳叫声的鸟儿，不是这里的常住居民，地上一层湿润新鲜的鸟粪将这些新邻居的身份暴露无遗。它们的叫声也彼此不同，或清脆，或尖锐，或音节短促，透着陌生的试探。它们并不是一类，仅仅从声音上判断，至少有四五个品种。还有一种很特别的叫声，宽阔而低沉，像是少年正处于变声期。这样的声音只是偶尔几声，带着莺啼尚涩的味道。

今年的立春节点临近子时，透着随风潜入夜的意蕴，符合春天舒缓慵懒的节奏。今天白天的温度最高时达到16摄氏度，夜间据预报会降到零下2摄氏度，春天会在这个依然寒冷的夜里悄悄降临。新旧季节的更替在夜色里发生，让这个春天有着莫名的神秘，就像站岗的士兵交接班，有了夜色的掩护，规定动作也变得高深莫测。

"天地和同，草木萌动"，人内心也生发着喜悦。夜归的路上，有零星的鞭炮声响起，明天是腊月二十三，是北方小年，年就要在春天里到来了。

雨　水

到处弥漫着春的气息。天空看上去清朗明丽，不再像寒冬时那般低矮压抑。云层从遥远的山间漫起，铺满天空，像给天空絮上了洁白的棉花。天蓝得纯净，像孩子的眼睛。阳光很好，没有下雨的迹象，暖和的不像数九天。

洛阳村以及它所属的狭长平坦的川道，还沉浸在冬天的睡梦里。三時塬看上去依旧灰败萧瑟，看不出丝毫春天的迹象。部分冬小麦正在春灌。立春前后已经浇灌过的小麦正在返青，透着蓬勃的青绿色。这些依然矮小，却抖擞着精神的麦子，让我想起短跑运动员起跑时的预备动作——只等春天一声号令发出，麦子们必定日夜不歇地奔跑，直到到达成熟。

农人三三两两出现在田间，趁着天气和暖，把混进小麦里的节节麦锄掉。这种根系集中、形似小麦的杂草，比小麦叶子窄，颜色也要浅些，不仔细看，和小麦并无太大区别，像潜伏在麦田中的特务。老农说："节节麦和小麦一起成熟，种子有着坚硬的外壳，可以存活两年依旧发芽生长。"说到小麦返青时，老农说："麦开始醒动了，跟人睡醒一样。""醒动"这个词，猝不及防地打动了我，这拟人化的词和鸟鸣声一起，让我终日沉闷的大脑灵动起来，如听到深潭里滴入的一滴水，也像暗夜里远远的一束光，还像即将到来的第一场春雨滴落在初萌的柳叶上。

田野因为农人的到来，热闹了许多。交谈的人声，收音机或手机里的秦腔唱腔，让沉寂了一冬的田野活泛起来。猕猴桃树伸展着干巴巴的枝条，树叶还没有发芽。开着蓝色小花的阿拉伯婆婆纳、柔嫩纤细的蒿子、有着修长叶形的荠荠菜们四散在麦地里。人们可以挑个风和日丽的日子，来挖鲜美的荠荠菜了。

这时候很少见到花喜鹊，这些在冬天里活跃的留鸟是不是回到了丛林中不得而知。倒是腹部白色的喜鹊们不时在枯枝间灵巧地飞行，麻雀们照例聚在一起叽叽喳喳议论个不停，还有一些只闻其声的鸟儿，不时发出高低起伏的鸣啭，让人怀疑是鸟儿们集体的鸣叫唤醒了春天。

傍晚六点四十四分，就在我行走在初春的余晖中时，雨水节气悄然来临。这符合春天柔美浪漫的气质，就像春雨，当春发生，润物无声。远处土崖上，明黄的迎春花正鼓着成片的小喇叭，迎接春的到来。

清　明

清明，这个既是节气又是传统节日的日子，总是在阴雨连绵中到来。"万物生长此时，皆清洁而明净，故谓之清明。"此时，天地在蒙蒙的细雨中新生。天朗地清，万物萌发，让人也散发出植物般的新鲜。

清明作为节日，被赋予了遥寄哀思、慎终追远的意蕴，杜牧的那首《清明》让这个节日不可避免地漫溢着莫名的伤感。于是，清明总是循例般阴冷、寒湿，就连风里也透着哀愁。

洛阳村被大块的田地、起伏的台塬包裹，如同安睡在暄软和暖的被褥中的婴儿，悄悄地脱胎换骨，不动声色。冬小麦已经拔节，碧油油的，像给大地铺上一层绿绒毯。房前屋后的油菜花正开得灿烂，间杂在碧绿之中，那种盈阡溢陌的金黄映得人心也变得明艳开阔。桐花正浓，一疙瘩一疙瘩簇在枝头，素白或浅紫的小喇叭堆挤在枝梢，让一树枯枝生出满树芳华，清甜的花香引来蜜蜂嗡嗡忙碌着。

远远望去，铅色无云的天空下，三畤塬显现出明朗的脊线，一团一团的轻绿点染着沉寂了一冬的塬坡，那些渐次苏醒的灌木已在枝头挂出点点的绿芽，像是害羞的少女，不敢大胆以面目示人。于是，整个土塬依旧以浓重的灰褐色打底，那点点新绿便幻化作心底的一抹希望，变成眼巴巴的期盼和等待。

接连几天的春雨，让空气中弥漫着清新的气息，也透着丝丝春寒，田埂泥泞起来，没有农人在劳作，田野静静地散发着春意。麻雀不再叽叽喳喳地扎堆，而是三三两两在枝头尖叫着争吵。这些没有耐性的留鸟，往往吵不过几句，便不分胜负地一哄而散，各自飞向低洼处。鸽子在头顶炫耀般翻身、拐弯、俯冲，飞出了鹞子般的身姿，一阵疾飞，又落在人家屋脊上"咕咕咕"地探头探脑，一副肩负了监视的使命般的模样。空气中偶尔传来喜鹊的一两声鸣叫。

杏树已有清浅的绿荫，繁茂的不只是初长成的绿叶，尖圆的嫩叶下，青莲子般的杏果躲躲闪闪，酝酿着日后的繁盛。皂角树、猕猴桃树、柿树、槐树正是冒芽的时候，新绿溅溅，残存的冬意渐行渐远。

清明在乡野里，是静谧的、清朗的，也是恣意的。那些树木、鸟禽、田地，甚或是随处可见的畦畦菜蔬，都生发着自由散漫的气息。

这是一个重要的节气，天气即将告别阴冷。那湿冷的、阴郁的日子将一去不复返了。

2020 年 5 月 2 日

麦月始末

谷　雨

谷雨是麦月的序。

谷雨，桐花开得正盛，一树树临春的桐枝正酝酿着绿芽，小喇叭一样的桐花已经一簇簇旺在枝头，像满树开满了毛茸茸、紫色的鸡毛掸子，空气中就有了拂人肌肤的甜香，丝般掠过面颊，掠过飞鸟的翅膀，鸟儿欢快起来。前几天，刚下过雨，空气湿漉漉的。像初生的婴儿，这时候的春天还没有长大，嫩生生的，透着新鲜；又似刚脱了壳的新笋一般，带着露珠，逐渐脱去旧年的冬衣。

武功镇洛阳村，八十一岁的党老太太正在地里铲菠菜。菠菜是新品种，长得快要没膝，却没有起薹，看上去依然碧绿娇嫩。原本是丰收的，现在学校暂时停课，食堂也就没有开放，菠菜卖不出去，如今成了负担。"铲掉喂猪，去年冬上卖不掉么，现在都长老了。"党老太太和村邻带着小孙子，边采着生长旺盛的菠菜，边细碎地说着，老太太满是褶皱的脸上布满愁绪。

乡村，依旧美丽、洁净、清明。鸟儿婉啭，昆虫嗡鸣，麦子开始扬花了。

立 夏

关中大地，处处是劳作的农人。早玉米已有半拃高，芫荽开着粉白的花，猕猴桃鼓起毛茸茸的花苞，塬下背阴处的槐花香气正浓，各色鸟儿的鸣叫声此起彼伏。勤快人家的田块，汉字般横平竖直，在大地上写就一个个方正的田字。那些新翻的地里土块大小均匀，透着丰收的乞盼，也透着人们对土地的热爱，一如这新鲜清朗的四月天气。

两位大嫂在麦地里除燕麦。"三十多年前嫁到这里的时候，第二天一揭门帘，裤带宽的天，四处的塬，跟住在锅底一样。你看，如今我儿子都三十多了，孙子都七岁了。"蓝衣大嫂爽朗地笑着，笑眯眯看着眼前被三畤塬环抱着的平整麦地，讲的好像是邻家新妇的事。

麦子依旧在扬花，气温忽高忽低，麦子的花期也格外长。

"今年因疫情，村里新殁了的老人，不像以前要请鼓乐，要待客操办，今年一切从简，把人给解脱了。各人在各家吃罢饭，把人送到坟地，顺便就从坟地回家去了。挖墓箍墓也快，有挖掘机，还有专业工程队，一天就把墓子箍起了。之前最少要停七天，七天里吃吃喝喝、客来客往，儿女负担也重，今年就不用花那么多钱给活人看了。"蓝衣大嫂说。

"现在农村负担也重，娶媳妇礼钱大的，车房都是条件，光买房首付都得个十几万，农村人从地里刨钱不容易，一下子就拉一堆账。拉账了也不要紧，只要能给娃把媳妇娶下，人家两个人能互相看上就给娃办。就这，堡子里的光棍也不少。"红衣大嫂前几天刚给儿子娶了媳妇，说起这些世人必经的大事，喜悦中有着淡淡的忧愁。

蓝衣大嫂递给我一小捆拔下来的燕麦让我坐，我和她们一样面朝着夕阳，看着不远处草木葱茏的三畤塬，犹如坐在一只巨型的锅底下。地气慢慢上来了，有些泛潮，三个人不再说话，静静地听着四周的各种声响。

中国人之间的亲近、简静，就像脚下的土地，就像正在落下的夕阳，自然、顺理成章，不带一点点的防备，仿佛是人老几辈同村而居的乡邻。

薄暮四合，纱一样的地气让树木看上去柔曼绮丽，鸟儿彼此呼唤着，归巢声热烈起来。

小　满

油菜是丰收的先行者。修长而鼓胀的油菜陆续在收割，处处响起了连枷击打油菜荚的响声。麦粒渐渐饱满起来，还没有完全灌浆成熟，薄薄的麦衣里，麦粒的顶端仍有一些虚空，留有余地一般，带着最后冲刺的蓄力。麦芒已如剑戟，扎手、尖锐，似在宣示着什么。

地里不见农人，村庄静悄悄的，难得的安详宁静。庄户人家闲散而慵懒地走动着，间或预备着收割要用的彩条布、笸篮、耙耧。孩子们嬉戏着从村庄穿梭而过，偶尔几声哭叫声在静谧的上空悠长地回荡着。村口的老槐树已是枝叶繁茂，一阵风吹过，枝叶轻轻摇摆，空气里就有了阵阵木香气。

由于闰四月，初夏的天气变得阴晴无定、寒暖相间，一如这世间的沧海桑田。

已有一两声的布谷鸟在自呼，"算黄算割"也快要呼起来了。鸟儿们是丰收的先知，收获正在酝酿。

芒　种

有芒类植物已经成熟，天气格外热，小麦要收割，玉米待下种，十天前还很清寂的村庄嘈杂忙碌起来，土地散发出待产母亲般温暖而成熟的气息。

早在芒种前几天，大部分的小麦已经开始收获，真正到了芒种这一天，反倒忙碌过半，只有川道里的麦子因成熟得晚，才开始收割。如今的夏忙已不是二三十年前的样子，割麦机取代了传统的手工劳作，四五百亩地，一台机器两天时间就能收割完毕，从收割脱粒到粉碎秸秆一气呵成，顺便就用播种机把玉米种进了地里。农用三轮车来回穿梭忙碌着，割完一家，脱粒干净的麦粒就倒在三轮车斗的彩条布上，“突突突”地运回家，地里就不断响起三轮车的突突声和割麦机的轰鸣声。

已是傍晚，月色朦胧，鸟已归巢，地边四散着等待机器的农人，一户大都只有两三亩地，收割起来也快。四川凉山来的收割队取代了记忆中的甘肃麦客，一口四川话的收割机老板娘戴着严实的头套，穿着长袖衣，用地道的四川方言和农人们讲着价钱：“我们来了三四百辆机子，大部分都去了千阳，那边价高一些，八十、一百一亩地，这边叫呢，就留下来，这边便宜，六七十就割。”

寂静了几个月的麦地，热闹起来了，割麦天特有的干热烘烤着大地，加速着麦粒的干燥，也烘烤着农人抢收的焦灼。麦子们奓着麦芒，略弯着穗头，摸上去硬扎扎、鼓胀胀的。割麦机卷着整齐站立的麦子，牛吃草般卷进前仓，驾驶室后面就波浪般涌起绵软厚实的麦秸。长了几个月的麦子，麦根与麦根之间藏了浓重的土气，收割机卷起麦子，也卷起麦根里的土，就像一群鸟突然飞出树林，轰地一下四散开来，收割机像是行走在尘土里，收割着地里的尘土一般。不一会儿，站在地边的农人便一身的土，变得眉目不甚清爽起来，成了土地一般的色气。那些还没有收割的麦子，整齐地列成方阵，泛着面粉的香气，等待着尘土飞扬的收割。不时飞起又落下的尘土，让这片土地蒙上了莫名的喜悦。是的，这是大地的喜悦，大地拍打着尘土，尘土里地气蒸腾，这是大地庆祝丰收的独有方式。

月亮升起来了，夜慢慢深了，周围更加寂静，只有收割机和拖拉机的声音飘荡在空旷的田野上。地气泛上来，没有白天那么热了，正是干活的好时机。农人们三五成群地等在地边，议论着收成，也议论着天气，据说后天有雨，颗粒要赶紧归仓。

大地孕育着小麦、玉米，也孕育着播种、收获，这是土地的轮回，也是人类的轮回。

2020 年 6 月 8 日

红衰翠减是清秋

秋，是四季这首交响乐的抒情慢板，色彩丰富，哲学多思。

立 秋

秋天的第一个节气，也是夏天的告别，虽然气温依然不低，上蒸下煮的溽热也还没有散去，可是秋天却真切地来了。现代人聪慧，把立秋的时辰精确到时分，今年九点零六分立秋，像是一到了这个时辰，一声令下，梧桐叶就飘飘悠悠地落下，不差分毫。也像学生赶考，铃声响起，齐刷刷提笔答卷，这样一来，倒是有了几分紧促，生怕一不留神进入秋门而不自知。

这个夏天，将是一个记忆深刻的夏天，预想的溽热没有到来，而是高温两三天，降雨也间或三两天，造成了黑白琴键一样的晴雨相间，对我这样苦夏的人来说，无疑是上天赐予的福利，使我得以意外地度过了一个凉爽好眠的夏，以至连入伏以后的燠热也没那么热。

每逢节气，我都愿意去地里看看庄稼，正因为有了种植，才有了这些鲜明的气候分割，以及田园诗歌般的节气名称。这些美丽的名称给春种秋收的辛苦以美好的憧憬，也让耕作变得格外生动。

这一次因为有事没有去成。我在脑海里回忆着我常去的田野，翻出去年拍的照片，想象着土地在暴雨过后的模样，想象着三晡塬雄浑的默立。田野里，那些鸣虫叫声交织，在雨后潮湿的天气里高低起伏，想起《红楼梦》里荣国府中秋赏月，凸碧堂山上隔水听笛，幽幽咽咽，似有还无，似隔着遥远的水汽，听不分明，却又真实明朗，还像笼着轻纱的夜。那些酝酿成熟的玉米，卫兵似的列成方阵，玉米棒上紫红的缨子已经老去，深褐色的丝缕包裹着逐渐饱满的颗粒，正在玉米壳里探头探脑。

村里，蝉鸣声声，没有蝉鸣的乡村就像没有庄稼的土地，是荒芜的、寂寞的，少了些童年的意蕴。童年，是什么呢？是乡村少年的上树掏鸟、地里偷瓜，是不知为着什么的疯狂逐嬉。那些蹚起的尘土渐渐送别少年的纯真，阵阵蝉鸣是将要远行的冲锋号。

立了秋，蝉不再声高自远，而是叫声渐衰，使人想到柳永的那首送别词，缠绵、凄切，愁绪渐浓。

夜深了，本就不那么热的夜晚，有了些许凉意。窗外人工湖里，蛙鸣阵阵，秋，在夜色里，越来越近了。

处　暑

连日的阴雨，使得天空呈现铅灰色，低沉、阴郁。退去暑气，秋天破壳成新秋。知了的叫声少了伏天时的理直气壮，变得畏畏缩缩。由于防洪，小沣河旅游路各个入口封闭，没了车辆和行人，让这条往日就空寂的路更为寂寥。小沣河哗哗地向东奔流，河边步道被泛上来的河泥埋没，绿苔蔓上青砖，踩上去滑脚，河边有黑色的蜻蜓密集地上下翻飞，让上涨的河水变得神秘。往日里碧绿的垂柳，已呈现出衰败的枯黄，盛极而衰，这是自然规律。芒种前后种下的玉米，已能看出成熟的模样，只是还没有完全饱满，像极了十三四岁的少女，离成熟还差着一截时光。

秋天的味道在乡村是浓郁的，庄稼和野草共同制造着秋的气息，像抓了一把新割的青草在鼻下，又像是熟透的蜜桃散发着甜香，还像番木瓜成熟时沉稳的清香，这些各不相同却又香气鲜明的气味混合着，在偶尔拂过的习习秋风里弥漫开来，清香、开阔、包容、洁净，夹杂着草木熟透的气味，弥漫在三畤塬下。

蟋蟀是声音的主角，那些雄性高昂的鸣叫里，呈现出秋天应有的意韵，草丛里黑而油亮的促织引领着虫子们的和鸣，高高低低密织着秋意。乡村里静悄悄的，只有谁家养的牛偶尔发出一声悠长的叹息，似乎在悲秋。秋天是用来告别的，告别热情、激昂、头昏脑涨，也告别热气腾腾，让天地凉爽起来。

缠绵的雨是秋天的标志。可以说，秋天是在雨声里到来的，虽然今年的雨水多到成灾，多到让夏天的特征逐渐模糊，可没有了雨，哪里还是秋天？

白　露

当城市里的秋意还只是早晚微凉时，山里的新秋已然来临。白杨树最早感知秋天，稀疏、泛黄的树叶透着度过夏天的疲惫，像走了远路的旅人。早玉米正在收获，有的已结成辫挂在人家房前屋后，初秋的阳光给它们镀上一层金色，灿烂耀眼。山里的气温要低一些，有意无意的风刮过，凉飕飕，透着清凉的寒。大山深广，天地高远，秋天从山里走出来，弥漫成一个崭新的开始。

夜里，秋虫的鸣叫交织着，水一般漫过原野，风里就携带着清浅的凉意。原本寂静的秋夜，因为虫鸣愈发显得清寂。深蓝的天幕，繁星灿烂，装点出高远的夜。玉米挺着身子，就要成熟，空气中因此弥漫着母亲般丰盈饱满的香气，那气味使人心里踏实。藤蔓类植物依然繁盛，散发出清雅的味道，好似一群少女扑面走来。大地，就在这样层次分明的香气里孕育着丰收，香气是预演庆祝的礼花。

今夜是白露到来的前夜。明天夜里，露水将凝结在草尖，在珍珠般的晶莹里暗喻时序更替。我漫步在草木间，用节庆时的虔敬准备迎接又一个节气的到来。

或许数千年前，也有人如我般徘徊乡野，从时间深处掠过的风也拂过他的手臂，耳畔也回响过相同的虫鸣，可他一定不曾知晓多少年后我的到来。那些从未停止生长的树木，经见过这样连接天地的徘徊，却天然地保守秘密。而若千年后，是否还有人如我这般长久地漫步乡野？那些山峦依旧起伏，那些草木依旧枯荣，那些虫鸣依然清亮，我却无法知晓谁将步着我的足迹行走。在这点上，我不若一缕清风。风有痕迹，掠过脸颊，渗透着凉意；划过乐器，奏响乐章；即便是吹过一团塑料，也会变化成口哨、变幻成群蜂入巢。而我呢，谁又曾知晓我的到来？

而这样的秘密，大地又保守了多少？

就像今夜，我为着窥探节气更替的隐秘而来，却在秋风里物哀。我在乡野里踟蹰，和大地一起等待丰收。

秋　分

日夜等长，阴阳相半，所有的播种在这一天得见分晓。由于出差，这个寓意着丰收的日子，在汉中度过。秦岭以北的农城，庆祝丰收节的庆典浓烈喜庆，秦巴山区似乎和这里的气候一样，清淡平和，只有正在花期的汉桂气味浓香，一座城就在丰收时节浸泡在花香里。

时序进入农历八月，夏季稻收割完毕，勤劳的汉水人家新米饭已经上桌，丰收的气息就在这碗莹白通透、米香浓稠的白米饭里。一年的辛苦，在这一天以美食的方式端上桌，或许这样的日子还会延续：深秋就要到来，舒缓的冬闲时光也转眼来临，炒一盘干笋腊肉，调一盘酸菜，焖一锅蒸饭，炖一只刚还在满地跑的老母鸡，再来一壶苞谷烧酒，这日子就是给个皇帝也不换。

汉中市南郑区法镇后河村。山野里，到处都是金桂，满树金黄的桂花开得大方率真，似乎只见金花不见叶，浓郁清甜的桂花香气一团一团飘荡在身旁，沾衣欲湿。路旁的杉木油亮湿润，油气充足。猕猴桃、冬瓜、南瓜一片蓬勃，喜鹊、画眉、鸣虫和着人家屋后溪水里鸭鹅的叫声，在这秋野里格外清脆动听。山野是寂静的，这寂静里透着安详、富足和洁净，使人渐渐安定下来。

山里人各家各户住得分散，于是房前屋后就被水田、芋头、白菜、桂花树围簇着，形成一幅幅山乡水墨画。随手一拍，即可成画。山民对此习以为常，这种不知却恰恰使他们看上去恬淡无争，人入画中，成为山乡秋景中灵动的一笔。行走乡间，偶遇村民骑着三轮摩托车，热情地要载我们一程，见我们执意步行，又热情地招呼我们去他家喝水，吃新米洋芋蒸饭，并说："不要你们掏钱。"

找一家农家乐安坐。屋子依山而建，阶下水田环绕，屋后有哗哗的河流，环绕着人字顶的大屋子，一排排金桂花期正盛，满院子都浸润在桂花浓甜的香气里。华盖般的桂花树下，焖土鸡，鲜竹笋炒腊肉，屋后小河里现钓的小鱼炸得酥脆，配上一碗带着焦脆锅巴的柴火洋芋蒸饭和一碗热乎乎的米汤，就着浓烈的桂花香，一餐饭吃出了乡民般的富足。难怪主家八十五岁的李秀云奶奶眼睛炯炯有神，谈笑自如，自言依旧下田割稻，脸上连皱纹都很少。

远处，人家屋顶上淡蓝色的炊烟徐徐升起，天就要黑了，公鸡们高一声低一声地彼此呼唤着归巢，夜露渐浓，寒意四起，暂且在这逼人的桂花香气里归隐田园，纵情山水。

寒 露

似晴非晴了两日，雨又下了起来。今年雨水格外多，从夏淅沥到秋，天漏了一般。夏天没热几天，秋天倒是一步进入深秋，适逢国庆，却比往年阴冷了许多。

庚子国庆有些特殊。国庆当天和中秋重叠，假期最后一日又逢着寒露，颇有些小山重叠的味道，还有些金风玉露、胜却人间无数的意思。殊胜的天意，使人喜忧参半。

早上三时五十五分，节气已到寒露。走在洛阳村的地头，雨已停，万物湿润，一点凝烟，几处冷翠，柿子红于霜叶，青荷转枯。鸟鸣啾啾彼此唱和，远处几声犬吠，偶然惊起红腹长尾的肥硕锦鸡，嘶哑着嗓子从头顶嘎嘎掠过，脚上的指爪筋骨分明，地里那一只已倏忽钻入密林。天地又是一片静默。

玉米大部分已经收获，空留秸秆排列在田野。家家户户的可耕地原就不多，加上举家外出的户数增多，整个洛阳村少见收获时节的忙碌。"村里没有几户人了，再有一个礼拜就种完小麦，现在地少，种的人也不多，机器开进去，很快就能弄完。"转了几条街，才遇到坐在门口剥玉米壳的农户。不断地下雨，地里湿黏，须晒上半日，才可以下种。那些把冬小麦已经种到地里的，是有播种机的人家，种完了自家的地，忙着赶场子挣钱去了。

村里老了人，有头顶孝帽的人忙着指挥搭棚子，嘈杂的人声传来，透着热闹，也让村子透着与往日不同的气息，村庄在这喧哗里活了一样。

雪松上结着水珠，圆滚滚，晶莹透亮，偶有一颗坠落，噗的一声掉进泥土中，当即融化在湿润的泥土里。黑底绿花的蜘蛛是草木世界的王，它化着华丽的浓妆，诡异地盘坐在晶亮的网殿正中，以臣民四布的遗骸，无声地宣示主权。

人和动物的嘴里能哈出白气了。乡野清明，暮秋湿重，万物趋于纳藏。

霜　降

秋是丰富的，又是多声部的。霜降，为秋画上休止的音符，渐渐进入肃穆的冬季。作为秋天的最后一个节气，霜降会收纳秋季丰富的色彩，带来低温，纳藏大地万物。秋即将完满。

原野的风告知着降温的消息，也报告着冬天正在来的路上。霜是冬天派往人间的信使，明示着天地变化，让天地之间的生灵得以避让严寒。仅此一点，我觉得冬天更有人情味。我喜欢所有有人情味的物事，人情味里的温度，就像航行在茫茫大海上的舵手突然看见灯塔一样，使人心生希望。

走在地头，冬小麦已经播种完毕，早播的麦苗已透出疏松的土层，给黄土地装饰了一层毛茸茸的绿，成为大片黄土地上一条碧眼的绿边。大部分的树木已经摇落一身浓荫，为临冬做着准备，而梧桐依然浓绿，枝叶间成串的种子若隐若现。最显眼的是核桃树，经了连日的风雨，蜷曲着黑褐色的叶片，枝丫伸出天问的模样。柿子在寒冷里，举着一串串火把一样的灯笼，映红了农家的房前屋后，映亮了路边行人的眼睛，给寂寞的农舍和将枯的树木点染出一抹暖色。

尽管白天依然是桃李春风般的温煦，到了傍晚，太阳一落山，夕景欲沉，晓雾将合，气温迅速低了下来，寒冷裹着浓重的地气，包围了村庄。趁着天气晴好，农人们忙着晒秋，成串的玉米闪着金黄的色泽，被晾晒在房前院内，铺了一地金子似的，暮秋的气息就在这斑斓的金色里。晾晒了一天的玉米要赶着地气上来前收拢入仓，明天天气好了还可以再晒晒。偶遇春天里不得已砍掉新品种菠菜的党老太太，正一身尘土地收玉米，见了我，不好意思地说："你看我这一身的土。"八十多岁的老人了，干起活来依然手脚麻利，笑眯眯的。老太太身后，夕阳的余晖散发着最后的温暖。我行走在乡村，村人早已是熟人，打着招呼，间或聊几句，说起村子的美景，有村民说："咱农村还是没钱，穷啊。"

鸟儿们喳喳地叫着，彼此招呼着归巢，有秋虫在最后吟唱。晚霞收起了最后一丝余光，四周很快暗了下来，黑夜即将到来，就像冬天快要来临一样。

昔我往矣，杨柳依依。今我来思，雨雪霏霏。过了这一天，天地万物渐次走向冬天，经过春的初萌，夏的热烈，秋的斑斓，一切都奔赴向冬的蛰藏，准备着孕育另一季生命的轮回。

2020 年 10 月 23 日

冬天的原野

是季节老了，要在旧躯壳里孕育新季，才有了冬天。人们从冬的手中接生春天，新的生命开始轮回生长，春天就来了。这很像新旧政权的更替，旧的政权是新政权的孕囊。

立　冬

早晨七点十四分，当我还在洗漱的时候，冬天在水流声中静悄悄地到来。

暮秋小阳春。虽然节气已至冬日，气候却还在暮秋。就像即将离别的恋人，带着依依不舍的告别气息。行走在小麦初生的大地上，和暖的阳光像父亲的注视，柔和、慈祥，使人心生慵懒舒缓之意。三時塬已有冬意，低矮的灌木收枝敛叶，萧疏凋敝，高大的乔木半青半黄，点缀着即将临冬的土塬。鸟鸣清越，远近唱和，似歌者吟哦歌呼，预报着冬天来临的信息。和三畤塬的删繁就简相比，田野上，冬小麦已有半拃高，细小的叶尖挂着剔透如玉的露珠，一整片的麦地便大珠小珠嘈嘈切切，弹奏着春秋更替的天籁之音。这初生的绿看上去灵动碧眼，泛着生命的新鲜萌芽，让松软的土地呈现出希望的萌动。

套种在猕猴桃地里的白菜、菠菜、蒜苗，在秋风里下种，在初冬的暖阳下挺直了身子，正蓬蓬勃勃地展露着旺盛的活力，它们是冬季餐桌上的主角，也是大地封藏之时的希望。漫步在绵软的麦地里，太阳高悬，透明水晶般的弦月依然挂在高空，日月同辉之下，有农人三三两两地给即将过冬的猕猴桃树施肥，车载手提，荷锄唤狗，悠悠地往地里去，鸟兽即将蛰伏，草木也需越冬，菊月的施肥给了过冬的树木蛰伏的底气。

节气因农而生，农民更是以节序更替为耕作收藏的信号。《礼记·月令》里有立冬日"天子亲帅三公、九卿、大夫以迎冬于北郊"的冬祭之礼。在洛阳村这个传统农业村，农民这个农业生产的主角正因时而动，按照祖祖辈辈传承下来的耕作方式敬天地、躬农时。

有村人在卸火晶柿子。这种看上去略小于鸡蛋的柿子，经了早晚的寒凉、正午的暖阳，正是耀眼夺目之时。柿树叶早已落尽，黑瘦的枝干挑着一树火红，向天地伸展出铅笔画般的禅意。鸟雀尖长的喙落在红灯笼似的果实上，那汁液的甜香在风里袅袅。卸柿子的是一家三口，年轻的儿子招呼我自己拿柿子吃，七十六岁的邢老太领我去看她家的窑洞。院子里，照壁贴瓷，平房排列，依旧是传统的土院子，潮湿的土层有星星点点的苔藓散落。依傍土塬而开掘的窑洞，弥漫着浓郁的烟火气，温暖如入空调房。当年十八岁的山东姑娘如今已近耄耋，说起话来口齿清晰："每年三月就搬出窑洞住平房，窑洞开了春就冷得住不成，夏天凉快。"邢老太一口地道的当地口音，依稀可见当年的俊俏风姿。出了窑洞，老人顺手关上门，"不知咋的，今年半大老鼠儿子多得很，不关门就会跑进窑洞去。"

露水仍未成霜，滴滴寒露打湿了我的裤脚，我走在暖阳下，走向冬天深处。

天地这本大书，正翻开新的一页。

小　雪

二十四节气最让人着迷的，是它如田园诗歌般美好的名称，以及和天气物候的准确对应。一年中，总有几个让人心动的节气，比如惊蛰、清明、谷雨、白露，使人在节气变换时生出诗意般的感受。在这样诗歌般的物候更替里，四季轮回犹如诗歌转韵，千回百转，又工整自如，寒暑更替中，又是美好而余味绵长的一年。

当人们还在睡梦中的时候，早晨四点四十分，小雪节气便悄然而至。

晨起推开窗，洁白的雪花细密地斜织而下，小雪节气降小雪，天时可谓精准。而就在昨天，天气骤然变冷，风雨混合着降温，就像季节吹响交替的哨音，只等交接号响，便天降雪花，昭告着冬天的真正来临。天地不言，四时行焉。天地有着自己的运行程序，从来都是忠于职守，使民以时，才能让农耕文明得以有规律可循，才能绵延数千年而不绝。

雪是从西北方向飘过来的，车头向北，雪花扑面而来，似乎要和人拥抱庆贺。仪表盘显示室外温度为零摄氏度，此时是早晨九点左右。三晭塬下，麦田碧绿，草木萧疏，那些平日里被茂盛的植物遮掩的房舍、道路、河流，水落石出般突显出来，还原给世界一个简明的真相。地气仍未下降，纷纷扬扬的雪花落到地上注定是积不住的，原野、山峦却因此湿润了许多，连空气里的凛冽也有着丝丝微润。初雪就像人类的初恋，不见得能够走向婚姻，却给了人类清晰的恋爱经验，知晓要寻找什么样的人共度此生。

我行走在洛阳村，雪花落在伞上，簌簌作响，这天籁之音让人内心放松。田野是空寂的，却又是丰富的。麦苗已长到两三个叶片，叶尖的水珠晶莹圆润。那些常绿的植物，比如雪松，依然披挂着满身的绿，在风雪里抖擞精神。栾树上缠绵着将落的红叶，似红透的枫。槐树、杨树、柳树，纷纷退去青黄，成为枝丫俊俏的枯笔。杂草是麦田的近邻，秃疮花舒展着叶子，刺蓟举着淡紫的花，在地畔上静静守护着一方碧绿。

麻雀和喜鹊是人类的朋友，作为留鸟，它们总是和人类在若即若离中相伴。此时的田野村庄，安谧静默，麻雀们小石头似的，不知为着什么，一大群忽地起飞，又叽叽喳喳落下，它们上下弹飞着，在房前屋后的秸秆里、树丛中，喧闹地交流着，分享着，有说不完的话。远离村庄的树林里不再多见红嘴蓝鹊，半个月前还在林坡地的树林中成群结伙的红嘴蓝鹊，此时把阵地转移到了村庄，房前屋后的树上，粗哑着嗓子的红嘴蓝鹊和麻雀混在一起，只是没有麻雀们那么吵闹，它们拖着长长的尾羽，脊背闪着深蓝色宝石般的光，三三两两收起羽翼站立在枝杈间，缩着脖子，偶尔喳喳喳喳叫几声。农人对麻雀和喜鹊是友好的，柿子树上总留着几近一半的收成，这些留鸟便在人间烟火中得以安然过冬。红嘴蓝鹊又叫花喜鹊，就是民间口口相传的"花喜鹊，尾巴长，娶了媳妇忘了娘"的主角，人类自我调侃却不忘捎带鸟兽，在三畤塬，这样的民谚俯拾皆是。

下雪的村庄，有着古老的气息。仿佛几千年来，村庄都如此沉默。偶有农人趁着下雪收拾收拾屋舍，檐下便堆了砂石水泥。提着篮子的村妇，赶着要去地里挖些蔬菜回来，那些抱着柴火的人要用秸秆填烧土炕。村庄是沉寂的，连劳动也像默片，所有的声音都被雪花无声掩藏，只有屋顶的淡蓝色炊烟拉出一条不太均匀的直线，还没有升起，就已经消散。偶有犬吠，是我的出现，使彼此都吓了一跳。

远处，塬顶上的村庄里传来呜咽的唢呐声，那是谁家老了人在安葬。远远望去，坡顶一队缟素，在风雪里缓缓移动，在雪花织成的点点雪幕中，那一绺白醒目、素净，犹如这雪花越下越大的原野，清洁、素淡，即将一无所有。

雪越下越大，三畤塬笼罩在一片白色迷蒙当中。

大　雪

零点刚过，今年的大雪节气就迫不及待地闯了进来，像等急了的候场演员，一听见锣鼓器乐响起，就踏着节奏入场。准点登台的大雪节气，意味着雪要落住了，天气也要更冷一些。上午，下起了雪，大片的雪花零散地飘忽而下，带着象征意义般，仿佛只是为了应今天节气的景。又像是被推搡着起迟了的妇人，不及梳洗化妆便见了客，带着应付式的慵懒和随意。这是今年第二十一个节气，意味着再过三个节气，新的轮回即将开始，天也黑得更早了。下了班，我开车赶往洛阳村方向。这时已是薄暮时分，路上的汽车都已亮起车灯。

行驶在小沣河畔，顺着河流徐徐前行，两旁的行道树已落尽树叶，除了雪松这样的常绿乔木，几乎所有的树木都只余光秃秃的枝干，此时的田野呈现出冬天特有的萧索、干枯、清寂，仿佛大地被施了魔法，所有的生机都被收回。

三畤塬成了一道模糊的剪影，那些落尽了叶子的灌木给塬顶修饰了一圈毛茸茸的线条，树木、庄稼、河流、村庄，都被冬季的寒冷冻住了一般，看上去模模糊糊。田野在薄暮中透着朦胧之美，像罩着一层面纱。偶有一声鹌鹑的叫声，猛然划过，似乎被谁用力捏了一把，这尖锐的叫声就远近荡漾开来，使人更觉田野的寂寞空旷。远处的村庄沉默在黑暗里，那些偶然透出的光亮，像航行在深海的灯塔，遥远而带着希望。

我行走在村间，村里没有一丝声音，偶有几只谁家的狗偷偷尾随着我，三三两两挤在一起，似乎在悄悄密谋着什么计划，那带着肉垫的蹄爪无声地交错跑动。看我回转身看它们，便掉头小跑起来，推挤着藏身在路旁的篱笆里，一副被识破的样子。偶有做活晚归的农人，骑着摩托车缩着脖子飞快地从我身旁驶过。摩托车的突突声像一把刀，划开深沉的夜，因为是把钝刀，那被划开的，又静悄悄地合上，无力阻挡正在深下去的暗。那声音远了，村庄和远处的田野重新陷入寂静。

冬天来了，村庄也在冬眠，我行走在暗夜里，悄无声息，似乎我从没有来过。

冬 至

冬至，一个含义丰富的节气。

这一天，是全年夜晚最长的日子，也是数九开始之日。北方民间一直有冬至吃饺子的习俗，以图不冻耳朵。这一天，还是祭奠故去祖先的日子。相比清明，冬至的慎终追远有着浓郁的人间情谊：天寒地冻，也要给另一世界的亲人送去冬衣纸钱，以免亲人们有冻馁之虞。端着饺子碗，必念先祖养育庇佑之恩。

《礼记·月令》里有"天子乃命有司祈祀四海、大川、名原、渊泽、井泉"的记载；宋人孟元老在《东京梦华录》中有冬至前三日，皇帝亲率百官举行盛大而繁复的祭祀大典的记录，这都属于国家层面的祭祀。而在民间，《东京梦华录》中这样记载京城人的冬至："更易新衣，备办饮食，享祀先祖。""庆贺往来，一如年节。"虽至贫者，也要倾其所有过好这一天。而民间一直有"冬至大如年"的说法，充分说明冬至既是节气也是节日。

冬至开始交九，数九寒天，意味着即将进入最寒冷的一段时间。随着九天一个周期的推进，天气也会从寒到暖。等到"春打六九头"，立了春，气温会逐渐上升，也会相对比较暖和。于是，到了冬至，"阴阳争，诸生荡"，阴阳争斗，各种生物都在暗暗地萌动。在寒冷中孕育着新春，自然界的哲学思辨充分阐释了什么是否极泰来。最冷的时候已经到来，温暖的春天就不会远。

站在洛阳村的地头，浓霜如雪。不下雪的日子，霜是雪的替身。房前屋后的衰草、枯枝、田地上，覆盖着浓白的霜，仿佛冬一夜之间白了头。太阳却是暖的，照耀在碧绿的冬小麦上，如碎钻般晶莹耀眼。长尾巴、一身莹蓝的花喜鹊依旧活跃，喳喳叫着在树与树之间起落，麻雀们间或其中，叽叽喳喳吵嚷着，鸟们婉转清脆的鸣叫，在这冬日的原野分外清远，像是对太阳的欢迎，对这冬至时节暖意的致敬。

大地呈现出真正意义上的冬天，原野清寂寒冷，树木落尽了叶片，连枯叶都不再留恋树枝最后的挽留。只有冬小麦和油菜，在浓霜天里依然碧绿，带给冬天一丝绿意。沟渠坡边的千里光顶着毛茸茸雪白的种球，远远看去，似繁花胜雪。远处的三畤塬肃穆荒凉，像一位历经人间沧桑的老人，静静注视着远方，看透尘世一般，了然沉默。

庚子年的冬至，在傍晚六点零二分到来。此时，四周已经黑透，冬至就像赶着马车的车夫，要在夜晚来临前到达旅店，透着步履匆忙的疲惫。

这是阳气微弱生发的一天，犹如黎明前的黑暗，带着一丝稀薄的希望，也如长途的旅人，看见不远处旅店里如豆的灯光。

小　寒

"十二月节，因月初寒尚小"，故名小寒。小寒不小，冬天意义上的数九寒天真正来临。

最近一直没有下雪，虽然白天里有太阳的照耀，正午时分还能感受到些许珍贵的暖意，可寒冷一直都在，有几天白天也保持着零下摄氏度的温度。

走在洛阳村的地头，太阳已经落山，夕阳的余晖布散在西天，地里寂静无声。地气已经上来，清寒弥漫，风里藏了刀子般，一出手就手指麻木，真是应了那句"一九二九不出手"的民谚。麻雀早已不见踪迹，偶有几声花喜鹊的叫声远远传来，仿佛隔着一个世纪的时光，在时间深处初啼，侧耳细听，又消散不见。大地一片沉寂，半月前还青碧的冬小麦，已微微泛黄，麦尖顶着一丝儿干枯，营养不良似的，麦田看上去就更加了无生机。所有的树木都枯立着，干瘦皱缩，积蓄着力量等待春天。整个田野、河流、土塬都沉浸在巨大的萧瑟中，像广场上集聚了成片闭紧嘴巴的人，集体的沉默让大地更显荒凉。

村庄极安静，散发着柴草燃烧的味道，这是真正的烟火气。村庄的日益空心化，让村巷显得空荡荡。蛰居在家中的村民很少出来，偶见挎着铁皮桶去地里给蒜苗覆盖草木灰的村民。有村民在生火做饭，屋顶上就飘起一股白烟，直直的，被冻住了一般。须臾，才惊醒般慢慢散去，屋顶上就散开大团的白，如开出了巨大的白花。

从村道折返的时候，遇到张大妈，手脚麻利地把大朵松树枝码放在墙角。清瘦利落的张大妈说，白天太阳好的时候，她会去猕猴桃地里捡干树枝，回来当柴烧，就当是晒太阳锻炼。这是傍晚才捡回来的。村里有一片地被承包了种松树，这些干松枝最适合煮饭烧炕，烧起来有香气很好闻。炕烧热了，满屋子都是暖烘烘的。张大妈热情地招呼我去她家坐，一进门，照壁背后的两间厦子房南北相向而立，北边的屋外，两眼炕门正冒着烟，柴草燃烧的气息和我在村道里闻到的一模一样，透着儿时熟悉的温暖。彭大爷耳背，菩萨似的侧卧在炕上，脸几乎贴在电视机上，眯缝着眼睛在看《西游记》，见我进来，招招手算是打了招呼，大声地问张大妈，这是谁家的客？毛色黑黄相间的胖猫咪卧在彭大爷腿旁，半眯着眼睛似睡非睡，那神态似一尊猫佛。烧着炕，屋里果然暖和。

天黑透了，不知名的角落里，有鸟儿在咕咕地呓语，说梦话一般。谁家的猫蹑手蹑脚隐在柴垛后面。偶有赶路的汽车、摩托车驶过，很快一闪便没入黑暗，只留下渐渐远去的尾灯，像红眼的妖怪奔跑跳跃。小寒节气上午十一点二十三分来过，像这些匆匆赶路的行人，匆忙奔赴下一个目的地。

行走在夜色里，黑暗给了我无声的保护。地气更浓重了，使人不由得缩了缩身子。头顶寒星闪烁，发出清冷高远的光，闪烁的星星是天空提着的灯笼，照亮寂寥寒冷的夜。

大　寒

大寒，恰逢腊月初八，这样的叠加给大寒节气赋予了浓浓的年气。

季冬之月，大寒之"大"无疑带着程度的意思，冷到了极致，就会开始走向它的反面，物极必反，盛极则衰，这是老天的规律，也是老天无言的启示。

《礼记·月令》里有"星回于天，数将几终，岁且更始，专而农民，毋有所使"的句子。这个月，是一年最后的一个月，也是新岁即将开启之月，是天子和公卿大夫们一起研习国家法典、四时政令的时候，以备适时颁行。农民们则专心备耕，准备耕种器具，不再派遣什么劳役。农耕时代的敬授民时，是被写进礼仪规制的。

庚子年的大寒由于正好和腊八同一天，民谚里"过了腊八，长一权把"的说法，也给大寒节气带来些许新的变化：这一天后，白天会逐渐变长，夜晚会慢慢变短。

洛阳村，冬小麦的尖儿萎蔫着，冻伤了似的，已经停止了生长，以这种方式保存着生命的实力。村庄周围的枯树枝上，那些亲近人类的红嘴蓝鹊偶尔发出喳喳的几声鸣叫，麻雀们则身子圆滚滚地，扑棱棱拍打着翅膀，默声翻飞。我在小沣河畔的树林里，发现了这些留鸟的踪迹，是它们的叫声吸引了我。相比于沉默在人类身边的同类，红尾蓝鹊和麻雀在这一天似乎集体很兴奋，叽叽喳喳地吵个不停，这些交织在一起、争吵似的声音给灰暗寂寥的深冬树林增加了一丝喜悦气息，仿佛今天有什么高兴事需要及时分享。太阳落山前的那么几分钟，鸟儿们的声音最为响亮。这让我很容易在这些纷杂的叫声里分辨出它们各自的声音。今天的落日也格外留恋天空，五点半的时候，太阳已经落山，晚霞却依然布满天际。

田野里，没有想象中那么冷，至少比上一个节气小寒要温暖一些。清朗的空气里因为晚霞的缘故，透着几分温暖，似乎隐藏了一个新的春天。

有农人在深挖一块休耕地，预备着开春点种早玉米，深褐色的土块显眼亮相，带着被惊醒般的睡眼惺忪。还有人趁着天气好，在家门口劈柴，在院子里用新鲜湿润的水泥平整院落。劳动的人们给了乡村以活力，就像麻雀和喜鹊给了冬天生机。

乡村是中国社会的神经末梢，寒冷加剧了村庄的凝滞。偶有农人在村道里行走，缓慢、清闲，不急不忙。冬闲的气息弥漫。

空气中柴禾燃烧的味道、远处机器的轰鸣声、汽车摩托车的赶路声浓郁起来，这是一天里声音和色彩最为丰富的时候，带着一天即将结束的狂欢，一切很快就会陷入沉寂。这是庚子年最后一个节气，为数不多的这样的夜晚过后，又一个新的节气即将开启新年的轮回。

春天，已经在来的路上了。

2021 年 1 月 31 日

开悟凤冠山

窗外，群山葱茏。

刚下过雨，轻纱似的云水，让秦岭呈现着浓重的黛青色。在初秋沉郁的天空下，白是乳白，母亲般柔情；青是黑青，父亲般冷峻。此时的大地，便是符画阴阳。山坳里，那些白墙红瓦星星般散落着，定格成秦岭一帧抒情的素描。

一路和云水纠缠着，便到了这次采风的目的地——丹凤。丹凤不大，标准的山城。若是从高空俯瞰，一盈丹江水绕着丹凤县城缓缓向东，像长长的臂膀把丹凤环绕在臂弯里，俨然是被秦岭这个慈父格外娇宠的孩子，一出生，就万般宠爱。

之前从未到过丹凤，对它的印象更多的是儿时过年才上桌的丹凤葡萄酒。车到丹凤，心底很自然地就弥漫起浓郁的酒香。单看字面，丹意为红色；凤，吉祥的鸟类，连缀起来就是红色的凤凰。秦岭深处的红色凤凰，那该是这方祖脉中多么珍贵的纳藏，得了多少上天的偏爱，才能生得这般俊俏秀美。这红色不仅氤氲在葡萄酒的琼浆里，也缓释在涟漪荡开般的土地上，在凤冠山的山体上。

丹凤县城往北，有一座山，山不高，名凤冠山，这名字源于一个当地人智斗蜈蚣精的美丽传说。据说当年此地有一个蜈蚣精为害百姓，天帝得知派天神收治，天神大战蜈蚣精一天一夜，无果。得知公鸡是蜈蚣的天敌，于是用公鸡战败了蜈蚣精。公鸡功成身退，幻化成一座状似鸡冠的山脉，耸立于此，因此，当地人便命名此山为鸡冠山，后意取吉祥，改名"凤冠山"。

凤冠山和它的名字一样，山体若鸡冠，且通红。正值夏秋交接，也是凤冠山最为明艳的时候，草木葱茏，山石赭红，形成一幅自然的山水画卷。山上，紫茉莉含着羞答答的花朵，欲待展颜；牵牛花缠绵牵绊，朝天吹着饱满的喇叭；橡树孕育着浅褐色的果实，松柏送来清香，有了树木花草，这山就在威严之外多了一份人情味，像俗世中人与人的那份温情。

海拔只有五百多米高的凤冠山，却是儒释道三教合一的所在。山上隐匿着大小十二个洞窟，成为这山的文眼，于是这山就有了灵性，区别于那些依自然地势成就的山。据说，这些洞窟始于宋，每一个洞窟自有名称，散落在这五百多米的山体上，站在山门之下，肉眼全然不见，不历经艰险亲自爬上去，是看不到的，还以为这不过是一座普通的石山。

土地洞、关帝洞、财神洞……十二仙洞不一而足。我随众人从山门处拾级而上，按照导游的介绍，以左手为起点，逐级攀援。山不高，却陡峭。陡处如一架天梯直挂云天，平坦处若家宅庭院；陡峭处需手脚并用，气喘如牛；平坦处却闲庭信步，风光看尽。这十二个洞窟就在陡峭与平坦中交错，高低起伏，状如暴雨中行船。山脚处，高山仰止，山顶处，丹凤城尽收眼底。山上十二个洞窟，暗合了人间一天十二个时辰、一年十二个月。人间的生老病死、功名利禄，及至人世烟火里的婚姻生子，甚或是人间看遍后看山还是山的大彻大悟，要经历的一切，原来都在洞中。

十二个洞窟中，土地洞为洞首。洪范八政，食为政首。土地滋养着人类繁衍生息，承载着人们的生老病死，主管的神仙自然是位列仙洞之首，这是神仙的地位，也是人世对神仙的敬重。洞内，土地神白首白须，手擎五谷，洞窟壁上众神飞天，神态各异，一幅众神礼乐丰收的画卷。仙界热闹，人间喧哗，置身洞中，人神共乐的气息扑面而来，神便成了人间的神，没有了人神之间的距离。这无距离的温暖气息里，透着对人世的悲悯。如此一来，凤冠山就有了一份若山体般赭红的内心，有一颗体察人世的大爱之心。

玉皇洞在最高处，去往玉皇洞要经历一处天梯。站在天梯下，我朝上仰望，只见一挂天然石梯，几近垂直插入云汉，已经徐徐爬上的人们似坐在我的鼻尖，内心不禁悔意弥漫，差点就要折身下山。我站在天梯下，踌躇良久，鼓不起勇气。待同伴逐级上攀，身影散去，才发现石梯中腰处坐着一中年男子，俯瞰着我。那人一副云淡风轻的样子，既眺望远方，也俯视脚下的我。被人这么居高临下地看着，自感不能后退，只好硬着头皮上。手脚并用、气喘吁吁，才一步一停地爬到他身边。于是问他："好像刚才还看到你在文昌洞那里，与我擦身而过，怎么这会儿已经到了这里？"这位微胖、戴着一副黑边眼镜的男子不疾不徐地说："我早都到这里了。"问他从什么地方来，自称长安滦镇人，独自骑着摩托车游历，已骑行了约七八十万公里，刚从上海返回。听罢这几句，我不禁心生敬意。腿脚也不再哆嗦，奋力爬过二百一十六级台阶，直达玉皇洞。我想，人生也莫过如此，遇到的人里就有度你的那一个。

　　攀爬在凤冠山，引一路遐思。人生，不论什么样的经历，无不靠着一天一天去度过，积累成一年一年的过往，这些脚踏实地的过往，也成为每个人一生独特的回忆。上坎下坡，潮起潮落，都在这爬山的高低起伏里。看上去爬的是山，其实又何尝不是人生？哪一个人的人生又能一路平坦顺遂，蝉鸣花香？这或许既是爬山之趣，也是人生之趣。少了这些跌宕起伏，少了这些手忙脚乱，或许也少了人生的意趣。遂在想，这凤冠山的洞窟着实是人间的仙洞，这洞里的神仙一定是人间的神仙，隔着洞窟，穿透人世，看透人心，却在清明之后有着人的体察悲悯之心。

从山上下来，从山右回到山门处，再次仰望凤冠山：爬了一座凤冠山，恍如经历了一场人生的高低起伏，画上了爬山的句号，也经历了一场人生的圆满。

山门处，天然形成的紫阳真人侧颜迎宾，庄严肃穆，知真不语。

2020 年 8 月 17 日

多情西乡秋

　　浅灰的天很低，一整片覆盖在头顶，凝滞不动，偶有一团乌云飘忽而来，让人知晓天空是有云的。这里是汉中市西乡县，一个处在汉中盆地里的山区县。秦人惯以地域三分陕西，陕南就成了陕西的小江南，虽同属秦地，却与关中和陕北截然不同。

　　这时正是秋分前后，车行西乡，这样的天气最适合展现秋的意蕴和陕南的风情。那份风情里有着藤蔓般的多情、缠绵，这风情，在房前屋后的茶树上，在枝叶交错的南瓜蔓间，也在依然繁茂的豆角秧、毛豆丛里，还藏匿在刚刚收获或者正在收获的稻田里，及人家场院上妇女们用风机吹去瘪稻的软语调笑里。这里的秋，枝枝蔓蔓盘绕着，让人明晰地感知着不同地域的秋天的不同。

　　到底是陕南，多雨的盆地气候让这里房前屋后都环绕着水田。清明前后排小秧，手插青秧的劳累和忙碌，在此刻成为丰收后的安逸。除了个别高海拔地区，夏季稻大部分已经收割，水田里，稻草被捆成锥筒状一捆捆立在田里，像田里站满了草孩子。收割后的稻根一簇簇矗立着，空气中就散发着新禾草的味道，像把头埋进未及脱壳的稻谷堆里，那气味使人安宁、富足，脑海里就有了热腾腾、白花花的新米饭味。收获后的田野泛着丰收过后的安详和松弛，水光映着云影，白羽黄嘴的鸭子摇摆着肥硕的身躯，三五成群，不时用黄瘪瘪的鸭嘴梳理着雪白的羽毛，自由舒缓，似乎行走在天堂。白墙墨瓦的房屋矗立在田边的高台上，沿着潮湿的台阶可以下到水田里，苔藓随处生长，石阶下的小水渠里，水流脆生生地流向田里。

田埂上，我和一只青蛙偶遇。或许是我的脚步惊动了它，一只准备从洞里爬出来的青蛙，倏地退了回去，我静静地等待着，等待着。不久，它探头探脑缓缓地爬出洞口，卧伏着，依旧做着退回洞口的准备，潮湿、泥土色的皮肤让它和洞口的湿土别无二致。尽管如此，这样的保护色还是暴露了这只幼仔的本来肤色，偶有翠绿的皮肤从湿泥下露出，犹如一扇年代久远的木门，漆色斑驳。它鼓着眼睛，背对着我，带着蔑视和不可侵犯的神情和我相互对视。我默默地看着它，屏住呼吸，尽量不因为我的到来而叨扰它的清修。

秋天的风漫过，刚下过雨的空气清凉湿润，新翻的土地散发着泥土的芬芳，田野静寂，只有远处的鸭子们拍打着翅膀，发出沉闷的噗噗声。

步上台阶，人家房前屋后的南瓜花开得正艳，南瓜也结得正繁，大丽花、金菊、紫茉莉正是盛花期，开得清丽妖娆。勤快的西乡人，家家户户门前支起了铁皮鼓风机，稻谷已经从穗上褪下来，带着毛扎扎的米壳及碎稻叶，把这些看上去泛着淡青色的、稍显粗糙的稻粒从顶部的覆斗里倒下，鼓风机就自动分离出干净的稻粒，而把瘪稻、草叶、稗子从沉甸甸的稻粒中脱出来。新稻看上去温润、饱满，带着泥土的芬芳和大地的滋润，新妇一般含羞敛目，活泼泼、新鲜鲜又羞答答。捡一粒扔进嘴里，稻壳上的小毛刺扎扎的，新米清香弥漫。新打的稻谷需要舂去壳，据说舂米也是个体力活，看上去温润的稻谷，其实壳上有着看不见的毛刺，扎在出汗的皮肤上，很是使人恼火。新米饭味道香甜，却不知这香甜的背后是劳作的苦。

路遇一条河。做向导的周老师是土生土长的西乡人，也叫不出河的名字。这条河一直跟着山势或上或下盘旋，蓝绿色的河水若翡翠别莹，那是山上树木的功劳，把倒影交付给原本清澈无色的河水，就有了这如喀纳斯河一样的色彩，若神的眼睛。拐弯处，河的颜色深一些，那种蓝交错着绿的明艳，让我们惊呼起来，居然词穷，往日里记忆的诗句隐匿不见，只一味地惊叫："好美的河啊！"同行的任教授说："好河啊，真是好河，你以后就叫好河吧。"周老师听了大笑不止，纠正说："人家是有名字的，不叫好河。"

西乡随处可见芋头，巨大的叶盖如家养植的滴水观音，叶脉清晰，叶片厚实碧绿，初见，不知是何物种。田埂上有大爷荷锄归来，手里拎着一小袋银杏果。大爷脸上泛着水田里黑泥般的肤色，眼睛却是黑白分明，格外精神。大爷告诉我，这是芋头，这几天已经熟了，需要把根下的芋头刨出来，蒸或者煮，要不"麻家伙"。芋头长在土里，这么一个美丽袅娜的植物，却有着一个根茎果实的名字，让人心里有些空落落的。路边上还种着洋姜，叶子粗看和竹叶相似，婆娑秀美，枝叶分明，一丛一丛的，把生姜般的茎根裸露在土层外面。茶园在路边随处可见，家家户户的房前屋后除了稻田，就属茶园最多，也有茶园不辞辛苦地长在两山夹峙的坡地上，很担心这些茶树夜晚里做梦翻身会跌落下来。所见茶园里的茶树都被修剪得十分规整，一行行条理清晰，像极了《易经》里的坤卦。坤属地，地载万物，静止而广阔，茶农们用朴素的方式，把茶园的便于管理和万物生长的和顺体现在茶园的修剪里，大地便呈现着万年不变的祥和。

车行至骆家坝镇，沿一户人家的屋后小路蜿蜒上山，路边茶园里种植的芋头，和低矮的茶树形成高低起伏的绿意。

山顶住着两户人家，房前屋后，三株枣树，一株烤烟，一丛小茴香，几架豆角，一蓬扁豆，屋后是成片的红薯和茶树，红薯蔓爬得满地都是，蓬勃旺盛。问及为何只种这一蓬一簇？主人答："够吃就行了。"需要多少种植多少，人对自然的节制性索取，就在这些只是一丛一株的种植里。

一只朱鹮扇动着羽翼飞过头顶，长长的喙弯曲若镰刀，绚烂的粉红色勾勒出翼边，若粉色胭脂涂抹过。它飞过一片水田，收起双翼，落脚在田里，低头啄食起稻田里的虫子来。

2020 年 9 月 20 日于汉中

站成一棵柿子树

一到暮秋，柿树就成了山野里的文人，萧散、疏落，黑瘦的枝丫伸向天空，铮泠泠作响般，要与天空对质出子丑寅卯来。

行走在秦岭峪口是我最喜欢的事。这些分布在秦岭脚下的峪口禀赋各异，从东向西或者从西向东从秦岭脚下生长出来，形成南北纵列的阵势，耙梳般支撑着秦岭。我在每个峪口穿行，春夏秋冬，从不停歇。每个峪口的出进，就像静读《论语》，就如和孔子的七十二个弟子对话，遇见颜回，见到子路，抑或子贡，每一个峪口都用它的独特开解我从滚滚红尘中带来的疑惑，等我从那些形态各异的峪口返回人世，我带着山的明朗、地的开阔，也濡染着天地的灵气，一如曾在先贤中打坐禅修，我抖落尘世的纷扰土屑，宛如新浴重生。

暮秋时节，我去了骆峪。

霜降已过，秋色更深。风里带着冷硬的气息，吹在人身上，不由得使人裹紧外衣。天空低垂，骆峪水库水平如镜，秦岭倒影分明，犹如黛青色的大山在揽镜自照。偶有秋风掠过，水面荡起波纹，犹如大地擎着一只巨碗，有风鼓起腮帮子吹凉碗里的热粥。如镜般的水面，偶有野鸭游过，纤细的麻色身影，轻盈地划过水面，鸭尾后的水波划出道道涟漪，似新娘的长长的头纱，麻鸭就有了天鹅般的骄傲。偶尔调皮一下，一头扎进水里，等水面恢复平静，又猛得露出头来，得意地炫耀着泳技。如此往复，乐此不疲，蓝色的水面就这么动静相宜，给宁静的秋日带来些许调皮的意味。

　　深秋天气里，喜鹊是活跃的，黑白分明的身影，拖着长长的尾，叽叽喳喳叫着，似有什么喜事一般，也似交流着今天彼此的见闻，一大群黑白身影在水库堤坝上倏忽而来，又倏忽而去，一会儿集体起飞，一会儿又沉沉落下，那些已泛黄的柳树便不堪重负似的摇摆起来，像在大雨里经历着风雨的洗礼，这些喜庆的声音把天空也闹得热烈起来。

　　骆峪里最多的是柿树，房前屋后，或者田野坡地，一棵棵通体泛黑的柿子树格外醒目。曾经一身碧绿，秋来叶落柿红，黑色的树干和枝丫水落石出般醒目，站立在人家的屋檐旁，静立在田野里，屋檐、田野就有了禅意，那平常的景致就有了无言的力量，使人仿佛置身孤寂小岛。彼时的田野空阒阒寂，灌木低伏，庄稼收获，平坦的黄土地上水墨画似的立了一棵柿子树，那黑色的枝干脱尽树叶，只剩虬枝苍劲，老农干皱的手掌般尽力伸展，用尽积攒了三季的力量发问天空，似要把天幕扯开。柿树是自主的树，这自主从根系出发，流经躯干，到达枝杈，积蓄了毕生的心血要问向天空。这问话，藏于天地，隐在枝丫，却无声地提示我，树犹如此，人何以堪？

柿树站立在屋舍旁，似人类豢养的动物，把根脉扎进主人的生命轮回，给主人一世的守护。春天，黑瘦的枝干冒出星星点点的绿，主人看到了，荷锄下地，给起身的冬小麦松松土，施施肥；满树鹅黄色蜡质花瓣映着老人满足的笑，孩子欢乐的玩耍，把一树甘甜的柿子悄悄孕育。收获了庄稼，那一树小火把似的柿子也熟透了，叶子落净，柿子在树上慢慢地红透、变软，摘下来存着，一个冬天的水果就有了。家常的柿树，就这样亲见着生死，亲见着喜怒哀乐，这些浸透了人间烟火的柿树慢慢就有了人情味儿，原本旁逸斜出的枝干也会分外柔美，透着庄户人家的本分安逸，成了人世承平的诠释。

徘徊在骆峪的村落间、树林里，端详着一棵棵不尽相同却又似乎一样的柿树，我仰头致意。这些黑瘦的树很少成片，几乎总是独立生长，即使有两三棵并肩而立，也依然保持着必要的距离，没有灌木的挤挤挨挨，没有藤类植物的柔蔓缠绕，没有高大乔木的遍地成林，它们总是小心翼翼地与同类保持着恰当的距离。此时，这些保持着距离的柿树下散落着熟透掉落的柿子，火焰般迸开碎裂，即使粉身碎骨却依旧爆发出火一般的光芒，在房前屋后，在山野秋林，火种般跳跃动荡，成为这深秋时节活泼的精灵。有鸟雀落在枝杈上，歪着头啄食那些火红的果子，满树的果子就摇动起来，似乎在招揽着鸟儿们，这里的更甜。

骆峪水库里，一群村妇在放生小鱼。袅袅的梵音划过水面，诵经祈祷的妇女手持经书低声吟唱，群体的女声柔润低沉，鱼儿们浮游在水面，一团一团聚在一起，久久不肯离去。堤坝上绿草茵茵，有野花开着细密的花朵，持戒修行般低垂花盘。诵经的声音飘向远方，拂过那遗世独立的柿子树，柿树们有了信仰般挺了挺恣意生长的枝干，那一树树耀眼的黑更夺目了。

风从原野吹过，我突然明白了那些柿子树。

2020 年 10 月 28 日

茶　说

　　暮秋小阳春。晨起，深秋的阳光透过窗帘，带着夏日余热泼洒进来，使人散漫而松弛。在这难得的自由舒缓里，忽然想撬开一饼熟普洱茶。这样的时节，最相宜陈年普洱，季节与饼茶的相唱和，需要一注沸水，释放深藏在时间里的秘密。

　　绵纸略有些发黄的饼茶，被存在茶屉里，已有些日月。注视着这款陈化七年的饼茶，慢慢抚摸有些发黄的绵纸，感受这一款扁圆在七年时间里的悄然自修。七年，于婴儿是始龀的年纪，于婚姻是初倦的时期，于美人似无多少改变。于茶，却是时间的缝隙漫漶在草木间，成就一份从容舒缓，把当初的紧缩逐渐舒张，像婴儿初张了观世的眼，似初春的嫩芽破土而出。

　　如果你触摸过一块新制的茶饼，或许能感知一饼茶对未来命运的隐忧。那份人为的挤压里，茶叶们紧挨着，一起抵抗未知的恐惧。那些紧压中，带着惯性自由、泥土气息和离愁别绪，以及不可商量。而时间是最好的抚慰，时间一声不吭，默默沉淀真香，正如天地不语，四时行焉。

绵纸里，手掌轻轻平压，最原始的惊醒顺着掌心里的纹路流动，就像母腹中胎儿的第一次胎动，茶饼被缓缓唤醒，稍一吃惊，就瞬间明白了将要发生的变化。那些历经了两千多个日夜吐纳的叶片，在手掌的温度和轻柔的挤压之下，冬眠初醒般碎裂，舒展，任意东西，如印在阔大纸页上的俳句。最初的硬朗紧挨变得松脆疏离，那些裂痕，散发着经由岁月发酵而出的清香，时间把硬朗、防范、苦涩变成柔和、舒展、甘甜，也让这饼茶抵达圆满的彼岸。

我将有着新鲜裂口的茶块，轻轻掰成小块，放进紫砂罐里醒着，再次把时间还给它们，最终在时序更替的发酵里成为一盏散发着陈韵的、浓酽的茶汤，那茶汤里就有了岁月的浓郁醇香。

暮秋初冬的大地，即将纳藏，衰草枯杨，满眼萧疏。树们褪去一身青黄，结束了一个生命周期的轮回，即将进入蛰伏。杨树最早感知秋意，偶有泛着黑斑的黄叶飘飘悠悠荡下，那些落下的枯叶空余浅褐的筋络，层层铺满潮湿的地面，踩上去发出酥脆的嚓嚓声，如同揉碎一张历经百年的道林纸。时间在杨树上，是嫩芽初萌，是枝叶葱茏；也是落叶归根，似一声叹息，轻叹一生并不久长，让人涌起逝者如斯夫的叹惋。

而时间对于茶，却是一份独特的恩宠。

仅一个茶字，拆解开来，是人在草木间。陆羽在《茶经》里说："茶者，南方之嘉木也。""树如瓜芦，叶如栀子，花如白蔷薇。"立春过后，天地回暖，地气初升，沉寂了一冬的茶树在山坳里，在山巅，在阶梯样的山田醒来，伸一伸身子，抖落积下一冬的尘灰，向着逐渐和暖的春光伸出手臂，期待着春雷一声，惊醒地下冬眠的虫子，把一冬攒下的力量缓缓释放。春风拂过星星点点爆出的嫩芽，像茶树张开的眼，好奇地注视又一个春天的苏醒。在春风里长，在暗夜里挺直，在雨露里滋润，在一切能生长的日夜使劲地长。属于茶树的，只有短短三五个月时间，那就拼尽一生的力气生长。清明、谷雨节气，是茶树的及笄之年，天气湿润和煦，大地刚刚醒来，和着此起彼伏的茶歌，满山的采茶女子纤手翻飞，那些嫩芽就在人们喜庆的唱和应答里出阁。这时候的茶，经简单炒制就能泡出一杯上好的绿茶，是闺阁千金，有着金贵的身价。那些不及采摘的叶片，脆生生、绿油油，依旧在春风里舒展，直到叶片里积攒了足够的清香，叶脉里汇集了更多的精华，被初夏的蝉鸣唤醒，被采茶妇人温润的指尖采撷，成为这一季丰收的主角。这些被采摘下来的成熟叶片，经过晾晒、渥堆、压制，碧眼的青叶历经了层层涅槃，制成一款未来的好茶，被收藏，被静置，让时间成为最后的点化大师，化一树碧玉为稀世珍藏。到了秋天，满山茶树依旧苍翠碧绿，茶树就开花了，白瓣黄蕊。洁白的花瓣以五瓣居多，明黄的花蕊团团簇簇，有着牡丹的富贵气。肉眼可见花蕊柱头，散发着沁人心脾的细密的清香，直入心底，似有人用茅草尖儿轻挠你的鼻孔。这时候茶树结了茶果，圆滚滚，初时是青色，后来慢慢转成紫红色，挂在枝叶间，紫玛瑙一般映衬着秋天的丰硕。

现在，这款七年前甚至在更为久远的年份里历经了自我圆满的饼茶，就躺在我的手边，带着茶树一生的使命静候与我结缘。我用内心的谦恭、平和，轻轻夹起一块交由岁月成全的茶，洗茶、温杯、出汤，一杯澄亮的茶汤呈现在眼前，茶气氤氲里，普洱特有的醇厚之气缓缓扑鼻，如入草木间。焚一炷檀香，看香气袅然，时光在倏忽明灭间游走，那些变幻着形状的淡蓝色青烟缓缓上升，又缓缓消散，想起庄子的"乘物以游心"，忆起那句"吃茶去"的偈语，以及那些关于茶的典故，那些因茶而留下名姓的古人。一时间，茶汤氤氲，醉意醺然，那些唐诗宋词、锦绣文章，一一入我眼，过我心，使我在小小一方斗室却满怀天下，使我虽禅坐一隅，却从真我出发，看山是山，观水是水，得仁得智。似与先贤智者同行，又似饮甘露于醴泉；若清风明月于指间沉吟，又若响泉修竹于心间流淌。我不种田修篱，却满眼菊花金黄。

持茶静坐，却思接千古，脑海里的热闹和茶台的清寂成了一对你中有我，我中有你的亲手足。时间成了桥，连接起古今过往，当下未来，喝的是热闹，也是清静。

茶汤在我的五脏六腑游走，让我的思绪湿润胀裂，一杯温热舒缓入喉，身心俱定，那身外的纷扰、尘世的忧心，化在茶汤里，绾成一个结，那如意的结带我入山林，啸于天地间。吐纳之间，把恩怨名利放逐发散，俨然乘桴浮于海，于天地间逍遥畅游，放意利名外，游心天地间。饮的是天地与岁月结晶的茶，心神却醉如饮老酒。

我品的是南方嘉木，看的却是天地山水。陆羽还说："茶之为用，味至寒，为饮最宜精行俭德之人。"

一杯茶，在儒家是修齐治平，在佛家是禅茶一味，在道家是道法自然；于天地是叶之精华，在我，是天地自敬。

2020 年 11 月 12 日

鸭沟岭小记

从杨凌农科城向南过周至大桥，穿环山旅游路拐上一面小坡，在回环曲折的秦岭北麓脚下，有一个鸭沟岭村。据村庙碑文记载，明末时有宋、白、张三户十几口人，由山外迁来，开荒、种田、定居。因沟底有溪水流淌、野鸭群戏而得名鸭沟岭村，后陆续有他姓掺杂居住，至今近百户四百多人。

进入鸭沟岭村，南北走向的房屋一律面东，一排排高低错落，排比句般从西向东一路蔓延，犹如天河之水，恣意泼洒跌宕。村间道路亦因山而形，高低起伏，却并不崎岖，只是依照山体走向布局屋舍，使得整个村庄呈现梯田样貌，行走在人家山墙之外，犹如船行海上，道路起伏，人心生静。

此时正值仲春，山花枝头初蕊，村巷花开各家。村间少有白瓷贴墙的高大二三层建筑，多黑瓦覆顶的老式土屋。这些黑瓦土墙的房子，家家户户无一例外地用青砖白线勾了屋体墙柱，配以深米黄的墙面，让饱经沧桑的老屋发散着明艳的古意。户户门前用原木枝干装饰成篱笆，围出一方菜畦或花坛，胳膊粗细的木篱笆围栏里，菠菜、蒜苗或者桃、李、杏花，呼应着庭院里的几株紫色玉兰，或一丛贴梗海棠、几簇金钟花、一束结香，甚或门前高大团粉的红叶李，让看上去面貌相似的老屋各自焕发出光彩来。春天的气息在山野里略显不足，可在山村人家的花木里却刚刚好。

是直行去往那矮山墙形成的僻静巷道，还是漫步于贴着大红春联、有着齐整门楼的人家？因为那家门前的粉桃花，开得正惹眼。站在岔路口，犹豫了一些时候，便挪步到了粉桃花前。桃树细瘦的枝干，是新栽的模样，有着青年般的朝气，花也开得格外有力，不似开过几年之后的老树，虽是蓬勃烂漫，却少了些英武之气。清浅鲜嫩的粉，若美人之面，想起唐代诗人崔护的那首桃花诗来，这树桃花也应该是当年诗人偶遇佳人时，心上人如花般的年纪吧。

在一家老屋前留驻。吸引我目光的，是并立的两棵杏树。这是两棵杏树，一高一矮，老干虬枝，通体发黑的枝干间青苔点点。黑黢黢的枝干透着岁月的疲累，犹如老人长路。状若病梅的枝上，星星点点爆出粉白的杏花来，几点怒放，几点含苞，让垂垂老矣的老树蓦然有了一种悲壮之美。开花的老树，在苍老的枝丫上，怒放出青春的花来，使得生命的衰微和茂盛并存，也使得生与死如此贴近并行。

两棵老杏树背后是一座典型的关中老屋，人字形的房顶屋瓦黝黑，青苔隐现。麦秸和黄土泥成的土墙已有裂缝，那是时间的印记。庭院深长，一间屋，两株夫妻般的老杏树，一畦种着菠菜芫荽的菜田，这方庭院就有了遗世独立的味道。

面东背屋立在院中，久无人居的气息弥漫开来。想起明日若晴天，一大早朝阳升起，金光透过老树繁花，洒在土墙上的情景，该是多么的诗意。而若是下雨天，春雨溅溅，滴落在黑瘦的枝干上，发出天籁般的滴答声，推门而出，风吹梅蕊闹，雨细杏花香，又当是另一番情致。心下颇有憾意：若是有人居住多好，可借宿一宿，谋晨光熹微，新雨与新花，该是多美的人间景致。

行走村间，偶遇几位老人，均神色安详，谈吐大方，招呼着进屋喝水。见一花白头发老汉蹲在屋前石阶上抽烟，身旁是一车大小匀称的石头，其间不乏纹路若云、形状雅致的，便问他这石头是从哪里得来？老汉笑言，从沟底捡拾而来，用在庭院中做造型。相比从前所见乡村，处处麻将声响，对老人顿生敬意。于是，赞叹道："老人家有艺术眼光啊。""哪里哪里，就是岔岔心慌。"老人说。

转至另一街道，见我在拍照花，拉着一架子车粪肥的老人指着隔几家的屋子，让我们去拍他家的"红花"。行至屋前，两株贴梗海棠缠枝绕蔓，盘根错节，深红黄蕊的海棠正艳，大朵的花儿藏匿藤蔓之间，远看若贴了花的圆笼，煞是好看。一左一右的花笼立于门前，犹如花仙子化身花门童。难怪老人如此得意。海棠旁，一枝新发的紫荆亭亭独立，正旋出点点细碎的紫花来，细小的花蕊，挤挤挨挨，贴在无叶的枝上，想起李渔对紫荆的描述："窄袍紧袂，衣瘦身肥，立于翩翩舞袖之中。"紧挨紫荆的，是一株花开正盛的紫玉兰。行道树上的玉兰，若庙堂之君，往往修剪得枝丫向天，花开顶端，远观一片花影绰绰，近看花色朦胧，不得真颜。眼前的这株，却十分亲民，有着亲近人间烟火的和蔼可亲，让我这爱花之人得以亲见玉兰真容。对这株紫玉兰低垂花枝任人赏看的发现，也让我对村间遍植的玉兰多了一些留意：原来，鸭沟岭村的玉兰以紫色居多，树身一律朝南，花枝多为低垂可得之状，仿佛就是要供人一探究竟。如此大方的姿态，着实使人心生喜爱，看了又看。

鸭沟岭村，仅看村名就知道是有着沟的。从村路漫步向东，便几近沟底。船形沟底从秦岭深处蜿蜒向南，沟底丛林遍布。几户人家，一字排开，和沟上村舍一样，均是面东而立。鸟儿鸣叫绵密，长短高低，清脆悠长，喜鹊、画眉上下翻飞。崖畔上，一老妇端坐，和不远处剁柴妇人闲聊。沟底寂静，愈显鸟鸣旷远，人声稀疏。细聊之下，才得知老人已近八十，可观其眉目，至多六十出头，让人惊叹不已。老人言说，一生居于鸭沟村，每天开门必见青坡缓岭，山风习习，画眉子到处鸣唱，山上的水接入门前龙头，常有外地人以瓶盛之，言之甘甜爽口。老妇谈笑间，耳聪目明，口齿清晰。

沟底所有开垦的土地，均种的猕猴桃，白石立柱，铁丝搭架，只是新枝未发，看上去似冬睡未醒。苜蓿却鲜嫩，绕着猕猴桃地畔围了一圈，仿佛给一地的猕猴桃镶了绿绳边。新出芽的苜蓿肥胖碧绿，诱人伸手掐了一把，汁液便绿了指头，似有绿翡隐匿手中。

临出村，老妇及村人相送，忽见崖底屋旁有几只旧罐散落林间，颇有油画静物之美——一只双耳土黄陶罐与两只圆肚瓦瓮紧挨而立。看那双耳罐样子齐整，不曾有破损的痕迹，便央求老妇或相赠或购得。老妇喊来罐的主人，三人细语几句，年轻一些的邻家儿媳大方一笑，送你了。感觉不妥，几次要求可付小钱购得，三人坚决不收。

我拎陶罐回家，插上去冬新买的仿真柿枝，颇有古意，甚喜。

2021 年 3 月 7 日

期盼一场雪

天气预报说要下雪，盼了一冬，也该来了。

晨起拉开窗帘，屋外暗黑一片，除了几处偶尔亮着的路灯点缀着无边的黑暗，眼睛仿佛钻在一截盲肠里，满眼是了无生机的墨色。

燃香、洗壶、温杯、煮茶，在满室盈香中，就着一杯醇厚的熟普，静候雪来。

我有多久没有期盼过一场大雪了？去年冬天也是期盼一冬，零星飘了一天，到底是没坐住，连田野里的土都不曾湿润。

为什么要如此急切地盼望一场落雪呢？是为了那雪泥鸿爪的浪漫，还是苍茫大地被白雪覆盖后的冷艳辽阔，抑或是雪地上欢乐的人们那兴奋的姿态，甚至只是为着体验那雪地行走的天籁之音？都不是。

就像此刻，屋外朔风凛冽，墨斗倾覆般天地闭合，我坐在这个即将落雪的清晨里，在崖柏香的清婉缠绵中，品啜一杯浓酽醇香的普洱。我端的是一杯茶汤，也是一截片刻宁静的时光。我品的不是茶，是一段受想行识的心念之旅。

望着手中的杯，答案写满余有茶渍的杯底。

曾在多年前的一场雪里，和文友相约去踏雪寻梅。踩在厚厚的积雪上，洁白平整的雪面就有了深厚的一串足印，空中柳絮般飞舞的雪花，无声落下。我披着满身的雪，嘴里哈着白气，身上却是热的。一树树蜡梅开得正当时，明黄的蜡质花苞盛放或半开，顶着一尖尖薄雪，俏皮又不失端庄。凑近花枝，薄薄的冰壳包裹着未开的花蕾，结成一个个透明的淡黄色琥珀，这些小小的琥珀挂在瘦黑的枝干上，满树清香直入心底。我和友人在这沁人心脾的清香里，言语间头一次不再是柴米油盐和生活琐屑，那些关于梅的长句或者短句，那些文人雅士在风雪天的逸闻趣事飘散在这漫天的雪野上。我们在厚厚的积雪上退着步子，看着那渐渐远去的脚印，一如看着渐渐远去的世俗的自己，把一层被俗世攫住的壳蜕掉，那壳便融在冰天雪地之中，而我们已经焕然新生。

多年后，想起这一幕，依然动容。那时已不再年轻，家里有父母的赡养等着，还有幼子的学业要辅导，自己在单位的事情也颇不顺心，可即就是那样，也依然有着澄明的心境，暂时把俗世的我封冻起来，辟出一点时空，去触摸尘世之美。

　　我还曾在一场雪里，冒着朔风，在山间小路上小心慢行，去寻一处听来的乡村老宅。乡村的原野早已白茫茫一片，天地相融，天空的铅白和大地的苍茫，让人分不清哪里是天哪里是地。风，掠过只剩下光秃秃树干的关中平原，仿佛在这天地之间有一只巨大而无形的扫帚，把那些房舍、田块、山峦顷刻间扫得无影无踪，那些扫不动的高大乔木蜷缩在风里，随风摇摆。忙碌了几乎一年的农人们，在自己的热炕上，悠悠地燃一支烟，并不急于去抽，而是夹在指间眯着眼睛，透过窗格的玻璃端详着外面的雪白，享受一段难得的清寂。不一会儿，那半明半灭的烟头上就积了一截积雪般的烟灰，让人忍不住想去吹散它。雪天是老天给孩子的天然假期，孩子们被格外准许，肆意地奔跑在天地间，打雪仗、滑雪，谁不小心摔了个仰八叉，那清脆的笑声把积在房檐上的雪都震落了。我们要找的那个乡村老宅窝在村尾处，仿佛不愿走入俗世的老者徘徊在烟火之外。红砖院墙静立着，那状如满月的月亮门画出一幅圆圆的飞雪图，漫天的飞雪积在依然碧绿的竹叶上，等积得厚了，那叶子承受不住般哗地倾覆，那雪便簌簌落下，在竹根处落成厚厚的一圈。而新的雪片便继续在那细长的叶上落下。这天地间便只有了这积住、落下的周而复始的簌簌声，想必天籁之音莫过如此。我们围在火炉边，主人默默地端来一簸箕枯枝，任由我们添加。在燃起的一截截枯枝里，看着炉火把那一圈圈神秘的年轮吞噬，空气中即刻充盈着浓烈的树脂味儿，我在这童年就熟悉的味道里救赎乡愁，也救赎那个面目全非的我。

我也曾在漫天飞雪的清晨，背负着热水茶具，在终南山脚寻一个背风处，铺衣而坐，燃草烹茶，看浓香的茶汤在冰天雪地里冒出丝丝热气，又瞬间消散；在寂静的山林里，远观枯草尖上顶着的白雪，侧耳聆听冬兽依稀的鼾声。

我也曾约三五好友，寻一处放了寒假的乡村小学院落，残破的玻璃漏进凛冽的寒风。屋内，三五知己，燃一炉碎炭，烹一铁锅大块的白菜萝卜和腊肉，破课桌上是一瓶陈年老酒。屋外，风紧似一阵，屋内酒肉盈香，只话桑麻，不问收成，不醉不归。

我还曾在一处温泉池子里，把自己和满腹的心事滑进那温热里，看头顶的飞雪落在发红的肌肤上，仿佛在这煎汤里煮一煮就能脱去尘俗……

也还曾在雪住的下午，飞奔在沉睡的旷野，把枕着飞雪的冬麦从冬眠中吵醒……

我在这种种的雪事里，还原成内心的自己，抛却尘俗凡念，把一颗浸透了俗念的心，放逐在天地间降温去火，去听一听空中一阵紧似一阵的叹息，去看一看茫茫雪野中了无痕迹的空无。生，不过一段煮火烹茶；死，不过一盏茶尽杯空。

应无所住，不如而生其心。

一场落雪，一回重生。

期待大雪降临。

2018 年 1 月 28 日初稿

2018 年 11 月 16 日终稿

法禧　发起

　　每个人都有身份证，证明着人的社会属性；每个村庄都有故事，这些故事成为村落的身份证。人的身份证丢失了可以补办，村子的身份证丢失了，再无迹可寻。这些属于村庄的故事被一代代人叙说着，飘散着，时间的硬壳包裹起久远的人和事，包藏起那些鲜活的生命和动人的故事，最终成谜，归尘归土，永远沉陷在历史的迷雾中。

　　我行走在村落里，在时光的荒草和蛛网间穿行，试图在尘埃里找到些许过往的痕迹，找到村庄的身份证。

一个故事

　　杨凌，是一个因农而生的小城。天气好时，从城的最高处往南看，可以一眼看到渭河，白绸带一样的渭河蜿蜒着，从西向东千年不息。不远处的秦岭，高高耸立，黛青色的线条勾勒出连绵不断的曲线。城的西南角，在四千多年前，叫有邰。

四千多年前，尧舜时代。帝喾的元妃姜嫄是有邰氏的女儿。姜嫄是个出众的女子，作为部落首领的妻子，她的美丽贤惠传遍各个部族。和别的部落一样，家庭这个概念还没有建立起来，部族之间的走婚制是当时成年男女的基本交往形态。这是一个春天，渭河两岸水草丰美，原始森林里，绿宝石般的水洼倒映着蓝天白云，鸟儿鸣啭，高低起伏的啾啾声诉说着彼此的爱恋。春风微拂，气候湿润，美丽的姜嫄头戴花冠行走在绿草茵茵、野花盛开的草地上，一场足以改变历史的不期而遇也正在来的路上。另一个部落里一位健美强壮的男子，手持石块，身着兽皮，看到美丽的姜嫄，四目相对，天空不远处，似有电光火石闪过……

不久，姜嫄怀孕了。太史公在《史记·周本纪》里这样记载：

姜原出野……居期而生子，以为不祥，弃之隘巷，马牛过者，皆辟不践。徙置之林中，适会山林多人，迁之，而弃渠中冰上，飞鸟以其翼覆荐之。姜原以为神，遂收养长之。初欲弃之，因名曰弃。

这样一个数次抛弃不掉的孩子，在年幼的时候，就显示出异常的禀赋。或许，他在冥冥之中有着天生的预感，知晓自己的来历有着偶然的印记，也或许正是这样天朗地清的偶然，才有了弃对自然万物的留心与热爱。

这个孩子从小就很神奇。别的孩子出门玩儿不是打鸟兽，就是丢石头，再不济就是聚在一起掐掐逗逗，可是弃不一样。弃很早就知道自己天生和自然、土地有联系，知晓自己的使命，他的骨血里流淌着对耕种的热爱。弃日复一日地趴在野草丛里，观察着野草哪些能结籽粒，什么时候种下能得到更多的收获，而在什么时候收割最适宜，甚至总是忘记吃饭。母亲姜嫄每每找到儿子，看到儿子满头的汗和草屑，什么也不说，下次出门的时候，会给儿子多带些吃的。就这样，他尝试着种菽、种黍、种麻，把隐藏在野草间自然生长可以食用的作物留心记下来，采摘它们的籽粒，以便下一季播种，并把长期观察来的发现运用在这些种植游戏里。直到有一天，部落的族人们在照常收获野生的籽粒时，突然发现不远处黄灿灿的谷子、糜子接连成片，弃站在田边，满足地看着这一切。人们突然发现，那个被樵夫捡回、被牛马绕道、被鸟儿的羽翼庇护的孩子已经长成了一个小小少年，成了一个沉默不语却能相地、耕地的耕种能手。人们纷纷拜他为师，让弃教他们种庄稼。弃是个大方的孩子，手把手地教本部落以及外部落的人耕种，甚至还有人远道求教，而弃总是耐心教授。帝尧听到了这件事，推荐弃为农师。帝舜封弃于邰地，号曰后稷，赐姬姓。

后稷，也就是姬弃，帝舜的农官。这个天生热爱种庄稼的年轻人，让华夏民族的文明向前迈进了一大步，开创了农业文明的后稷，也因此成为农耕始祖，成为周人祖先。这样的祖先，让神破天荒地离现实民间这样近。而从人到神，来历不明往往是一大忌，于是，太史公的《史记》里如是说：

姜原出野，见巨人迹，心忻然说，欲践之，践之而身动如孕者。

近乎两千年后，一位寿眉及耳、有着瞩目圩顶的老人，正在昏黄的油灯下，和弟子们整理着搜集来的民歌。他那浓重的鲁国方言，此时显得格外抑扬顿挫：

厥初生民，时维姜嫄。生民如何？克禋克祀，以弗无子。履帝武敏歆，攸介攸止。载震载夙，载生载育，时维后稷。

诞弥厥月，先生如达。不坼不副，无菑无害。以赫厥灵，上帝不宁。不康禋祀，居然生子。

诞寘之隘巷，牛羊腓字之。诞寘之平林，会伐平林。诞寘之寒冰，鸟覆翼之。鸟乃去矣，后稷呱矣。实覃实讦，厥声载路。

　　这是《诗经·大雅·生民》中记述后稷出生过程的前半部分。这位吟诵的老人，就是千古一圣——素王孔子。

　　出生具有神话色彩的后稷，在邰这块封地勤恳耕种，不辞示范，他的足迹从邰地出发，沿渭河，出渭北，达山西，后稷的后人们效仿先祖，执农不弃，成为所到之处人们争相膜拜的农神。

　　这一路的耕种稼穑，犹如文明的火把，照亮华夏民族蒙昧的暗夜，让渔牧狩猎、刀耕火种成为历史。

　　而当年的封地邰，就在法禧，也就是历史记载的有邰。

一段历史

　　有邰，后称古邰国，按照《史记》的记载，是在雍州武功县西南二十二里的地方。

　　据《扶风县志》记载，1978年法禧村村民在平整土地时，挖出十米左右的秦汉城墙，出土了大量刻有"邰"字的秦代鼎和温壶，让人想到这里与史书中关于秦汉邰城在这一带的记载相吻合。在其周围的殿背湾、尚德、陵东、石家、太子藏等村，均发现战国到秦汉的墓葬区。石家村六组一条长不足百米的土崖上，暴露出秦汉墓葬三百多座，内有大量铜、铁、陶等珍贵文物。后来经过多次考证，那些从疙瘩庙、杜家坡等周围村庄挖掘出来的瓦当、陶器、铸铁作坊和墓葬，均刻有"邰"字铭文。1983年10月26日，当时的法禧村还隶属于扶风县管辖，一块"邰城遗址"的重点文物保护单位石碑被扶风县政府竖在了法禧村。

一个个冰冷而深埋于尘土的文物的出土，无声地证明了邰的所在地，太史公的记载、"邰"字的出现，把历史一锤定音：古邰国遗址东至永安村，西至石家村，北至尚德村，南至渭河。往上追溯，当年后稷教民稼穑的活动范围核心地段就在法禧。因为，以姜嫄名字命名的姜嫄村就在法禧村的正西，相距十里左右的林草茂盛之地，成为后稷数次往返稼穑的活动范围。随着历史的改朝换代，从东周时期的秦孝公开始，西汉、东汉、三国、魏晋南北朝，各朝各代均将邰作为县郡所在地，只是到了汉代后期，邰县更名为武功县，而县址就在法禧村。这样稳固而坚定的县郡选址，在北周建德三年也就是公元574年中断，因距离渭河太近，武功县饱受水患所害，于是把武功县县址迁到了今天的武功镇。村里不少老人曾听祖上讲起县址搬迁这件事，说是如今老武功镇郭姓人氏基本上都是那个时候从法禧村迁过去的。而如今的姜嫄村，每逢正月二十三仍然会举行盛大的祭祀典礼，人称"姜嫄圣母会"，这一传统，延续上千年。

法禧村，承载了农耕文明具有进程意义的皇皇封地，从20世纪50年代直至拆迁，村民们依然保留了祖祖辈辈口口相传的传统叫法：把城内称为前街、后街、马道，城外叫作大南巷、小南巷、东关。当年的城池、门楼及城墙虽然历经水灾、匪患、战火等已不复存在，可法禧人的心里，依旧世代相传着有邰的辉煌、县郡的熙攘、古邰城的繁华。直至今日，不论遇到哪一位法禧人，都言必称后稷于世有功，人人都能讲出一段后稷老祖的故事，说几段与后稷相关的传说……

甚至于今天，杨凌当地人和法禧本村人在口语称谓上，仍然把法禧叫作"发起"或者"发起儿"，这发起的字意，或许也透露着农业的发源、农耕的发起。

而为了纪念这位周人始祖、农耕先师，法禧村先祖曾在村子修建了后稷大殿和后稷庙，以供奉这位伟大的农神。到了唐中宗时，佛教盛行，各国商人、僧侣从西域而来，去往长安弘扬佛法，法禧村作为往来商贸的中转县郡，一度和沿途村镇一样，成为佛法之光普照之地，佛的足迹从西而来，于是关中大地寺庙遍布，犹如散珠撒落。老法禧村西北角就有一座法禧寺，法禧寺的规模之宏大，横跨大半个村子，以至于如今法禧村周围的寺背后、殿背湾皆因法禧寺和后稷大殿而得名。法禧，佛语意为能遵佛法，佛降吉祥之意。而顺着法禧村旧址往西看去，赫赫有名的法门寺正矗立在法禧寺西北，闪烁着从历史深处走出的幽微光芒，这名号同字、排列对称的庙宇，是否是一脉同源的皇家寺院？

隐隐中，历史的暗夜透出一缕意味深长的星光……

一 座 庙

已经迁移到原法禧村最西边的后稷庙，掩映在自贸区高楼林立的钢筋水泥丛林中，曾经一度辉煌的雕梁画栋，在三九天凛冽的寒风里，显得破旧灰暗。后稷庙历经战乱、地震、迁移，早已不复当年飞檐斗拱的华丽，而门前依然碧绿高挺的柏树却无声地告知着曾有的时间印记。

后稷庙不大，孤零零地站立在曾被村民用于光场晾晒粮食的土场上，四周已经被围挡圈了起来，很显然，这里过不了多久就会被新的建筑取代。进了窄窄的红砖庙门，是塑金身的后稷像照壁，手持麦穗的后稷静坐在佛龛里，成为附近人们的精神图腾。紧贴着照壁的，是两棵并立、高大挺拔的小叶女贞，修剪得饱满光润。正殿里，后稷束髻持穗，肃穆端坐，有着关中农民的刚毅高大，这人间神仙的天然亲和力，使人看一眼便觉亲切。后稷庙里，有两位村里的妇女在做清洁，院子里横卧着扫了一半落叶的扫帚。说起后稷，两位显然已经年过七旬的老妇依然如说家常，仿佛讲述的是邻家那个善耕作的老头。两位老人说，每年过年正月十三和农历六月十五都有大型的祭祀活动，附近十里八乡的村民都来纪念这位农业始祖。

后稷庙门外十米处，两方残损的石碑一高一低矗立在寒风中。有着水泥底座的长方形石碑上刻着"法禧村"，字迹经风见雨已经模糊。卧在它脚下犹如孩童倚母的石碑刻着"邰城遗址"字样，半截已经在土里，正是那块1983年10月26日由扶风县人民政府授予的石碑。随行的知情人说，碑子原就没有底座，随着风吹雨淋，地基自然下沉，于是看上去就像被埋在了土里。

站在法禧寺旧址的高台上，往东南看去，已经投运的高铁站对面，就是曾经的法禧村。原址已被正在建设的楼群替代。不难想象，曾经二百六十亩的老村庄一路逶迤向南的壮观样貌，在世代日出而作的耕作里，鸡犬相闻声里，村庄养育了一辈又一辈的郭氏后人。人们依傍着渭河聚集而居，正南正北的庄子里村民晴耕雨读，满村的郭姓人家互称爷叔婶娘，四百零九户勤劳朴实的村民在这里世代生息。一辈又一辈的郭姓村民们及他们的儿女子侄，像村边的庄稼一样，冒上来一茬新人，送走一茬老人。在很多人的记忆里，法禧一带曾是典型的河滩地，稻田荷塘，天光云影，展现着江南般的田园风情。夏风拂来荷稻飘香，鱼虾满塘；秋日风头爽利，红薯、花生硕果满地，满村瓜果盈香。

据村志记载，法禧村曾历经地震、饥馑、战乱、渭河断流、行政区划变动，先后划归扶风、兴平管理，到2008年年底划归杨凌管辖，直到因为高铁站建设用地选址法禧村，2013年年底，法禧村民集体搬迁至法禧家园，从此结束了在土地上耕种的历史。这个曾因加速土地文明进程而被记入县志的村落，如今村民已整体搬进了高楼，再也不用春种秋收，再也不用在土地上寻求生计。而这样的变迁，放在浩大的时间轴上，几乎仅是弹指一瞬。可县志上这寥寥几笔的背后，却是一代一代法禧村人的悲欢离合、爱恨情仇，以及刻在遗传链条里的深深乡愁。

一群人

现在的法禧家园社区距离后稷封地的有邰国，足足向东迁移了一千五百米，这样平行的迁移，在某种意义上，透露出一种故园难舍的人文情怀。从法禧家园走出去，往西一千五百米，就能看到法禧村旧址，那里已经成为某房地产企业的商业用地，对面是高铁站。轰隆隆的高铁，裹着巨大风力，不停歇地轮班奔流，像极了这个飞速发展的时代。而距离高铁站很近的法禧村民们，尽管搬进了楼房，依然在身后留下一段悠长的岁月，和岁月背后生动鲜活的故事。

申青贤，村里人都叫她三婆。今年整整九十岁的她，满头白发映衬着皱缩的脸部纹路，只有双目炯然，有着这个年龄少有的明亮。看到我，老人掀开被子坐起来，老远地伸出双手，口里喊着："娃啊，来婆这坐。"老人的手很热，抓着我冰凉的双手不断摩挲着，帮我取暖，不时拍拍我的后背。出生于1930年的三婆申青贤，因花园口决堤来陕，1940年那年，年仅十岁的她手上牵着大侄女，背上背着小侄女从河南周口老家一路逃荒，逃到了法禧村，一待就是半个多世纪。年幼时家里条件殷实，父亲是方圆几十里有名的先生，给人看病、教书，从小就替父亲看药单子的申青贤，自学了一套独特的穴位治疗法，遇到身上起疱疹、头疼脑热，老人搭手一把脉，在对应的穴位上捏一捏，或者扎几针，病症当即就会减轻不少。有着这样独门手艺的三婆，成了本村及附近村子的民间大夫，逢着谁家有人生病，哪怕是半夜都会来请三婆去诊看，从来都是随请随到，分文不收。凭着这份热心肠，三婆活下了一村人的尊敬。虽然三婆已经九十岁高龄，可是眼不花、耳不聋，表达清晰，记忆力惊人。老人唯一安心不下的，是先于她去世的两个侄女，提起来总是觉得晚年身边没有娘家人，不觉得就泪溢眼眶。离开的时候，我说："婆，我给你照张相。"三婆一听，说："那我坐好。"束着绑腿的两个小腿立即收拢、交叉，上身坐得笔直，瞬间的调整显现出年轻时良好的家教。望着镜头里端庄清肃的三婆，我感慨万千。

生于民国元年，也就是1912年的老先生郭俊峰，虽然已经去世多年，但仍是村民代代相传的贤达人士。郭俊峰老人年轻时曾在本村清末秀才郭明轩那里识得几个字，正是靠着为数不多的几个字，老人自己看书，并把书里的故事讲给村民听。一村的妇女最喜欢听郭俊峰老人讲故事，那些故事涵盖着古往今来，蕴含着做人的千般道理：出门要尊重人，进门要孝敬父母。说话要大声，不要小声叨叨，不能嚼耳根子说是非。那时候，满村的妇女竟然没有一人不孝顺老人，也无人在背后说闲话。用申青贤老人的话说，就是郭俊峰常给她们说，要爱人，不要害人，更不要亏人、赖人，每个人跟前都站着神，干了坏事、说了坏话，神都看得见。这位充当了乡村妇女队长的老人，一辈子都自觉承担了乡野先生的角色，把做人的智慧暗含在大大小小的故事里，也蕴含在寥寥数语、朴素简明的劝告里。村上人回忆起老人，总会说，那是先生，老人家活着的时候，村上妇女很团结，妯娌们没是非，大家和和气气，一村人知书达理。申青贤老人说，郭俊峰那会儿很会教育人，即使是她一个人走在路上捡了生产队的玉米棒子，都会自觉地扔进集体的玉米堆里，绝不会私自拿回家。

这样健在或故去的老人，在法禧村还有很多。村民郭文焕的先祖辈在清朝中期是东南乡的民间知县，虽没有官府的任命，却由于老爷子会断事，在民间有着很高的声望，历任扶风县长一到任就会来拜访老先生，几成定规。已经去世的村民郭席珍，曾在部队当过兵，依然是今天村人口中的"小老虎""飞毛腿"。村里20世纪六七十年代修机井，由于缺少一个机井件，个子不高的郭席珍自告奋勇，步行从法禧村到扶风县买了机井件，几十里土路，一个下午快步如飞地往返背回。村民郭东普是位聋哑人，已经去世多年。那时候的郭东普不知道从哪儿识得几个字，总能准确地在村文书的工分记账单上指出记录错误，比画着告诉记工人谁来了，谁名字下的工分记录有误，村人常为此而感到惊奇。村民郭凯会说书，每年大年初一雷打不动地给村民说书。村民郭喜增是村子里不多见的文化人，识文断字，是村里学童的义务教书先生。村里还有木匠、石匠、鞋锁匠，演皮影戏的，开染坊、豆腐坊的，民间能人历朝历代都有。虽然他们都已作古，可他们的言行依然在村民口中传唱。

过去的法禧村，从行政区划上属于扶风县，是扶风县东南乡最为偏远的村。那时候，有着鸡叫一声听三县的说法。外村人对法禧村人的评价是：人唠叨，蚊子咬，青蛙吵。人唠叨，意思是说村人难说话。

出生于清道光年间、好武务农的郭珍曾自发组织农民自卫组织，以刀矛为武器，在同治元年（1862）抗击官商盘剥；村民郭争争，在清末民初时以锄头抗击借禁烟之名敲诈勒索村民的官员，他的英雄壮举至今激励着后人。到了近代，村民郭进文参加抗美援朝战争，成为英勇的革命烈士；村民郭汉杰在新中国成立前加入中国共产党，担任地下党支部委员，坚持党的地下斗争……

法禧村，这个全村百分之九十村民都姓郭的老村子，无论在封建社会，还是在近现代，以及当代，都在各自领域书写着不菲的成绩，而这样的传统还在继续。他们以自己鲜明的个性，留下了一个个有血有肉的故事，虽历经朝代更替，却一直被村人铭记。

我祈愿，这个已经消失的村子，已经有了自己的身份证。

2021 年 1 月 11 日

麦子花开

"五一"节，陪父亲去爬山。

山是新开发的景点，在宝鸡，距杨凌百十公里路程，不算远也不算近，刚好和父亲一路说说话。村子里的老人去世、亲戚家儿女的婚事、屋里头的家常，一路的闲话成了爬山前的铺垫，像小时候看电影，电影开始前的加演一般，透着期盼，还有些隐隐的兴奋。

一路高速，偶见麦田。正是麦子扬花的时节，父亲说："麦扬花了。"我开着车，目不斜视，余光里，一大片葱绿一闪而过，印象中那些细小的花自然看不见。

春天的关中大地，像一块五色的花毯，红的花、绿的树，都在沉睡了一冬后焕发着生机，连田野里的鸟也唱着新曲，清新而欢快。大地脱去了冬衣，土地透着鲜活。朝南望去，秦岭云雾缭绕。

下了车，父亲蹦跳着，孩子般地一跃而过安全铁索，跳过隔离石蹾。回过头看着我惊呆的表情，父亲的脸上洋溢着欢乐和得意。我被他这突如其来的举动吓到，继而心里幸福满溢。不知当年我蹒跚着走出人生第一步的时候，他是否也这样看着我，是否也和我一样满心的幸福和喜悦？而今年，他即将古稀，我们隔着四十多年的时空，体会着一样的心境。

山不陡，却极具山野之气。新的山和新发芽的灌木绿树，嫩生生的。行走在蜿蜒的山路上，在春风里攀爬，越往上，人越清爽，伴随着满身的汗，就像把旧皮囊蜕在了山根，人爬着山，心却崭新起来了。

一路攀爬，父亲兴致不减，不时地跟我交流着一路所见。旁边那个颤巍巍、满头白发的老太太拄着拐杖，从我们休息的木椅旁缓缓走过，父亲打量着，不作声，站起来继续爬。我追上去，告诉他："刚问了，那个老太太九十岁了，你二十年后一定要来爬这座山。"父亲点点头。

父亲很少坐下休息，常年的劳作让他步态轻盈，气息均匀，而我跟在他后面大口地喘着气，像夏天时树荫下的宠物狗，还时不时地要求停下来歇脚。陡峭的山路装了仿木的栏杆，和这山野之气分外搭配。栏杆外，裸露的土壤有着脚步的痕迹，父亲这时候便放着栏杆里的山路不走，专去走那栏杆外的小道，说是小道，其实就是茅草中的空隙。我走在栏杆里的步道上，望着健步敏捷的父亲，在茅草中寻路而上，心里竟满是疼爱，仿佛那寻路而上的不是我的父亲，而是我的孩子。

我为自己这奇妙的想法吃了一惊。

下山的时候已近黄昏。父亲细心地削着苹果，那薄厚均匀的果皮在他满是皱纹的手里慢慢窝成一堆而绵绵不断，我吃着父亲削好的苹果，汁水四溅，感觉今日的苹果格外的甜。

上了高速，我说，你睡一会儿。父亲靠着椅背，缓缓地说："这么多年，我在车上不爱睡觉，睡不踏实的。"依旧聊着天，还是那些家长里短，却透着兴奋后的踏实和安逸。不一会儿，右座没有了声气，我侧过脸，父亲斑白的头斜靠在椅背上，微闭着眼睛，无声地睡了，他应该是累了。我降低车速，缓缓前行。

路过一片麦地，我从高速上就近找个出口拐下去，轻轻地停在麦地边。麦地里，一大片绿油油的麦子正在扬花，那些翠绿成形的麦穗即将灌浆。麦穗上，那细小乳白的花，轻轻地挂在麦芒上，微风吹过，麦芒上的花随风摇摆，麦穗也轻轻摆动，整个麦田就有了波浪，像乘着大船航行在海上，船头荡起层层水浪。那些不起眼的花，有着若有若无的香气，不凑近，几乎很难发现那些细碎的花，而麦田里却有了庄稼特有的味气。我知道，几千年来，这些麦子秋种冬藏春长夏收，这些麦花默默开放，即便无人欣赏，甚至多数人不知麦子也会开花，可它们依旧开着，千年不绝。

车窗里，父亲依然睡着。

夜里格外疲乏，睡梦中，我立在望不到头的麦田里。"麦子扬花了。"父亲说的那句话一直回响在我的耳边……

2019 年 5 月 6 日（立夏）

麦黄杏

一到农历五月，麦子就慢慢黄了，杏也熟了。村人把这种跟着麦熟而熟的杏叫麦黄杏。

每次回老家，都是匆忙来去，仅在父亲家停留片刻，陪父亲说说话看看电视，拉拉家常。今天回来，父亲常躺的躺椅是空的，我的心里咯噔一下，骤然间想起去世的母亲，没妈的孩子已经很可怜了，上辈人就剩下父亲一个，我真怕他出点什么意外。好在弟媳紧接着说，父亲去打杏了，我紧张的心才有所释然。

为着寻找父亲，我才得以走进这个多年没有进去过的街道。

小时候，麦黄杏是最早成熟的水果。"夜来南风起，小麦覆陇黄。"那一颗颗圆滚滚、黄灿灿的杏子也在碧绿的叶间探头探脑，散发出诱人的色泽。20世纪80年代，家家缺吃少穿，水果更是稀罕物，村子里谁家院子有棵杏树那可是不得了的财富。到了快割麦的时候，有杏树的人家会把家里的大狼狗拴在杏树下，日夜看守。等一树金黄摇曳，一疙瘩一疙瘩黄里泛红的杏子熟透了，主人就架着木梯小心地摘了，给几家平日里相互照应农活、搭帮着割麦掰棒的人家送去，以示亲热往来。

记得七八岁的时候，有一次跟着村里的男孩子半夜去偷杏，我在墙外望风，两个男生爬上墙头，一个摘一个往上衣扎成的口袋里装，那只又黑又大的狼狗在树下大声地叫，叫了很大一会儿，主人拉亮电灯，披衣出来，抬头往树上看了看，对着狗呵斥："没人叫唤啥呢！"狗住了声，那两个早已吓呆的小伙伴才回过神来，把满袋子的杏扔给墙下的我，赶紧溜下墙来。我们一溜烟跑到村外的碾场上，一屁股坐在地上，大口地喘着气，等气喘匀了，打开口袋，顾不上洗，抓起杏子就往嘴里塞。那酸甜的杏肉嚼在嘴里，香甜柔韧，汁液饱满，一气儿吃饱吃够过足嘴瘾才回家。到了第二天吃早饭才发现，连玉米面馍都咬不动了。到了这天傍晚，有半大孩子的人家都收到了那家女主人送来的一小包杏子。

从那以后，我们再也没有爬过那家的墙头。

这么想着，已走到老街道十字口。

十字口，小时候爬过的老槐树还在，依旧空着心却枝繁叶茂，遒劲的枝条天问般刺向碧空，树下的水泥围挡让我再也钻不进曾经钻过的树身。四十年前，树底下有盘磨，人拉着麻石磨子，一边转着圈，一边拿小扫把往磨眼里扫粮食，磨眼里喂进去颗粒粮食，另一边粉末状谷物就涌着往外冒，磨得细细的了，停下来，扫进藤编的簸箕里，回家用细眼罗筛了，糠糠皮皮喂猪喂鸡，细粉蒸馍、擀面、打搅团。如今，槐树还在，磨盘早已不知去向。

还不到饭点，巷道里各家门前都坐着依稀有着年轻时样貌的村人，只不过都垂垂老矣。见了面，或多或少有些愣怔，一时想不起来该如何称呼。几秒钟过后，那份哗啦啦的记忆便绽放在彼此的脸上，眼神里透着热情："多少年都没来这个街道了，你还好吧？"这样的话透着热络、含着亲切。"妹子，来哥这坐。"引科哥站在门口，热情地招呼着。"房子盖了几院了，弟兄几个都在一搭盖着。"说着，引科哥顺手指了指近处的三处房子。

对面的家门口，一位老人坐在轮椅上，默默地看着这边。我走过去，大声地叫着伯伯，年轻时的大致样貌还在，就是皱纹满脸、头发稀疏，耳朵有些背，不大声听不见。我说："你看我是谁？"老人笑眯眯的，嘴里哇啦哇啦地说着什么，旁边的爱香嫂说："瘫痪多年了，也认不得人。""你哥也瘫痪几年了。"村里人老几辈居住在一起，地缘变成了亲缘，各家的祖上繁衍了子孙满堂，也串连着

"亲戚"满村，而实际上却并无半点血缘关系。两对门瘫痪了一对，让人不知该说什么。

空气中弥漫着熟麦时节特有的燥热，麦子马上能下镰收割了，院子里的杏也黄了。翠绿的叶子蓊蓊郁郁，金黄色的杏一疙瘩一疙瘩挂在树梢，收获不及，就落了满地金黄。院子不是我家的，是我远在新疆的四爷爷盖了多年预备着养老的，可惜四爷爷退休以后腿脚不好，住回老家成了一辈子也实现不了的心愿。三年前，四爷爷和我亲爷以及远在四川的三爷爷，于一年之内相继离世，弟兄三个年轻的时候感情很好，老了都约好了似的在一年离世，去了那边也要不离不弃。个个高寿的他们，除了我爷老在了熟悉的土地上，埋进了祖坟，那弟兄俩谁也没能如愿。如今，这院子交由我叔父打理，偶有新疆回来的叔叔、姑姑们度假般住几天，院子里偶有人烟，然后就是长久的荒芜。今年，我叔父去了深圳照管孙子，院子的钥匙交给了我父亲，包括这满院的樱桃、核桃和杏。

满地打滚的麦黄杏，由于没有打药，有的已经遭虫咬，好端端饱满的杏上黑了一块，看上去枯萎、没有色泽。生命又何尝不是这样，疾病、衰竭就像这杏上的虫眼，带去了我的亲爷、三爷和四爷，他们留下了一树青杏般的孩子，我的父亲、叔父，以及我和弟弟们，都将一层层滚落在这黄土里，深深地埋进土里，继续留下一树青杏般的子子孙孙，慢慢变黄、成熟、掉落。

老父亲爬上梯子摘杏，桶挂在梯子一侧，黄灿灿的杏泛着太阳色，地上落得到处都是。我捡起来一个，擦了擦，咬了一口，很甜。"门口的伯伯是不是引科哥家的伯伯？"我问父亲。"就是的，侯忠贤么，你大妈妈走得早，他今年八十三了。"我头一次知道这位八十三岁老人的名讳。在村里，只有小孩之间骂仗才会直呼对方家长的姓名，仅仅只是大声喊叫着对方家长的姓名，就意味着最恶毒的咒骂，这样的咒骂会引来一场厮打翻滚，直到双方大人闻声赶来喝退灰头土脸的孩子们，然后各自拉着自家的娃娃回家。因此，这么多年，每次回村里，总是叔叔、伯伯、婶婶、嫂子地叫，对方叫什么名字却全然不知。甚至直到今天，村里人老了一茬又一茬，我也只是在主家门口挂出来的白布门牌上知道这些老人的名讳。

杏结得很繁，摘了一桶，还有满树金黄。提着桶，关上院门的时候，那个坐在轮椅上一直笑眯眯的伯伯还在那里。

巷道里空旷了起来，村人都回家吃晚饭去了。夕阳薄薄地洒下来一片金色，巷道里的树就披挂着一身金黄，像是结了一树的杏。

跟在后面，看着有些驼背的父亲，我思绪万千。父亲的年龄变得再大，哪怕有一天变得老态龙钟，他也像天把地罩着，像伞把儿女罩着，无论我走得多远，总有个"娘家"、有个根在。有了父亲，我仍像今天树上的麦黄杏一样，饱满、坚强，假若有一天依从了生命不可改变的规律，剩下我一个待在这世上，我不知道是否会变成地上的落果，干瘪、无助、忧伤？

今天离开我的村庄后，再想起今年这一茬麦黄杏，我想我会轻声地呼唤，唤一声爹，叫一声娘……

2019 年 6 月 3 日初稿

2019 年 6 月 12 日定稿

父亲的葡萄树

　　父亲在老家二楼的平台上种了一棵葡萄树，葡萄树种在一口破铁锅里。原本只是一棵小树苗，谁想不几年，就成了一棵有着扭曲而粗壮树干的大葡萄树。枝枝蔓蔓从根部攀爬上来，竟虬成了一片可观的藤帘，以至于一上到二楼顶就如同进入了一片天然的绿凉亭。

　　春天来的时候，看似冬蛇般僵硬扭曲的藤干上，星星点点冒出一些绿芽来，不久就探头探脑地发出婴儿手掌般大小的叶片，清浅的嫩叶毛茸茸的，仿佛树干憋不住而吐露出的秘密。到了初夏，整个藤架一片碧绿，进到院子就能一眼望到二楼的浓绿，一阵风吹过，大片的葡萄叶翻飞着，隐约露出叶子下青豆般的葡萄果来，像是清风掠过海面，有鱼在海浪里跳跃。

　　到了瓜果纷纷上市的秋季，绿翡般成串的葡萄也要慢慢熟了，可是不撕开经了雨水略微发黑的白色套袋，无法得知袋里的葡萄是绿色的还是紫色的。不过，几乎不用等到葡萄成熟，我那两个调皮的小侄子总是搬来凳子，悄悄撕开套袋的一角，拣那串串悬垂着的果子里先变色的尝个鲜。果子一粒粒、一串串成熟，又一粒粒、一串串地被摘下，转眼就到了冬天。掉光了叶子，裸露着扭曲枝干的葡萄树看上去灰扑扑的，像是进入冬眠的蛇，又像静心思考的哲学家，一连几个月都毫无动静。尤其是风雪天的时候，那些枝干上接住了雪，厚厚的雪压着藤条，让人不禁担心，这棵葡萄树挨不过漫长的冬天。可春天的风一吹，这些藤条照样冒出点点嫩芽来，终于让人悬着的心落了下来。

父亲对于这棵树似乎不大经意。从这棵树被种进这口破锅里，除了嫁接过一次，再就没见他管过。于是，这棵原本只结翠绿色果子的树，一半照旧碧绿青翠，一半却是浓紫欲滴。而两种颜色的果子口感也完全不同——碧绿的那种，滚圆的绿果紧挨在一起，成串的果实胖嘟嘟、沉甸甸，甜中带酸。浓紫的这种，果子互相很是疏远，像是城市里居住的邻居。提在手上松松垮垮，摘一个丢进嘴里却有着果肉的柔韧，甜如蜜。除过嫁接，偶尔剪剪枝外，父亲似乎不太照管这棵树。因为这样的树在父亲看管的果园里，有成千上万棵。

父亲常年在一家酿酒葡萄基地看护葡萄园子。上百亩的葡萄园子在父亲手里就建了三个，每一个园子都像是一个标准的中国汉字，横平竖直，绝不马虎。那些品种各异的葡萄树，树形不大一样，结出来的果子也完全不同，可若猫着腰从园子里望过去，不论是纵行，还是横行，那些扭成绿伞盖的葡萄树都跟参加阅兵的兵士一样，枝干笔直挺拔，整齐规范，没有一棵不和前面对齐的。一次，我去其中一个园子找父亲，看到这些整齐划一，连起垄的高低宽窄都一致的园子，问他是向谁学了这些栽植技术？要知道，一辈子都在家中六亩地里收了小麦种玉米的父亲，没有任何学习葡萄栽种技术的机会。父亲弯腰握着锨把，用力一脚踩在铁锨上起土，低着头轻声冒出一句："向谁学的？这还要学？"风里，葡萄叶伸出碧绿的叶片唰唰地相互摩挲着。

　　亲手种了上万棵葡萄树的父亲，自然对家里的这一棵不留意——不就是一棵树嘛。而这棵不知道什么时候栽进破锅里的葡萄树，却依旧年年发芽，年年结果，只是有一年若是结得多些，下一年必定少。清明节，我回老家上坟。一进院门，就看到了二楼上零星的绿意。站在葡萄架下，那些刚刚生出来的嫩芽，一簇一簇地挤在枝条的某个点上，看热闹似的，挨在一处张望。挤挤挨挨的芽叶，点染着藤架，透着轻松随意，也在衰枯的灰枝上点化春天。

　　父亲照旧在园子里忙碌。不知道他在自己亲手栽植的园子里到底忙了多少年，二十年是有了的。一个园子、一个园子地转着照看，指挥工人施肥、打杈、摘果，是他的日常工作。到了新酿酒季，葡萄达到了一定甜度，就得抢收，否则黑压压的鸟雀就会把一年的辛苦啄得一干二净。即便这样忙碌，父亲从地里回来还要接送上小学的大孙子，拦都拦不住。忙碌的父亲，似乎对二楼葡萄树的发芽毫不留意。站在二楼，舒朗的藤架空隙里依稀可见父亲顶着满头的雪白，在院子里时隐时现。

已过古稀，父亲的一生不可避免地走向尾声。和大多数农民一样，父亲勤劳、聪慧；也和大多数农民一样，父亲沉默地活着，平凡普通得像那些扭曲苍老的葡萄藤。夜里，我做了个梦，梦见我是二楼那架葡萄藤上的一串葡萄，父亲用他粗糙、满是皱纹的手擎着我，我使劲地眺望远方，像一簇刚刚冒出的嫩芽。

2021 年 3 月 30 日

母亲年

母亲在的时候，过年是从腊八开始的。

家乡地处杨凌，典型的农业区。北高南低的台塬地带，有着特色分明的农业分布样态，高高的北塬，俯瞰着平缓开阔的渭河，一城的人就在这农业试验田般的台塬、丘陵、河流排布中历经四时八节，春夏秋冬。商业繁华，大学集中，说是一座现代城市，其实骨子里散发出来的依旧是浓郁的农业气息，带着农耕文化的底色。就像城内名闻天下的农业大学里，教授们行走在校园、地头的神色，也和乡民看上去并无二致，只有开口说话的时候，才会发现这是某某知名教授。

处在这样一个具有浓郁特色的农城，逢年过节，家家户户不分城乡依然是循了老例过日月，那些年年都过的年节岁坎就有了清晰的农耕图腾印记。在我家，这样的印记尤其明显。

进到腊月，逢着天气晴好，母亲总是把盖了一年的被褥铺盖拆洗一遍。虽说是冬日暖阳，可乡村的冬依旧是清冷的，村道树枯，地里荒败，冷风旋起麦草尘土打成一个风旋，忽地跃上头顶，行色匆忙的路人面露嫌恶之情，皱着眉头唾一口唾沫，嘴里"呸呸呸"三声。那风旋也像被人识破了原形的妖怪，顿时失了筋骨般从半空跌落下来，几根麦草软塌塌地伏在干硬的土路上，柴土一色。村东头公共自来水龙头下，排列着家家户户颜色、质地各不相同的铝盆、木盆、塑料盆，邻家的二狗嫂子、隔墙的菊娃嫂子、对门的根祥大妈们，围着村子唯一的水龙头，嘴里絮叨着自己的家长里短，男人娃娃，冻得红萝卜般肿胀的双手，用力揉搓着盆子里的被面、被里、床单、枕套，盆子里的泡沫组合重生破灭，渐渐变成黑水。

我已放了寒假，在家里烧锅做饭，抽空读几页书。估摸着时间差不多了，去水龙头下，端了母亲洗净拧干的衣物回来晾在当院的铁丝上。回到家，那些依然保留着双手用力扭绞痕迹的被面被里，紧紧地皱缩着，覆着薄薄的冰壳，抖一抖，那些临时生出的皱纹慢慢舒展开来，成为家家户户院子里颜色各异的风旗，显示着这家的勤快，也告示着家家除尘去垢的大事开始了。还没有上学的娃娃们，不知因着什么，在这些刚挂上去还湿漉漉，顷刻便变成硬钢板一样的布阵里尖叫着穿梭，不时招来大人几声呵斥，或者"啪"的一声，娃娃尖溜溜的哭声就在那些布阵里响起来。

这样的洗洗涮涮往往要持续好几天。除了炕上被炕烟熏得看不出颜色的被褥要拆洗，缝在粗布被面被里的棉花套子也要晾晒，等着缝成暄腾腾、软和和的棉被。母亲们都是统筹学的高手，尽管她们大多不识字，可是长期的劳动让她们天然地知道如何规划时间，知道如何赶在大年初一之前，把家里角角落落收拾得里外全新。

母亲也一样，端着最后一盆洗净拧干的衣物回来，交给我晾晒。自己一头钻进灶火间生火做饭，石棉瓦屋顶遮挡了风吹日晒雨淋，也笼住了一屋子浓烟，一顿饭做下来，母亲往往咳嗽得止不住，眼泪眯住了双眼。我们端着碗吃饭，母亲却要缓半天才端起碗。吃罢饭，南北走向的偏厦子里，三间房里糊墙的报纸要揭掉，用面粉熬了糨子糊上新报纸，面柜、瓦瓮、板柜、坛坛罐罐要搬出来，该晾晒的晾晒，该擦洗的擦洗，一样都不能省略，年年如此。我们有时候想偷懒，少搬一样，母亲往往擦着擦着，就会低沉地"嗯"一声，这上扬的"嗯"会伴随着母亲不容置辩的眼神看向我和弟弟们，我们只好再把板柜底下的鞋子掏出来，放在那个坑洼不平的大铝盆里拿去村东头刷净，晾在西墙根。母亲总说："过年过啥呢，把人忙得睁不开眼。"我们要是说：

"那咱不过了。"母亲就会笑吟吟地说一句:"瓜娃些,不过年我娃拿啥长。"好像过年就是为了长大一样。洗洗涮涮,搬出来碗碗、盏盏、坛坛、罐罐,擦干净再搬进屋,日子就这样从进了腊月开始,一天天搬到了腊八。

腊八必吃腊八饭。母亲会在初七早上就把家里存了一冬的黄豆、红豆、花生找出来泡上,把几天前父亲专门磨的几乎只是脱了皮就拉回来的大糁子拿碗量好,当晚就生火熬煮。白天里,从地里剜了蒜苗、菠菜,剥几叶白菜,打一块豆腐,在院子玉米秆底下刨出几个红萝卜,直到灶火间里看不清灯泡的形状,只有一片昏黄的光晕随着烟气流动,母亲才出来,简单地洗洗睡下。天不亮,母亲早已给炕眼里新添了柴火,乏了热劲的土炕重新热乎起来,最适宜冬日的早晨继续酣睡。隔着窗户闻到了灶火间里传来油煎的香味,紧接着"刺啦"一声菜入锅的声音,让还睡在热炕上的我和弟弟们一下子兴奋起来。拉过被母亲暖在炕那头的棉衣棉裤,顾不上抹一把脸,趿着鞋冲进烟气迷蒙的灶火间,问一句:"妈,今儿是啥饭这么香?"母亲在烟火水汽的浓雾中,慈爱地答一句:"今儿腊八,给我娃吃腊八粥,快去洗脸去,饭熟了。"昨夜煮好的腊八粥,舀出全家够吃的量,热好,浇上用蒜苗、菠菜、胡萝卜丁、豆腐、白菜燣成的臊子,热乎乎、香喷喷的腊八饭让这个年年都寒冷无比的早晨格外热乎。

　　吃了腊八饭，就犯糊涂。腊八饭的香味让人迷失了时间，也让人沉浸在专心专意筹备年货的过年情绪里。宁穷一年，不穷一天。清苦了一整年，过年就是要有肉吃，有炮放，有新衣穿。洗洗涮涮完毕，一家老小的新年衣服也要赶制出来。坐在散发着麦面糨糊气息的房子里，昏黄的灯泡一夜一夜朦胧着，伴随着母亲不时用针捋一下头发，我和弟弟们的新棉袄、新棉、裤罩、衣罩、裤新、棉鞋就齐备了。白天里，母亲照旧会忙着没干完的活儿，帮村子里有嫁娶喜事的人家缝喜被、备酒席，或者收拾嫁妆。乡村里漫长的冬季，最适宜嫁娶，一来时间充裕，二来钱粮宽泛，加之冬闲，双方家长都有充足的时间备办。腊月里进了门，正好正月初二回门，算是过年加新喜，图个整年整岁圆圆满满。儿女双全，在乡村的隐语里，有着福寿圆满的含义，这样的人总是缝喜被、当帮手、接新人的首选人。于是，看上去离过年还早，可母亲并不清闲。

　　眨眼间就到了腊月二十三。这一天，是北方小年。祭灶神是这一天的主要活动。母亲天不亮就发了面，我们还睡在被窝里，母亲就端了面盆放在炕那头醒着，为的是早早将祭祀灶爷灶婆的饦饦馍烙出来。而在头一天，父亲带着我和弟弟们已在集市人流的拥挤中，请回了看家护院的门神、仓神、土地爷、灶爷灶婆。灶爷灶婆的神像印在白纸上，大红的灶爷和灶婆并排坐在一起，看上去喜庆热烈。天黑了下来，母亲备了香表纸蜡，在灶爷灶婆像前点上香，跪在地上磕上三个头，嘴里念念有词：

> 年年的腊月二十三，
>
> 各路的神仙上青天，
>
> 天又的黑来路不平，
>
> 灶爷灶婆你慢慢行。
>
> 白花的饦饦你背上，
>
> 青红的马儿你骑上，
>
> 一程赶到咻云头上。

上天言好事，下凡降吉祥。灶爷灶婆在这一天吃了母亲烙得两面金黄，散发着浓浓麦香的饦饦馍，发黄的旧像被焚化，赶去天庭报告收成，说着这家人的好话。新继任的灶爷灶婆接管了这家人的明年，根据腊月二十三这天回到家的人数，按人头下拨明年地里的收成。所以说，这是大日子，不仅要给灶爷灶婆说好话，用喷香黄脆的饦饦馍黏住他们的嘴，以免他们上天庭说坏话。同时，还要祈祷明年的好收成。

　　腊月二十六是母亲的生日。整个腊月的忙碌到了腊月二十六成为一个小高潮。我家总是在这一天杀鸡、割肉、打豆腐，发面、蒸馍、包包子，燣肉、燣臊子。母亲的生日总是最为忙碌的时候，甚至总是无人想起。母亲也就在这一天里，成了全家最忙的人，忙到似乎想不起自己的生日。天还黑着，鸡都没叫头遍，母亲已经在灶火间赶做全家的早饭了，这一天注定要从早忙到晚，吃饭也总是拣着忙碌的缝隙进行。母亲早早地把我们叫起来，吃了饭，放在热炕上的面团也发好了，掰开热乎乎的面团，像是面皮里筑了一个蜂巢。我和弟弟们帮忙揉馍，把揉好的馍端到炕上去再发一发，顺带帮忙包肉包子、红糖包子。母亲生火、烧锅，预备着蒸馍。父亲烫鸡拔毛，用烧化的乌黑的柏油烫猪头，预备着煮熟了片出肉熬冻冻肉。我们姐弟三个则烧火抱柴打下手，火不能熄，柴也不能断，逢到下雪，得早早把柴抱进灶火间，以免湿柴烧起来起烟。直到傍晚时分，满笸篮泛着青白的光，这一天的忙碌暂告一段落。肉包子、素包子、玲珑的刀刀馍挤挤挨挨，满案的汤汤面臊子、下酒臊子、蒸碗、冻肉摆得灶火间满满当当，这才算是把过年期间预备着走亲戚、待客、自家食用的饭食准备充足。忙碌了一天的母亲和父亲，早已累得说不出一句话，谁也想不起来今天还是一个特殊的日子。甚至母亲，似乎也从未想起过。

到了大年三十的半下午，爷爷早早就打发了小爸来叫父亲，去坟地里请先人回来过年。三十晚上的烧酒碟子也到了预备的时候。重新上了大红漆的方木盘里，细腰敞口的白酒壶，配了四个细瓷的白酒盅，盛上腊月二十六爁好的胡萝卜丁、红萝卜丝、芹菜肉丝，碧绿的蒜苗切丝凉调一盘猪头肉，四个冷盘看上去泛着温润诱人的色泽，和着白酒香，成为三十夜里我们这些上不了酒桌的孩子口里绵绵不断的涎水和念想。母亲这时候带着我们，也仿照烧酒碟子里的菜，依样摆上碟子，只是少了猪头肉和白酒。问起来，母亲总是说："碎娃夜里吃肉不得克化，多吃素菜。""那为啥莲菜里有肉丝？"我和弟弟们总是为了那一口好吃的，舍得力气追问。"那是给你爷你婆吃的。"吃了饭，要去给本家的爷爷、奶奶、叔叔、娘娘拜年。所谓拜年，就是去磕头，大人在忙碌之余，说一句我娃乖的，又长高了之类的话，顺手给磕头的娃娃们手里塞一块两块新钱，就算拜了新年。

初一的早晨要起早。母亲说："初一起早的娃娃一年勤，娃娃勤，爱死人么。"三十晚上，我们放了炮，早早上炕睡觉，母亲依然在灶火间切葱花，洗完全家换下来的所有脏衣服。母亲总说，不能把脏衣服放到过年去，要不脏一年。大年初一天还黑着，父亲母亲就到灶火间做大年初一的汤汤面。面是年三十下午父亲带着我和弟弟们轧好的，用来当漂菜的鸡蛋饼却需要初一早上起来现摊。所以每年大年初一的早晨，对于母亲来说，依然是一个忙碌而早起的早晨。母亲起来，洗完手，抹一把脸，在黑黢黢的院子里点亮新年的第一束烛火，给家里的诸神焚香叩拜，嘱咐诸神护佑人畜平安。然后生火、烧水、摊鸡蛋饼，下面、调汤、捞面。煎乎乎、冒着热气、散发着葱花和油香的汤汤面，就伴随着灶火里的烟气，在酸香里成为新年的第一顿饭。在我们吃饭之前，照例是要先给家神和先祖献一碗，那一碗要捞得稀一些，放上两根香当筷子，然后我们才能开吃。吃罢饭，换上新衣，母亲叮嘱我们，今天不能动笤帚、扫帚和剪刀，不能说不吉利的话，见了人要说啥都好，今天顺利了一年就都顺利。叮嘱完，才让我们去大门外面放炮，放完炮就可以到处疯玩了。这一天不挨骂，似乎玩什么都被大人默许。

初二开始走亲戚，走亲戚拜年一天走一家，从早饭汤汤面吃到中午热凉碟子就米汤，半下午回来歇歇，第二天继续换另一家。大人们围坐说话，娃娃们惦记的是压岁钱和一冬没见面、能玩得来的小伙伴。这样的日子会持续到初十左右。

到了正月十五元宵节的半下午，祖先们享用了早上的汤汤面、中午的元宵，由请了先人回来的人打着灯笼再去坟地送先人，一路絮絮叨叨地说着年过完了，照顾好自己，明年再来请你们的话，年也就接近了尾声。家家户户吃过了甜滋滋、圆滚滚的元宵，夜里放了冲天响的爆竹，年就过完了。

年，就这样年年都过。我们早已从昏暗的偏厦子房搬进了敞亮的二层楼，灶火里也不再是烟熏火燎看不清烧火人的眉眼，但是从腊八一直忙碌到年三十的家规却从未改变。照例是洗洗涮涮，照例是无人记起母亲的生日。而在七年前的腊月十四，母亲永远地离我们而去。没有了母亲的腊月，也没有了年。父亲慢慢变老，我们姐弟渐渐长大，大弟落脚在外地，虽然父亲和小弟、弟媳依旧坚持每年腊月里自己蒸馍、包包子、燦肉、蒸碗子、燦臊子、熬冻肉，可没有了母亲的腊月，家里无可避免地沉寂清淡下来。依旧是一日紧似一日的洗洗涮涮，腰酸背痛的蒸煮炸炒，满头白发的老父亲还在灶间忙碌，可是过年却不再像往年三十晚上的爆竹一样热烈响亮，腊八饭也自此没有再吃出过母亲那时的味道。

母亲走了，带走了年，从此，过年成了休息的代名词。年，年年都过，每一年都是旧年，都活在旧年的回忆里。

2021 年 2 月 4 日

暗　示

　　看到一群羊的时候，我内心为之一震。

　　一群羊出其不意地散落在一片青草碧绿的矮坡上，低着头，不畏寒冷地在吃草。这个冬天据说是近几十年来最冷的冬天，进了九，天气就一天冷似一天，从口袋里拿出手都需要勇气：不几分钟，手指就会冻僵发红，难以屈伸。这样的天气，羊却贪恋山坡的青草而不惧严寒，也算是一种生存勇气。我慢慢走近那群羊，哦，原来不是真羊，是一群雕刻的石羊。难怪呢，这么冷的数九寒天，哪里就会有了青草。

　　是在羊文化博物馆了。博物馆门前，有着一座小小的山坡，山坡上就是我刚才看到的石羊群。若是忽略了这样寒冷的天气，说那是一群真羊在吃草，我也是信的。

　　羊给我的感觉和刚才看见的一模一样，有着不畏寒冷天气的勇气。它们披挂着厚厚的灰白的毛，在早早到来的秋风里低头吃草，长久地一动不动，远远看去，就像一块块山石滚落在草坡上，恒久地扎在原地。这一幕，是在我几次去青海路途上看到的，那些低头吃草，散落在大片无人草原上的羊群，给了我极其深刻的印象。对羊那种几近宗教般的默立就有了发自心底的感慨：那是一种安心眼下的状态，脚踏实地地啃食眼前略枯的草，默默积蓄着去往脚下更广阔草原的前进力，低眉垂首朝圣般的缓缓蠕动里，胸中是远方更加广阔的绿。在内地还是盛夏而草原已是初秋的季节里，低头吃草的羊群，就这样给了我青海羊的宗教印象。

而在此之前，我记忆中的羊多和乡村经历有关。在我整个小学阶段，每天放学后去放羊是父母派给我的基本任务，家里养着一只总是兜着粗布奶兜的母羊。放下书包，把羊赶到庄稼地附近的树林里，等天色暗淡，吃得肚子圆滚滚的羊悬垂着肥硕的乳房，顺从地跟着我回到家，站在羊圈里等母亲挤奶，以供养年迈的爷爷和年幼的弟弟，偶尔也接济村里母乳不够夜夜啼哭的月子娃。在我的少年记忆里，羊和艰苦生活有着绕不开的关系。

羊和人类的密切关系，也体现在最初的中国汉字里。先就羊的本意来说，意指祥，吉祥之意。孔子说："牛羊之字以形举也。"后来衍生为祭祀、供养之意。羊作为祭祀礼仪中的主角之一，也给与羊有关的字赋予了美和吉祥。最典型的字就是"美"，羊大为美。许慎在《说文解字》中收录了四个与羊有关的字，美是其中一个。美，与甘往往有着不解的联系，羊为六畜之首，引申为味道鲜美，寓意才德或品质好。美，就在原始意义上有了内外兼修之意。仅美在外表，那是皮囊之美，徒有其表的美，若不配以相对应的内涵，有时候更令人厌烦。真正的美，是那种发自内心的美，言谈举止，接人待物，散发着谦谦君子之气。美在心里，外表一定差不到哪里去，于是屈子有"纷吾既有此内美兮，又重之以修能"，意思是：上天给了我如此良好的素质，我要不断强化我的修养。这说出了众多知识分子穷其一生的自我修为。在这点上，取自于羊的美字，道尽了羊的温润谦恭。与羊有关的还有"养"字。在篆体中，养的上半部分为羊，指人的食物里有羊，引申为供养、抚养之意。羊羔跪乳，一边是抚养，一边是感恩，两者之间形成了供养的美善图景，成为历代人们对孝道礼仪的最好注解：连羊都有感恩之心，人应对照时习之。"羞"也收录于《说文解字》，意为进献。后假借羊下的丑字，是为羊也感到丑陋、耻辱，引申为羞耻、难为情之意。丑的东西，让羊都感到羞耻不好意思，况乎人呢？另外一个字是"姜"，本意还是美，神农居姜水，以此为姓，后成为姓氏。在甲骨文里，姜像一个面朝左跪坐的女人，展现了这个字也是美的另一种表现。"美、养、羞、姜"，都在以羊的温和清洁以及谦恭美好的形态诉说着美关乎形，更关乎内心。

　　参观完羊文化博物馆，在羊主题庄园内行走，不难发现羊与人之间的天然关系，以及羊与人类之间紧密联系的悠长历史。在汉语体系中，仅以羊为偏旁部首的汉字就有二百多个，羊我为義（义的繁写），人義为仪，羊次为羡，鱼羊为鲜，等等。显然，从羊衍生出来的字，大都和人的内心修为、美好的事物有关。一个羊字，说尽美善。这样的寓意，在今天看来，似乎更具内省之意。

　　望着冒着严寒在山坡上吃草的羊群石雕，它们似乎变成了一个个的汉字："祥、美、善、养、義……"它们无一不暗示着我：以羊为师，终生修为。

2021 年 1 月 16 日

劳动快乐

　　时间步入仲冬，天寒地冻，偶有几场似有似无的雪，让今年冷得比往年要早些，天地闭藏，树木萧瑟，到处一派严冬气象。

　　几场飞雪过后，霜就下来了。没有太阳的清晨，田野里霜花晶透雪白一片，似昨夜下了一场雪。这时候，杨凌蒋周李幼儿园的萝卜、白菜就到了收获的时节。

　　这是一所远离城区的幼儿园。三年前，新任的幼儿园园长杨华突发灵感，在鲁迅先生的《从百草园到三味书屋》这篇文章里得到启发，以书本上的百草园和三味书屋为灵感设计了这所农村幼儿园。幼儿园招收的大多是周边农村的孩子，父母打工，爷爷奶奶看护，留守儿童居多。杨凌是农城，地域面积不大，土地有限，大部分村庄都将土地进行了流转，农村可耕地就大大减少。因此，这些名为农村留守儿童的孩子们其实也只是居住在农村而已，地里的庄稼及劳作也早已从他们的童年里退隐。于是，这所从文字里走出来的幼儿园，就成了让孩子们伸出手就能够得着四季分明、看得见时序更替、寻得到春种秋收的名副其实的农村幼儿园。

春天里，百草园里皂角树、樱花树、山楂树等各色树木抽枝发芽，沉寂了一冬的树木们绿得碧眼，红得绚烂，百草园成了百花园。一场春雨过后，蔬菜园里，孩子们用小手点瓜种豆，静待它们长成小嫩苗；夏风拂过，知了在树上焦躁地嘶鸣，荷塘里荷花的清香徐徐浮动，蚯蚓在培殖器里扭动着肉红色的身躯，夜晚的蛙就成了幼儿园的主唱。菜园里的黄瓜、西红柿、青菜趁着清晨上第一节课，带着露水摘下来，午饭的小饭碗里就能尝到它们的新鲜味道。午睡起来，在三味书屋读读绘本，听老师讲讲故事，又是愉快的一天。秋季里，树上的果子成熟了，豆角、茄子也到了采摘的时候，蔬果在绿叶间若隐若现，养殖园里的大白鹅也开始生蛋，孔雀拖着蓝绿相间的尾羽优雅地吃食，百草园成了嬉闹玩耍的好场所。冬天，趁着天气晴好，孩子们手拉手在院子里晒太阳，冬日的阳光总是醒得很迟，不愿意露脸似的，需要老师不时地探头去看一看。荷塘里，残荷自成一幅枯笔画，干枯的莲蓬顶着空蓬，像一个个走失了孩子的蜂巢。下过了第一场雪，天气更冷了，特意保留到下霜才起获的白菜萝卜，吃起来清甜脆爽，是这个季节最宜人的蔬菜。

站在三味书屋的门口，向着太阳升起的方向看去，小朋友们排着队、手拉着手从朝阳中走过来，初升的冬阳透着暖意，照在孩子们身上，像天使们沐浴着晨光。见到我们，孩子们礼貌地打招呼："客人阿姨好！""客人老师好！"向日葵花盘一样的笑脸齐齐转过来，仰起的小脸上，眸子里有真切的笑在流动。一定是日日受着阳光的滋润，才有了这样明朗、真诚的笑容。俯身看着孩子们笑盈盈的眼睛，清亮的眸子里闪着清纯的自然阳光，在这片阳光的沐浴之下，我的心突然柔软起来，化成糖稀一般，软甜温暖。那一刻，我的脸上也一定是泛着孩子般的笑容。

　　和小朋友们一起，排队走进菜园。竹篱笆围起一方菜地，一畦畦小方格似的田垄，如棋盘般整齐，白菜萝卜是这盘棋的绝对主角，一畦畦角色分明。最近下了霜，白菜怕冷似的挤成一个瓷疙瘩，一棵棵结结实实地站立在地里，有霜冰隐在白绿相间的叶片间。萝卜头顶绿油油软长的叶子，把一截碧玉般的绿茎伸出来，似乎在招呼小朋友："来，拔我呀。"小朋友们到了地里，很熟练地各自找到喜欢的萝卜，"嗨呦，嗨呦"地拔起来。一个小女孩鼓足了劲，连脸上的小酒窝都在使劲，她很快拔出来一个，举起长长的萝卜向我们报告劳动成果："客人老师，我拔出来了一个月亮萝卜。""这个像胡巴。""还有这个，像萝卜儿子。"……

孩子们欢天喜地地嚷起来，一时间，田垄里由于孩子们的欢乐成了丰收的庆祝场。被孩子们感染，我也蹲下来挑了一个，这看上去高挑、有着长长绿茎的萝卜，却怎么也拔不出来。一个小男孩小声地告诉我："客人老师，您要摇一摇，萝卜才能拔出来。"按照小男孩的方法，这个萝卜终于被我摇得根基不稳，再铆足了劲，一个足足有一尺长的萝卜成功地被我拔在了手里，就在萝卜出泥的一瞬间，我也因为重心不稳，打了个趔趄，差点坐到地上。"客人老师，真棒！"等我站直了身体，一个白白净净、生着大眼睛的小姑娘给我伸出两个大拇指。一时间，别的小朋友都表扬起我来。这天使般纯净的金玉之音，让我深受感染，内心的快乐早已将寒冷抖落在湿润的泥土里。

和孩子们在一起劳动是真快乐啊，他们不管谁拔出了萝卜，都会形容一番形状，把在电影电视里看到的、生活中见到的造型用在对萝卜形状的描述上，看到别的小朋友拔出了大萝卜，会伸出大拇指毫不吝啬地表扬他，看到有小朋友拔不出来，会伸手搭一把："让我来帮你。"遇到拔成两半的萝卜，一个个又"咯咯咯"地笑成了花。孩子们的童言童语、欢快的笑声，飘荡在仲冬时节的上空，把严寒划开了一条口子。

一畦萝卜就这样欢快地拔完了。孩子们把地头的萝卜抱到篱笆外的长桌上。他们似乎很享受这样的运送，争着抢着要让客人老师把大个的萝卜递给他们。我注意到一个有着通红小脸蛋的女孩子，看上去瘦小一些，却每次要求给她拿最大的萝卜，嘴里唱着"嗨哟嗨哟拔萝卜"，那份快乐伴随着清脆的童音，让人听了格外欢快。

裹着碧绿外衣的白菜，正卷得瓷实紧致，动物粪便和落叶给了这些冬季精灵以良好的营养，让它们个个长得圆润硕大。一个男孩子示范性地跑过去，熟练地摇动着白菜，等到根部松动，便整个身体扑倒在白菜上，这棵足有十来斤的大白菜便带着湿润的土块，被连根从地里起了出来，孩子抱着足有一半身高的白菜走向篱笆门。

看着孩子们熟练劳动的身影，我心里泛起一阵阵久违的快乐，明净、单纯、踏实。这样的劳动是我三十年前所经历的，自从离开村庄，我再没有经历过劳动，再没有在寒冷的冬日起过白菜、拔过萝卜，也再没有吃到小时候称为"霜砍"的蔬菜。有过农村经历的人都知道，经历了霜降，蔬菜会更清甜脆爽，营养也会更丰富。

篱笆墙外，猫头形状的土灶紧挨着地头，燃烧着枯枝的灶洞里，火苗舔着灶膛，在阳光下格外温暖。那些煨在柴火里的红薯，正徐徐散发出红薯特有的甜香，柴烟飘动，空气中就有了柴草燃烧时的木香气，温暖、熟悉、踏实……

劳动创造了人本身。没有劳动，我们还在漫长的进化中踽踽独行，过着原始的茹毛饮血的生活，劳动让人在通往文明的道路上迈出了一大步。很难想象，一个人不经历劳动，不亲近土地，不在赐予我们生存的土地上流汗，这是何等的人生缺憾。脱离了劳动，也就脱离了在土地上获得智慧的可能。

提出土地伦理这一概念的美国作家奥尔多·利奥波德在《沙乡年鉴》中说："对我们这些少数人来说，能有机会看到大雁比看电视更重要，能有机会看到一朵白头翁花就如同自由谈话的权利一样，是一种不可剥夺的权利。"

2020 年 12 月 16 日

姚安古会

    阴历二月十九，姚安古会，一个因村得名的集会。要问起是哪一年起的会，村里那些驼着背、把年龄藏在皱纹里的老汉们，会缓缓地拔出嘴里的烟锅，吐一口呛人的白烟，徐徐地说："在我老老爷手里就有了。"焦黑皱缩的脸上，隐约闪现着一丝自得。

    姚安古会据说有着上百年的历史。之所以能记住这个古会，是因为我的大弟就在这一天出生，记得小时候，似乎是家里谁说了一句："人家忙着过会呢，咱家忙汪汪地要了个牛牛娃。"于是，过生日才能吃上的鸡蛋，连同太爷、爷爷手里的麻糖，成为我对阴历二月十九的永久记忆，也就间接地记住了姚安古会。

    在过去，姚安古会接续着腊月的忙碌，人们走亲访友、购买农资、日常生活用品都要到姚安古会筹办。清明前后要栽的红芋秧、茄子辣椒葱秧，芒种前后收麦要用的镰刀、晒席、耙权，挑菜要用的铁铲，家里的锅盖要换，襻笼散架，都要从姚安古会上买。如今农村可耕种的土地越发少，农具摊点渐渐成了装点集会的门面。这不，被人流拥着，从西头挤到了东头，我也没找到卖铲铲、锄头、铁锨的摊摊。倒是卖花卉、服装、杂粮、各种小吃的摊子摆了一街两巷，炸油糕麻糖的油香气、煮羊肉的膻腥气、炒锅肉的肉香气，以及花卉的清香，均匀地泼洒在集市的角角落落。

最红火的总是面皮摊。放眼望去，十来家面皮摊家家爆满，连飘荡在集市上空的各种电喇叭、人声交混的吆喝声都有着冲鼻的酸香。红艳艳的篷布映着红油酸醋调好拌匀的面皮、凉粉，也让坐在条凳上一溜儿排开的吃客脸上有了喜庆色。一拃宽的窄条凳，临时钉了角铁加固，一溜排的人正享受着酸辣筋道的面皮，凳子一头的俩老婆擦了擦嘴起身要走，刚一站起来，"哎呦"一连串的喊叫声，另一头正吃面皮的纷纷跌坐地上，条凳也翘得老高。滑脱在地的人们一边嘻嘻哈哈地笑骂着："老东西，也不给人说一声"，一边起身拍拍身上的土，坐下继续吃。有人吃完了面皮要付钱，面孔黑红的农家大嫂，把油手在腰间的围裙里抹两把："一碗面皮五块钱，邻家的饸饹面两碗十四，五五二十五，一共二十九，你扫微信。"那人吃完了面皮还沉浸在刚才的嬉笑里，一听大嫂这算法，愣怔片刻，和同伴又笑得弯下了腰。

来姚安古会摆摊的，多是附近村子的农民，农忙时抢收抢种，农闲时跟会摆个吃食摊子，挣点手艺钱，也算是方圆几十里的知名手艺人。哪里过会，哪里逢集，这些人总是第一个知道，头一天开始在家准备炭火、食材和锅灶摊子，天不明就赶到集市上，逢着天气好人多，一天挣上几千元不在话下。到了晚上，集市上人声渐稀，一家人这才收拾摊子，拖着疲惫的身子回家。忙活两三天，收入却是平常的很多倍，到底值当么。

你家的甜粽子甜得黏牙（方言，音rán），他家的檀木梳子也是世界知名，热油糕炸得嗞嗞响，金黄色的酥饦饦在热油锅里上下翻滚。卖各色果脯的，更是把蹦迪音乐开到最大，强烈的节奏让隔壁端着碗吃炒锅肉的小伙子，不由自主地扭着腰，一块肥肉差点跌到了地上。更有那三三两两满脸烟火气的老婆、老汉，手提着给孙子买的麻糖或捏着热乎乎的煎油糕，刚吃完面皮的嘴被红油绕了一圈，大声议论着谁家的儿媳不听话，或谁家的孙子前一向出门去了大学……走着走着就走不过去了，你的摊子摆在了我的摊子前，影响了我的生意，那得说道说道，找人评评理，不一会儿围观的人就把窄过道挤成一个疙瘩，顿时后面的人抻长了脖子打问："咋了，谁把钱遗了？"

这声响从清晨开始把还没睁眼的太阳吵醒，一直持续到夜晚长庚星露头。声音也是固体的呢，要不然咋迟迟不肯散去，总是飘动在姚安村的上空，一飘就是两天。等姚安古会散了，人也各回各家，这声音才散去，像有人把声音抓在手里提了回去。

我挤在人群里，也挤在我的童年、少年和青年的记忆里，曾经牵着我的手逛会的亲人，一个一个已离开这个热闹的集市，去了我们终将都会去的地方。身边人流涌动，我却怎么也找不到一个卖铁铲的摊子。

2021 年 3 月 31 日

永安会

　　一踏上有邸路，各种声响就像夏天的热气一样迎面扑来，拍打得人有些趔趄。心里却莫名欢喜起来，想要加快脚步融入这声响中。往日里安静的市政路，这时候成了繁华的街市，那些沿街卖布卖成衣的、木耳花椒干货的、人造革皮鞋的、铁犁铁耙铁铲锄头的，顺着路沿把窄小的人行道挤了个满满当当。一眼看去，各色顶棚里拥挤着着各色衣饰的逛会乡民，让这一方晴朗朗的天空，就散发出了炎夏时节般热闹的声响。

　　"刚下来的新蒜，一斤三块，三块一斤。""这件衣服六十九卖不卖？""要了七十你拿走。"新鲜而带着泥土的紫皮蒜、绿莴笋，红艳艳的圣女果、黄澄澄的鲜玉米，一车车新鲜蔬果挤在服装、干货、花卉摊子的间隙里，不时引得逛会的人挤成一疙瘩，算账声、讨价声、电喇叭的吆喝声，把一方晴暖的天空罩严实了。

这是三月初六永安会。

杨凌是农城，小小的城被周围的十里八乡包裹着，隔三岔五的，就有些村子过会，一般讲究过的是阴历会。西大寨村的二五八会，五泉村的三六九会，建子沟村的正月二十三会，姚安村的二月十九会，几乎村村都有古会。若问起这些以村命名的古会发端于哪一年，即便是村上那些叼着旱烟锅子，顶端的黄铜烟锅和脸上的色气一样深的老汉们也难以说清。总之一句话："老先人留下的，打我记事起，就有了这会。"让人瞬间庄重起来。

永安村是个老村子，据说形成于汉代，在渭河岸曾有个古渡口叫永安渡。永安这个名字，或许和渭河常发大水有关，村名有祈求永远安宁之意。永安村的古会和别的村不一样，既不是月月都有，也不是一年一回，而是每年的阴历三月和四月的初六、初七过会。

2015年以前，村子还没有陆续拆迁的时候，就在老村子里过会。每逢快到三月初六，那些牢记着各村过会日子、撵着跟集的摊贩们，便早早掐算着时间，拉着架子车、骑着三轮车，驮载了各色货物早早地占地方，支起帐篷，拉开架势，要给会上的乡亲们过过嘴瘾、饱饱眼福，也捎带着让男人们置办些家里要用的农具，买些老人娃娃的吃食零嘴，还有女人们最欢喜的针头线脑零碎布头。平日里空空的巷道，过会这两天便沸腾起来了。

　　家家门前都有各色货摊，出门抬脚都得小心翼翼，免得踩了人家的家当，影响人家做生意。十天半月前，村里的人家就派了各家的半大小子，招呼娘家他舅他姨他外婆，婆家已经出了门子的大姑二姑三姑们，到时候带着大大小小的一大家子人来逛会。这在当地是很隆重的风俗，甚至比过年的相互走动还要隆重。因为三月初六的会，村子里要唱大戏，三天四晚上不停台口，敬神进香放焰火，锣鼓家伙整天不歇，震得地里起了身的麦苗都绿油油地跟着蹿节节。舞台上，彩装戏服的演员们，晒得热油淌汗，照旧不误本戏折子戏轮流上场，一唱起来连续三天不间断。台子下，村民们相互调侃着"唱戏的是傻子，看戏的是瓜子"，可一到戏点，照旧拎着没上漆的木头凳子，早早去台子底下给自己和亲戚占地方。那些远路来的乡民，边往戏台子走，边随手拾起地边的半截砖，竖起来坐一下午，一场本戏看下来，精神百倍，像过足了烟瘾。看罢了戏，哼着戏词、背着手回去咥一碗黏面。看戏、跟会成了农历二三月间农闲时节最重要的娱乐活动。因为紧跟着地里的活计就忙起来了，要除草、浇地，眼看着麦黄了，得预备着抢收抢种，打碾晾晒。趁着二三月的好日子，清闲下来的农民也得乐和乐和呢。

　　要是哪一年，女主人没有思虑周全，或者半大小子们出门边逛边捎带口信而漏了哪一家，要不了几天，被忘记的那家一定会趁着看忙口，在女人们扎堆的灶火里，让女主人满脸赔笑，不住道歉才算罢休。可不是么，这么热闹的会，咋能不叫亲戚跟会呢，这不是看不起人？

相对来说，四月初六会就没有三月初六那么隆重，没有了唱大戏。热闹也很热闹，该叫的亲戚还得叫，亲戚们也忙着地里的庄稼，来与不来就显得没那么重要了。

"跟我大婆也来逛会了？"

"把你孙子也引来了？"

"哥，你也来了？"

"妹子，屋里头啥都好么？"

一路上，那些皱纹里夹杂着阳光色的村民们，互相惊喜地打着招呼。如今，即便是住在一个小区，祖辈隔墙而居的村民也难得见上一面。是啊，老庄子早已不复存在，取而代之的是高楼连着高楼的安置小区，人人住进了楼房，用上了干净的煤气灶，家家都有明亮洁净的卫生间，关上门懒得下楼，更懒得互相串门子，见一面就成了难得的事，也只有在村子会上才能见见多少年都见不上的老村民和张家、吴家的老亲戚。这些老亲戚，曾经隔三岔五经过门前，掀开提货笼笼的竹盖子，给门墩上坐着的理着盖盖头、穿着开裆裤的碎娃娃，手里塞一颗糖或一个甜油糕。当年的碎娃娃如今成了怀里抱着碎娃娃的年轻父母，早已不是当年的模样。只有那些上了岁数的人，才在温暖的三月春光里，惊讶而亲热地认出对方来，拉着手半天不松开。

"五块钱卖不卖？""不卖，卖了还得贴赔个袋子。""猪头肉牛肉猪心猪肝……""自家种的新鲜的草莓便宜卖了……"讨价声吆喝声愈发响亮起来。拉着手的依旧在这吵闹声里絮叨着，立在和暖的阳光里，舍不得告别。

永安村成了永安安置小区，永安会也就依街起会。各色摊点沿着小区所在十字扯出了不断线的临时市场，顺着红绿灯的四个方向，各自延伸下去，这四条街就都散发着各自的气息和声响。东边是布匹皮鞋新鲜农产品，西边和北边是图书花卉案板整车菠萝，南边是永安小区的正门，也是古会最热闹的核心场地，面皮、凉粉、油糕、猪头肉，吃饭的大老碗、布匹、床单、冰激凌、旧货，要啥有啥。镰刀、耙耙、铲铲、各式服装、煮熟的牛肉猪心、豆面糊涂，各种摊位都混在一起。抹了红嘴唇的时髦女子，站在当街回复着微信；推着自行车、戴着石头镜、夹着纸烟的老爷子，在她身后翻着白眼，经过时很快瞅一眼，脸上挂着不满，可转眼又被卖石头镜的摊子吸引："这副眼镜三十卖不卖？"

绿色的城乡公交车来了，等候在站台的乡民，拎着会上买来的各种种子、水果、酱菜、麻糖挤上车，老头们混在花花绿绿的老太太堆里，被挤得烟锅子都找不到。"逛会么，不就是图挤？"谁嘟囔了一声，公交车晃晃悠悠地开出了站。

永安会对面的不远处，一列高铁正在出站，白色的车身缓缓行驶在蓝天下，显得格外醒目。

2021 年 4 月 17 日

扫　尘

　　"过了腊八，长一杈把"，这是关中地区特有的农谚。意即过了腊八这一天，白天会慢慢长起来，夜晚会变短。木杈这种农业劳动工具，在这里成为丈量时间可触摸的实物，仿佛时间都藏在被粗糙的大手磨得光秃秃的木把里。长不过五尺的杈把，让腊月的时光格外匆忙，喝了五颜六色的腊八粥，人们心思恍惚起来，谋划着一年的辛苦之后如何犒劳自己，于是连这"腊"字都散发着浓浓的肉味，绕梁千年而不绝。

　　在关中，体现农耕时代印记的莫过于人们的性情。这里一马平川的广袤大地，是小麦的主产区之一。每年的春分过后，绿油油的麦子起身拔节，伸伸懒腰，大地就被浓绿覆盖，人们三三两两地出现在地里，是时候该施肥除草了。一方水土养一方人，小麦养育了内敛木讷又豪情万丈的秦人，这似乎成为农耕民族的性格特点。难怪呢，很少有人知道小麦也是开花的，那小小的白色花粒挂满刚刚吐穗的麦穗梢，只消一阵风过，这些不起眼的小花就悠悠飘落，甚至在泥土里都找不到它们的痕迹。这开花不显眼的小麦养育的秦人也格外木讷低调，似乎把小麦的滋养吃到了骨子里。而天气四时以阴阳调和为最佳，看上去木讷的秦人，性格却出奇地豪爽狂放，一声秦腔吼得八百里秦川地动山摇，粗瓷老碗里鲜红的油泼辣子拌黏面，直吃得硕大的头颅热气直冒。这十足的阳性对应着阴性十足的小麦，一时间，阴阳平衡，天地和谐。

收获了夏秋两料庄稼，盘算着这一年的收成，人们在冬日里难得的暖阳下晒着日头，懒洋洋地纾散着一年来的疲乏。冬季的关中大地，就像一幅原本艳丽的山水画不慎跌入了水里，遗失了所有的色彩，模糊着苍白的线条。那些黄土一色的房子隐在这灰扑扑的天地间，如隔着烟雾一般，遥远而迷离起来。窝在门前的大黄狗耷拉着尾巴，蜷缩在草垛里，威风全无。

而一进入腊月，人们就变得活泛起来。过了腊八、小年，送走了"上天言好事，下凡降吉祥"的灶爷、灶婆，洒扫庭院、迎接新年的腊月二十四就到了。此时的关中大地更加寒冷，行色匆匆的路人缩着脖子，也止不住冷风往衣领里灌，摊开手，一把风就冻在了手里，让人合不拢手指。

寒冷冻住了大地，冻不住人们过年的热切。家家户户，抬箱挪柜，八百里秦川在沉寂了半个冬天之后，再次尘土飞扬。人们把使唤了一年的瓶瓶罐罐、碗碗坛坛纷纷搬出来擦擦洗洗，那些穿了一冬的棉衣棉裤也要浆洗晾晒，家里是不能有一星半点的灰尘的。男人们戴着旧报纸糊的尖帽子，把鸡毛掸子绑在竹竿上，脚踩长长的梯子，扫去落在屋顶墙壁上的灰尘，一不小心被灰尘眯住了眼睛，那嗔怒里也少了平日的横劲，即将过年的喜悦把男人们的脾气也变软和了。女人们把还不会走路的吃奶娃娃用床单裹了背在背上，床上的铺盖是要彻底拆洗的，拆下的被褥，被面、被里要清洗干净，洗衣机轰轰转着，一时间，院子里临时拉起的绳上就挂满了五颜六色的床单、被面。已经铺盖得如死面饼子一样的被褥棉絮，也要重新在操着河南口音的弹棉花匠人那里弹得暄软如新。择个有太阳的日子，女人们三五成堆、叽叽喳喳地抱着各家浆洗干净的被面被里，聚拢在一家的院子里，铺上竹席，引线穿针。一个上午，被褥缝了，肚子里积攒的东家长西家短也腾干净了，就各自牵着娃娃、抱着被褥回家了。当夜里，软和和、白馍一样暄腾的被褥就铺上了。孩子们这时候是最欢乐的，家里的家具全变了位置，床底下、柜子下，平日里找不到的玻璃弹球、喜爱的另一只鞋、一个纸三角，这时候全都跑了出来，那个兴奋劲比过年拾了一把小炮仗还高兴，尤其是从屋里抱出来的一堆脏衣服里，一不小心再掏出个五角一块的钢镚儿来，那今天中午的零嘴儿就有了着落了。

里里外外打扫一新，看着家里盆碗锃亮，衣被如新，伸展一下疲乏的身子，连心里都敞亮起来了。"这屋子就看谁拾掇呢。"女主人嘴里嘟囔了一句不知道给谁说的话，转身进了厨房。男人们满足地圪蹴在院墙下，抽起了烟。不大的工夫，婆娘从厨房出来，左手端一碗黏面，右手捏一疙瘩蒜，一言不发地递给蹲着的男人，男人挑起长长的面条，心里就潮起了蜜。这日子，好着哩。

2017 年 3 月 11 日

后记

我和我的蚂蚱

2017年9月,我出版了人生第一本书《樱桃鹿》。很长一段时间,大概有两三个月吧,我都没有动笔写过一个字。说实话,《樱桃鹿》这本集子带给我的成就感很少,除了一种长途奔袭后的疲累和被掏干的虚空之外,还夹杂着说不清的心虚,尤其是当别人对我的文字给予言过其实的评价的时候,那种心虚的感觉几乎压顶而来。这是我出书之前没想到的。

我出第一本书,原因之一是想给孩子一个交代:她求学的十几年我也没有放弃努力。那年她高中毕业奔赴大学,即将开始新的人生,那本书作为行李之一放进了她的行李箱。另一个原因,是那本书收录的内容跨度有些大,第一篇和最后一篇的写作风格几乎没有关联,不看作者名字,还以为是两个人写的。出于这两个原因，我把那本书做了个收口，像个麻布口袋一样，它盛着我过去很长一段时间在文字上的耕作，虽然结的果子不大。

随之而来的，是熟悉的或者陌生的朋友对我的赞誉，这些一夜之间生长起来的赞誉，让我不忍翻动那本从设计到装帧到印刷，付出了我全部希望和热爱的书，只有我知道，第一本书就像养第一个孩子，既让人心生欢喜又让人不知所措，甚至还有些信心不足。这个孩子是要给人看的，他的美丑黑白，是要拿到大家面前去评判的，我甚至一度希望听到中肯的批评，这样我就会知道，后面的文字还要不要继续写，要是写到底该怎么写。毕竟在第一本书里，我的写作经验全部来自偷偷摸摸地阅读、悄悄默默地书写，带有在黑暗的隧道里爬行的探索性质。那本书一口袋扎起了所有文字，我文字上的全部家当就没有了。要写第二本，从零起步，从第一个字开始重新写起，我多少有些不自信。在这本书出来之前，我从没有想过要出第二本，因为我不知道写什么，怎么写，是继续第一本那种纯粹的、单一的、肤浅的写法？还是以身边和成长作为素材？这些对于我，就像一个人突然失去了所有的记忆一样，变成了一片前所未有的巨大空白，我浸泡在这空白里，不知所措，也不知向谁倾诉。所以，将近两三个月的时间，我除了给朋友们寄书、送书、读书之外，一个字都没有写。

后来又写了。那是半年以后，我突然下意识地想到，应该给我的出生地张家岗写一篇文字，那里有我熟悉的人和事，有我一辈子都抹不去的乡村记忆，也有我即使回去，也到不了的故乡，这个愿望一旦生发，我便发疯般地时刻在构思这篇文字。刷牙、吃饭、走路、和人交谈，甚至在开会的间隙，我都会想起这个事情，那种冥冥之中的使命感逼迫着我，必须要给我的原乡留下一些字句，甚至在梦里，这么多年我都没有梦见过的儿时记忆中的村庄样貌，在那段时间纷纷出现，让我即便是面对着早已移位错行的村庄的模样，我的脑海里依然固执地浮现着我十八岁以前的村庄模样。就这样，在这种压迫之下，我写出了张家岗系列的第一篇《西墙》，后来陆陆续续地写了《城壕》《三角地》，一年半以后，那些在上述三篇文字中无处安放的素材再一次找到我，在梦里把它们一股脑儿托付给我。我再次回到老家，尽管村庄早已拆掉重建，可我看到的依旧是我十八岁以前的老村子，我知道我在内心里欠着张家岗一篇文字，于是就有了《张家岗的皂角树》。这篇万余字的长文，准确对接了前三篇里无处安放的素材，让一个完整的张家岗村落实在文字里。至此，在很长一段时间里，我的梦里不再出现张家岗村的老旧样貌。

于是，这篇写给老家的《张家岗纪事》成了我无意中着手第二本散文集的开端和理由，这样万把字的单篇，除了获得和找回了很多有着相似乡村生活经历的人们的认同之外，意外地让我手中的笔流畅了。很多熟悉《樱桃鹿》的朋友说，张家岗完全和《樱桃鹿》的文字不一样了，是一个全新的写法，也像个作家的文字了。

我又一次捡起了文字，也被文字捡起。

自此以后的很长一段时期，走路，晒太阳，和朋友闲聊，我脑海里如同进入了十维空间，那些自动排列的字句，一句一句从脑海里蹦跶出来，就像秋天茂盛的田野上，半人高的白茅草里，人一踏进去就会惊起很多蚂蚱一样，那些蚂蚱们弹跳着，蹦跶着，变成密密麻麻的文字，向我飞来，我不过是拿起笔，让它们去到该去的地方，让它们从脑袋里的灵光一现落地成方块字。很长一段时间，我都仅仅只是做着文字的搬运工。我成了一个对我经见的人、事、地方都负有书写责任的搬运工。看见它们，而不去搬运成文字，我内心就有一种深深的负罪感，感觉辜负了那些在我的脑海里鲜活的蹦跶着的蚂蚱们，它们密密麻麻地存在，干脆利落地蹦跶，它们有着只有变成文字才能永恒的生命力，而我对这些鲜活的生命负有不可推卸的责任。

就这样，这些文稿从2018年的近三万字，2019年的四万五千字，直到2020年的六万字，三年下来，又积攒成了一本书。回顾这三年，我除了单位的正常工作、繁忙的日常公务，必不可少的人情往来，除了读书、采风、参加与文学有关的研讨会，以及担任与语言有关的活动评委、偶尔去学校讲座之外，没有应酬、不看电视，回到家，闭户即深山，除去干家务就是读书、喝茶、写文字，连不多的外出都下意识地带着采风的目的，看能不能在游逛之余写点什么。

2020年，疫情基本控制之后，我突然想写节气，想给那些田野、飞鸟、河流写些文字，它们是我最常接触的亲密朋友。于是就去了常去换脑子、散步的小沣河畔，那里沿着小沣河的流向一字儿排开了许多村庄，这些村庄从行政区划上讲，并不属于杨凌，而是属于武功镇。这些河对岸的村子，无一不保留了传统关中民居的特色，那里的人们依然以耕作为主，说着地道的武功镇土话，尽管村子里也有不少外出打工的青壮劳力，也有不少庄户人选择在杨凌或者周边买房子安家，可是那里的村庄依旧有着传统农村的气象，这点让我心生欢喜。我在两年多的时间里，沿着小沣河通往这些村庄的土路或者水泥路，挨个寻访这些村子，跟村子里留守的老人聊天、交朋友，这些名为申家底、张家台、洛阳村的村子，很多盖得非常好的房子却常年挂着锁，那些锁由于长久无人开闭，已经生了锈，无人居住的老房子屋顶上生着瓦松，瓦松常年举着毛茸茸的身子，从春风里摇曳到寒风中，只有麻雀、花喜鹊这些留鸟在寒冬里给它们做伴，在瓦砾间跳跃。每到节气，我都会准时出现在洛阳村，之所以是洛阳村而不是别的村，是因为这个村子有着与隋朝相关的一段历史，那个以传说形式口口相传保留下来的故事，将会成为我第三本书里重点要讲的，在这里不再展开——看，我又给自己规划了第三本，我对文字的贪婪让我成了伸手去捉那些蚂蚱的人。在这儿，我要说的是，2020年寒露，是国庆假期的最后一天。按照惯例，我照常早起，做着去地里的准备。窗外，雨大了起来，我拿起伞，穿着厚外套下楼，在电梯里碰见了常碰面的一位邻居，她好奇地问我："你国庆节猫在家干啥呢？"我答："读书、喝茶。"她脖子往后梗了一下，带着同情的表情，说："你咋过得这可怜的，有啥想不通的，在家读书喝茶？为啥不去旅旅游，或者和我们一起谝闲传、吃吃饭，多热闹的？"我说："生活习惯不一样吧。"她说："也是，你们这样的人都很挑剔，不好交朋友。"紧跟着出了电梯，她追问我一句："这么大的雨，你干啥去呀？"我答："今天寒露，我去地里观察节气。"她瘪起嘴，啧啧了两声："真是的，出书又不能涨工资，也不能评职称，遭这罪干啥？"我撑开伞，走进雨里，为着她的话，我心里着实有些堵。是啊，写这些又不能涨工资也不能评职称，到底为啥？

从地里回来，我却高兴得和领了额外奖励一样，我在寒冷的秋风里，看到那些湿润的土地、刚刚冒芽的冬小麦、在大门口正拧着玉米辫子的农户，那些飞在头顶扇动着湿漉漉的翅膀来回穿梭的麻雀、喜鹊，它都再一次把鲜活的、欢实的蚂蚱赶进了我的脑袋。这些挤挤挨挨的生灵们，密密麻麻地挤占了我的大脑，促使我把所见变成文字，也让我那短暂的不快化在泥里。我蹲在地边，把伞扛在肩上，用手机飞快地输入那些不断闪现的句子，删掉一个字、一个句号，我心里都会犹豫一会儿，都会舍不得下手，这些文字似乎有了生命，我不得不慎重对待。

我在每一页白纸上写下第一个字，也在每页写满字的纸上写下最后一个字，这样从无到有、从空白到丰满的游戏，让我乐此不疲，也让我不断沉溺在这周而往复的开始、收笔之中，每一篇文字里不同的素材、多变的意象让我总是对下一篇充满期待，尽管好文字一直在路上，我至今也没撞见。反倒是那些嘈杂的宴席、人多的商场、喧闹的街市，让我恨不能找个地缝钻进去。遇到这样的场合，我总是想尽办法撒着谎地逃避，能躲多远就躲多远，我宁愿一个人捧着书、泡杯热茶，一待就是一天，甚至忘记了吃饭，甚至需要问朋友："我有没有告诉你，我是吃了午饭还是没吃午饭？"有时候还会边思考着问题边把洗了一遍的脚再洗一遍，刷过一遍的牙再刷一遍。发现把这些事又干了一遍，成了我的乐趣，我对着镜子，傻笑几声，就当是自己给自己讲了个笑话。更多的时候，我擦着地、抹着桌子、洗着衣服，脑子里仍旧回味着那些读过的字句，那些被我着重标出来的重点段落，思绪往往纵横交错着，像洛阳村田野上空的电线一样交织排布，并伸向远方。

读书、写字，给了我这世上最好的享受，比起着华服美衣、品珍馐美馔、看稀奇古怪更让我快乐，我在文字里遇见、经历、慨叹、歌哭，也在文字里快乐、踏实，只有在文字里奔腾，我才会感到对得起那些鲜活蹦跳的蚂蚱。

我的孩子将大学毕业，这本书算是对她的毕业贺礼。并非有意为之，而是纯属巧合。

这本书里，我不说感谢，我要说遇见。不管你是谁，遇见这本书，就遇见了我的感谢。

2020 年 12 月 8 日